U0920135

魅丽文化
花火工作室

越界招惹 2

傅九／著

江苏凤凰文艺出版社
JIANGSU PHOENIX LITERATURE AND
ART PUBLISHING

图书在版编目（CIP）数据

越界招惹.2 / 傅九著. -- 南京：江苏凤凰文艺出版社，2021.11
ISBN 978-7-5594-6328-9

Ⅰ.①越… Ⅱ.①傅… Ⅲ.①言情小说－中国－当代
Ⅳ.①I247.5

中国版本图书馆 CIP 数据核字（2021）第 201857 号

越界招惹 2

傅九 著

出版统筹 曾英姿
责任编辑 张 倩
特约编辑 夏 沅 余叮咚
封面设计 苏 荼
出版发行 江苏凤凰文艺出版社
南京市中央路 165 号，邮编：210009
网 址 http://www.jswenyi.com
印 刷 人民今典印务有限公司
开 本 880mm×1230mm 1/32
印 张 9
字 数 285 千字
版 次 2021 年 11 月第 1 版
印 次 2021 年 11 月第 1 次印刷
书 号 ISBN 978-7-5594-6328-9
定 价 45.00 元

CONTENTS
目录

CONTENTS

目录

故事从遇见你开始，

爱有很多种，坚定最温柔。

—— 温弦

第一章

生命皆在于躁动

狂风暴雪终究还是袭来了。

天空灰茫茫的，狂风卷着沙砾、冰晶，噼里啪啦地砸在了车玻璃上。

温弦不是第一次遇见这种情况了，虽然还有些上次濒临死亡时留下的压抑感，可这一次陆枭在身边，她不怕了。

因为她现在就窝在车内陆枭的怀里。

她像个小孩子似的蜷缩着，被他的手臂搂着，而她的手中还拿着车里留下来的一罐牛奶，嘴里咬着吸管在吸，虽然小鼻尖还泛红着，眼眶还湿润着，可心里美滋滋的。

果然，不论是在什么环境下，只要跟他在一起，她就是满足的、幸福的。

“冷不冷？”陆枭将大衣又往她的脖子下掖了掖，问道。

温弦轻轻摇了摇头，将牛奶递给他：“很甜的，你尝尝。”

陆枭的视线落在被她咬过的吸管上，眼神幽深，别开脸躲开：“你留着喝，我又不是小孩。”

温弦一听，顿时在他怀里换了个姿势，扭来扭去的。

“陆大队长，你在哪里见过人家这样的小孩子？”她低头瞥了一眼自己的胸脯，意有所指。

话音刚落，陆枭的视线下意识地顺着她的目光投过去，仅仅是匆匆一瞥，就迅速转移了目光。

温弦察觉到他身躯绷紧了，眼里有光微微闪烁了下，于是，她在他怀里重新找了个舒服的姿势，脑袋枕在他的肩头，温热的气息缓慢地落在他的颈窝间。

就在陆枭以为她消停了的时候，他却听她嘀咕着：“看一眼怎么还害羞了……”

不等话说完，她的嘴巴顿时被陆枭捂住了。

温弦下意识地抬起头来看向他，却见他微抬的下颌拉扯出坚毅完美的弧度，喉结在微微颤动。

她看不见他的表情，却能看见他微微泛红的耳根。

温弦随即顺势搂着他的脖子，脑袋在他的颈窝处蹭啊蹭的，像是一只慵懒、爱撒娇的猫咪。

再开口时，陆枭的声音很哑，他扣住她的腰身：“你就不能老实一会儿？”

温弦搂着他，小孩子似的哼唧道：“别装了，陆大队长，我知道你喜欢。”

他不再说话，直接将她摁在怀里，不让她乱动。

车内开了照明灯，昏黄而柔和的光线洒落在二人的身上。

从外面远远看过来，处于暴风雪的天地间停着一辆车子，而车子内散发着微弱的光，仿佛是那风雪夜里的唯一一处温暖的避风港，任凭风雪的摧残，岿然不动。

只是车内的温度似乎越来越低了。

温弦喝了一半牛奶后，怎么都不喝了，说喝饱了，坚持让陆枭喝剩下的。

陆枭让她将牛奶留下来，其他时间再喝，这罐牛奶是车内唯一的一罐。

“怎么，你是嫌弃我吗？”

她一只手撑在椅子上，泛红的眼眸认真地看着他，平添了几分楚楚可怜。

真是拿她没辙，陆枭无奈地叹了一声，接过了她的牛奶。

温弦看他含着她吸过的吸管、微微蠕动的喉结，她的心底顿时一痒，不自觉地咽了一口口水。

她的陆大队长，真的很带劲啊……

陆枭边喝，边盯着她，两人对视间，车内似乎多了几分说不出的微妙气氛，让她心脏微微战栗。

然而，这时，温弦突然不合时宜地偏头打了个喷嚏，抬手摸了摸手臂，更凉了。

陆枭脸色微变，拉开了冲锋衣的拉链：“过来。”

温弦乖乖地裹着大衣贴了过去，贴着他炙热的胸膛，双手从他瘦而结实的腰侧穿过去，搂紧了他。

“今夜的气温会降到零摄氏度以下，一定不要冻感冒了。”

岂料，陆枭这话落下后，温弦突然小声咕哝：“生命在于运动，那我们要不要做些什么事情让身体热起来？”

陆枭低头，看着她微露着的白皙的下颌，泛着浅红的颈窝，他目光幽深，缓缓道：“你想做什么？”

温弦抬起脸，撞入他幽深的眼中，他正眼睛一眨不眨地看着她。

下一秒，她就见陆枭缓缓开口：“这车内的空间这么小，你应该舒展不开吧。”

有一瞬间，温弦怀疑人生了。

对面的男人目光深沉，眼眸深处像是有晃动的火苗。

然后，温弦被他的眼睛盯得莫名地心生不安，有些慌乱，她干脆摆了下手，干笑了声道：“算了，不做运动了，你说得对，这车里太小了，伸展不开。”

不过，这话刚说完，她摆动的手突然被他抓住了，稳稳地握在炙热又干燥的手心里。

下一秒，她听到他暗哑的声音传来：“嗯？是吗，我看似乎还是有运动项目可以做的。”

“啊，什、什么？”

是她的错觉吗？明明是她在撩他，可怎么突然感觉是自己掉进沟里了呢？

接着，她就见陆枭下颌微抬，漆黑的眼眸深邃得令人无法洞悉，他唇瓣轻启，不紧不慢地说：“我怎么觉得……蹲起挺适合你的。”

蹲、蹲起？

温弦脑子一蒙，脑海里瞬间回想起了大学军训的时候，全班在操场上被教官罚做蹲起。

不过，这可是在车里啊。

她愣愣地看着陆枭，又认真地四下看了看。

她突然被他一把拉了过去，身子撞在他的胸膛上。她感觉座椅被他调节了下，他的身子往后倾斜了些，她闷哼一声，跟着他一起倒下去，心脏却在这时不可抑制地跳得剧烈起来。

她的腰肢被他扣住，往后推了些，和他拉开距离。

温弦泛红的眼眸还残留着之前湿漉的痕迹，此时又不可抑制地红了脸，在昏黄的灯光下，格外诱惑人。

温弦轻咬唇瓣，看着他，问：“然后呢？”

她话音落下后，却见陆枭倚靠在微斜的椅背上，修长的手臂枕在脑后，原本深邃漆黑的眼眸里，此时竟是平添了几分清冽之色。

他就那么看着她，微抬了下颌，淡淡地来了句：“开始吧，我监督你，给你计时。”

温弦瞪圆了眼睛，绯红的小脸瞬间僵硬了。

“什，什么？”她艰难地咽了下口水。

陆枭眼底一片清明，一只手枕在脑后，另一只手拿过一瓶矿泉水，食指和大拇指转开了瓶盖，仰头喝了几口水。

温弦眼睁睁地看着他喉结一下一下地动着，然后，等他放下水瓶的时候，他淡淡地开口："好了，开始吧，我看你一分钟能做多少个。"

温弦再次瞪圆了眼睛，有些难以置信地看着他，没想到他这么认真。

她脸上一阵红一阵白的，咬着牙大喊了一声他的名字。

陆枭嘴角轻扯了下，再偏头看向她的时候，大手也落在她的后背上，像是在给小野猫顺毛那般："你身上还有伤，不折腾了。"

"我没事，我……啊……"

随着他的大掌突然下滑，落在她受伤的腰间，她突然浑身一颤，疼得忍不住叫出声。

陆枭听着她痛苦的叫声，将衣服稍微掀起，看了一眼她雪白腰肢上渗着血丝的淤青痕迹，他目光沉了下，声音都冷了几分："从现在开始，你要睡觉了，不要再动，明天你就不要再回剧组，跟我走。"

温弦着实是觉得疼了，可她还是觉得有些不太甘心。

她委屈地问："真的不能回剧组吗？"

陆枭反问："你真的不是在小看我的能力？"

温弦不吱声了。

她错了，陆大队长的实力，何止是不能小看，简直可以称得上恐怖。

这会儿外面的风雪越来越大了，吹得车子有些轻晃。

车窗被风拍打着，车内的温度越来越低，凉意从车窗的缝隙里一点儿一点儿地渗透进来。

温弦倏然发现车子能启动，只是不能开了。她顿时伸手试探了下车内的空调，惊喜道："空调还能用。"

岂料，她刚打开，就被陆枭抬手关上了。

她不解，下一秒，就见陆枭眉头微蹙，认真地道："这辆车虽然还能启动，但空调不能使用，否则会中毒。"说着，他看着她，脸色都沉了些，"你开车多久了，这么重要的事情，你都不知道？"

陆枭突然觉得她能长这么大很不容易。

温弦顿时一怔，一时间有些说不出话了。

她平常太忙了，在车里待着的时间不多，还真没注意这些。

陆枭看她哑口无言的样子，脸色更严肃了几分，道：“你千万不要做这种蠢事，这和自杀没什么区别。之前有个长途司机开车的时候困了，将车停在应急车道睡觉，空调没关，结果一氧化碳中毒，再没醒过来。”

这种事情不是没有，每年都会有些人因为不注意这些细节而死亡。

温弦面色讪讪，看来还是要老老实实地学更多跟驾驶相关的知识，不做马路杀手，更不自取灭亡。

眼下，他们察觉到温度越来越低。

陆枭打开车门下车了，说要去后备厢看看有没有能用得上的东西。

温弦听着外面狂风如同野兽嘶吼般的呼啸声，心底微微发颤。这种鬼天气，普通人真是要吓死了，可对陆枭他们来说，已经习以为常。

她心底是说不出的滋味，有些疼。

而在这时，她的手机突然响了一声，她赶紧拿出来，这信号来得太不容易了。结果，这一看，她就看见是霍启发来的消息。

霍启的微信名叫“你的小可爱”，就是专门为了和她聊天起的名。

你的小可爱：“你人呢？我听说大家都回来了，你去哪里了？”

温弦看到他发的信息，顿时无语，不过还是回复了：“这几天我先不回去了，受伤了，要去专门的地方休养。”

她才不会告诉霍启，自己要跟着陆枭去他们管辖区了。

她的消息一发出去，霍启的语音电话立刻打了过来，她本想拒绝，无奈手滑，摁错了。

霍启的声音急切地传来：“什么情况，严重不严重？你要在哪里休息，给我个地址，我去找你！”

温弦一听这话，顿时装作信号不好：“啊，什么？喂？你说的什么，我听不清楚啊，我还是先挂了……”

“喂，弦弦，你——”

听着戛然而止的挂断声，霍启的脸色瞬间变得难看。

她这是要去哪里？怎么能丢下他？

温弦怎么都没想到，霍启竟然去找方芷打听了一番，然后一路锲而不舍地追过来。

而眼下，随着下雪，车轮也一点儿一点儿地被雪覆盖。

等陆枭再返回来的时候，提着的袋子里竟然装着一床薄棉被，他手中还拿了两瓶水和一些压缩饼干。

真是意外之喜。

他携带着一身寒凉上车，将东西递给温弦，自己抖落外套上的雪。

夜，渐渐深了。

她钻进他的怀里，将薄棉被盖在身上，座椅放平些，两人的身影重叠在一起，亲密依偎。

车内昏黄的灯光倾泻下来，笼罩在二人身上，和车外的狂风暴雪形成了鲜明的对比。

温弦枕在他的胸膛，望着车窗外的夜色。

陆枭突然觉得她变得很乖，就那么趴在他的怀里，让他内心有几分说不出的感觉。而这时，他怀里表现得很乖的女人突然叫了声："陆枭。"

陆枭："嗯？"

"我想作首诗送给你。"温弦望着窗外的夜晚，认真无比地道。

陆枭指尖拨了下微微遮挡住她眉眼的青丝，没想到她还挺有几分才情，问："什么诗？"

温弦认真地娓娓道来——

"月在湖上面，

湖在月里面；

我在你……"

头顶的灯倏然一暗，话还没说完，她的脑袋就突然被他转过来，嘴被堵住了。

深夜，风雪逐渐退去，一切归于沉寂。

翌日凌晨，在温弦还处于梦境之中的时候，救援队的人便赶来了，一连开来了三辆越野车。

她在陆枭怀里沉睡，他抱着她下车的时候，她微微蹙眉，哼了一声，随后又贴着他的胸膛，酣睡过去了。

队员们看着这一幕，一个个都惊呆了，愣是说话的声音都尽量小了起来。

废话，他们老大都不敢惊醒的女人，他们更不敢。

温弦因为受伤，过度劳累，再醒来的时候，一睁眼，发现自己竟然已经在一个房间里了。

她嗯了一声，揉了揉脑袋坐起来，下意识地去找陆枭。

这是一个简朴的房间，木板床上的垫子都是比较硬的，藏蓝色的床单被套，灰色的窗帘，木质的地板，一个空间不大的独立卫浴。

一切简单得不能更简单，却很干净、整洁。不过，她感受到了熟悉的气息，这难不成是……陆枭的房间？

温弦疑惑着，定睛一看，回想起之前她半夜来敲门看到的画面，好像还真是。

她刚要起身，却冷不丁看见床头柜上放着一个相框，顿时愣了下。她凑过去，拿起那相框。

她几乎一眼就看见了那十几个特种兵里最醒目的人——陆枭。

他站在第二排中间，十几个特种兵都穿着一身作战制服，像是一支精英团队，个个携带着枪支。只是，除了陆枭，其他人都笑着，就他是一张不苟言笑的严肃脸。

温弦心尖蓦然一颤，似乎感觉陆枭的经历已被她揭开了一角。

而他的曾经，他还没跟她说过。

陆枭是当过兵的，她知道，当她的目光落在照片右下角的烫金小楷字上时，怔了下。

上面写着几个字——猎鹰突击队。

猎鹰突击队？

她微微蹙眉，一听这名字就知道，这根本不是一般的队伍。如果是这样的话，那他怎么会来这西部无人区当管辖队队长？

温弦带着疑惑出去的时候，正赶上中午管辖区食堂开饭。

而她一下去，管辖区的小伙子们顿时惊喜地看着她，热情地叫着“大嫂”，她也笑眯眯地跟他们打招呼。

她的视线搜寻着陆枭，只见在食堂窗户处，他在跟一个男人说话。

那男人穿着一件黑色 V 领毛衣，里面打底的是深蓝色衬衫，他皮肤偏白，戴着一副金丝框的眼镜。

从这个角度看，那人长身玉立，莫名透着一股子严谨的气息，不过长得还不赖。

“呵，这是哪儿来的斯文男人。”

温弦正好奇着，突然发现陆枭的视线扫了过来，锐利的目光直直地戳中了她，似乎对她盯着别的男人，很不满。

温弦连忙讨好地冲着他笑，他似乎根本不领情，淡漠地将视线收回，继续跟那个男人说话。

温弦无言。

这姓陆的小妖精可真磨人。

不过，话说回来，那男人是谁？

而这会儿桑年和一个队员过来了，他正激动地红着脸跟队员说着什么，一时间没注意到温弦。

“太可爱了，我发现女孩子说叠词太可爱了！”桑年不知想到了谁，顿时羞赧，春心萌动得不行。

温弦在一旁听着，眼睛瞥过去，挑眉出声：“什么叠词？比如，买包包？要钱钱？”

“妈呀……”

桑年突然听到她的声音，一扭头，吓了一跳。

却见弦姐双臂环抱地望着他，嘴角勾起，似笑非笑：“还是说……别叨叨？”

桑年眼角微微抽动，干笑了声，抹了下额头：“呵、呵呵，还真是奇怪了，一下子就不觉得可爱了呢。”

人家女孩子说的叠词都是“小乖乖”，嗯，再听听他弦姐说的叠词——别叨叨。

真是个狠人。

“怎么了？小年年，哪个女孩子让你觉得可爱了？”温弦轻笑着调侃。

当视线中出现一个从食堂后厨出来的身影的时候，她顿时瞪圆了眼睛。

那个少女头发有些微卷，编成两个麻花辫垂在肩头，脸蛋圆圆的，脸颊微微泛红，眼睛大大的，看起来特别可爱。她系着一条围裙，此时正在帮忙给队里的人打饭。

“不会就、就是她吧……”

温弦唏嘘着，下意识伸出了手，想指给桑年确认下，结果她刚抬起手，他连忙拉住了她的袖子。

十八岁的俊俏少年脸红不已，低着头小声道："不，不是……"

温弦才不会信呢，嘴角一扯，忍不住坏笑了起来。

她转身顺势一把钩住了他的脖子："羞什么，那小姑娘是谁啊，长得真可爱，别说你喜欢，我看了都挺喜欢的。"

岂料，桑年立马梗着脖子、红着脸认真道："弦姐，你都有我们大队长了，就放过我们阿妈家的女儿吧。"

温弦啧了一声，白了他一眼："瞧你这话说的，姐还能跟你抢吗？我看那小姑娘挺好的，你要是喜欢，赶紧追啊。你看看队里，一个个都那么高大威武，你不麻溜利索点儿，那可就被别人追走了。"

桑年有些紧张地抬眸看了过去，发现打饭的窗口处，队员们的确都对少女格外热心。他结结巴巴道："那、那怎么办，我……她可能看不上我吧？"

桑年想起之前的事情——自己无意间闯入她的房间，不小心看了不该看的，她还骂他是流氓，每次看见他的时候，她还瞪他。

这么一想，他顿时更没信心了。

温弦无语，为了给这个情窦初开的十八岁青涩少年鼓励，她开始吹捧："怎么会？你要自信。我们小年年长得多帅气啊，瞧瞧这俊俏的脸蛋，简直就是又帅又可爱的'小狼狗'男孩，姐姐可是特别……"

说话间，她带着他一个转身——在看到距离她不到两米处正盯着她的男人时，她的声音顿住了。

温弦感受着陆枭锐利的眼神，像是要将她穿透似的，而他的旁边，还站着那个戴着眼镜的男人。

温弦艰难地咽了下口水，立刻呵呵干笑了两声，接着刚才的话，对桑年继续道："姐姐虽然觉得你很可爱、帅气、年轻，但我还是更喜欢你们陆大队长，他成熟、英俊又有魅力……"

说到最后，她一把将桑年推开，扯着笑容看向陆枭。

只是，她都快笑得脸僵了，而陆枭望着这一幕，眼底的神色还是意味不明。

这时，陆枭身边那位身材修长的男子抬手推了下鼻梁上的眼镜，看向他，蹙眉沉声问："这位是……"

温弦顿时挺起胸脯等陆枭来介绍自己，却不想——

“不认识。”

陆枭神色冷淡，直接从她身上收回视线，绕过她，离开了食堂。

温弦的笑僵住。

那个戴着眼镜的男人见状，也没再多停留，似乎对这些也不太感兴趣。

“弦姐……”

桑年委屈巴巴地望着她。

温弦闭着眼睛深吸了一口气，捂着自己的胸口，道：“没事，虽然你害我被你们老大误会，但看在你还小的分上，我不会怪——”

“弦姐！不是啊，明明是你害我，老大又要罚我扫厕所了！”桑年委屈地控诉。

温弦想屁颠屁颠地跟上去，准备卖萌撒娇求得陆枭原谅，怎奈他眼下似乎很忙，身边跟了几个人，一直在谈事情，手里还拿了一张复杂的图纸。

“萧教授，一会儿就由他们开车带你去考察，你们添加下联系方式，不要走失。”陆枭道。

工作人员连忙笑道：“就加微信吧，大家方便联系。”

萧亦行微微颔首，他不怎么用微信，对这些聊天软件，他都没有什么兴趣，也很少和别人用微信联系。看见添加消息后，他注意到有几个人申请了加他为好友。

他也没多想，一个个都点击了同意。

与此同时，正在来管辖区路上的霍启的手机微微震了下。

温弦尚不知后面还会发生什么事。

眼下，因为陆枭生气，她正憋屈、难受呢。她前脚刚走出管辖区的大门，就看见李大爷回来了。

温弦见到他，顿时双臂环抱，冷哼一声。

好家伙，这李大爷是四处给人当月老，还敢把她的男人介绍给别的女人！

李大爷一看见温弦，脸上笑出了褶子：“你个丫头，果然又来了，知道我们这个地方的好了吧？”

温弦双臂环抱，望着他，皮笑肉不笑道：“那当然，风水宝地啊，人杰地灵，这不，我看您这身子骨养得越来越好了。”

李大爷笑着摆手，谦虚道：“嗐，还行吧，也就那样。”

温弦闻言，认真地点点头：“那可不，一点儿都看不出你才八十岁。”

“年仅”六十五岁的李大爷眼角抽搐，差点儿被她气得直接晕过去：“你！你故意的是不是？！”

温弦穿着马丁靴的脚往旁边的石块上一踩，冷哼一声，下颌微抬：“是又怎么样，谁让你给陆枭介绍对象的！”

一听这话，李大爷顿时愣住了，一时间脸上一阵白一阵红的，表情有些尴尬。

他像是还想辩解一番，吹胡子瞪眼道：“不是我，我怎么能干那种事！不过，话说回来，惦记陆队的小姑娘可多了，你可抓紧了。”相亲的事，他早就忘到脑后了。

李大爷怎么也想不明白，温弦是怎么知道相亲这件事的。

在这时，东跑跑、西溜溜的小狗回来了。

好久不见，它看起来更是生龙活虎，这会儿还颠颠地跑到干枯的胡杨林木旁，抬起了一条后腿，留下它的专属气味。

它再回头，圆溜溜的大眼睛看见一个女人正不知羞耻地盯着它，顿时情绪激动，汪汪叫了起来，似乎已经认出了她是谁。

温弦看着眼前的一人一狗，无奈地扶额。

小东西突然冲着她跑过来，她下意识地躲开，结果撞到身后一个结实的、硬邦邦的身躯。

她一抬头就撞入了男人漆黑的眼眸之中，只是此时，男人的眼神似乎有几分漠然。

陆枭避开她，站在一边，他身侧是准备出发的车队，他们要陪同科学院的萧教授一起去勘探。

小狗来到陆枭的身边，再次冲着温弦汪汪地叫。

温弦深吸一口气，有那么一瞬间，似乎回到了第一次来管辖区的某个夜晚，它冲着她叫嚣的时候。

而那个时候让她真正明白了，什么才叫“狗仗人势”。

她不禁看向了陆枭，后者神色平淡，视线落在那不远处的车辆上，看都不看她一眼。

她顿时觉得胸口好痛。

看陆枭无动于衷，小狗叫得更来劲了，一口咬住她的鞋带，用力撕扯着。

温弦只觉得自己再次被这只小狗欺负，委屈感油然而生。

这时，小狗突然被拎了起来，陆枭毫不客气地将它拎到一边。

“一边玩去。”他轻轻踢了一脚它的屁股。

小狗愣在原地，似乎不明白他的主人怎么突然变心了，不要它了。

陆枭再看向温弦的时候，神色还是淡淡的，嘴上却说：“还不过来？”

反应过来后，温弦扑进了他的怀里，嘴角不可抑制地微微弯起，嘀咕着：“我就知道。”

“你知道什么？”

温弦在他怀里撒娇：“一日夫妻百日恩，嗯……”

……

与此同时，不远处有一辆白色的轿车往管辖区的方向开了过来。

温弦还赖在陆枭的怀里，哼哼唧唧着，撒娇讨好。

这一幕让小狗看到了，认清现实后，发出了“嗯”的一声，垂着小尾巴坐在了地上，圆溜溜的大眼睛委屈巴巴地看着二人。

偏偏温弦趴在陆枭的肩头，看向它的时候，嘴角一勾，露出了几分邪恶的笑。

小狗呜呜叫着，急得在原地转了两圈，似是遭受到了深深的打击。

陆枭哪里知道她的小动作，他微微偏头，沉声对她说：“以后不许再那样做。”

温弦小鸡啄米似的连连点头：“不会、不会，刚刚是一个误会，桑年在我眼里只是一个弟弟。”

“弟弟也不行！”陆大队长说罢，又蹙眉开口，“他已经增加一周的卫生打扫任务了。”

温弦无言，怎么觉得，下一次桑年看见她，他会恨不得蹿上外太空？

“好了，去吃饭，吃完饭再休息一会儿。”陆枭叮嘱道。

就在两人一前一后要进食堂的时候，突然听见有车子到来的声音。

温弦下意识地扭头看过去，只见一辆白色轿车开了过来，那是一辆白色现代车。

温弦隐隐看到车内开车的人的脸，脸色有些变了。

开车的人是一个女人。如果她没看错的话，那女人不是别人，正是——方芷。

她怎么来了？

白色的轿车越来越近，而管辖区这边，地质学萧教授所乘坐的越野车也启动了。

白色现代车里，霍启坐在副驾驶座上，看见温弦和她身边的那个男人，轻蹙了下精致的眉宇。那个保镖竟然也在这里，温弦拍戏的时候，他怎么不在？

不过，这不是重点，不知道是不是自己想多了，霍启感觉温弦和保镖之前的相处……有点儿不太对劲？

脑海里仿佛有一道光闪过，可转瞬即逝，让他难以捕捉。

纵然捕捉到那么一点儿苗头，可能他也会因为觉得荒唐而放弃了。

就在他所乘坐的车子逐渐靠近管辖区大院的时候，对面驶来一辆越野车擦肩而过。

就在那一瞬间——越野车上戴着金丝框眼镜的男人，目光从一张密密麻麻地写着各种数据的图纸上抬起来，视线冷不丁地投向车窗外，结果刚好看到一张脸映入他的眼帘……

而后者，正在看着前方，没有注意到他。

萧亦行微微蹙眉，怎么会是他？

车子向前，萧亦行收回了视线。

管辖区门口，随着白色轿车停下，一道单薄的身影出现了。

“我晕！”温弦瞪大了眼睛，连忙躲到了陆枭身后。

她怎么都没想到，霍启竟然和方芷一起过来了！

这是什么操作？

这时，陆枭微微侧身紧紧地盯着她，脸上犹如乌云滚滚，他微微咬牙问：“这是怎么回事？你不是刚给我保证完，他怎么追过来了？”

温弦一阵头皮发麻，连忙委屈道：“我也不知道他怎么来了，我是无辜的啊。”

她紧紧地攥着陆枭的衣服，而霍启直接冲着她的方向奔来：“好家伙！你竟然自己跑到这里休养来了，怎么也不跟我说一声？”霍启还没触碰到她，突然她身前伸出了一只手，阻止了他的靠近。

霍启瞪大了眼睛，错愕地看着陆枭：“你这是做什么？”这是他花钱雇的保镖，怎么还提防着他了？

陆枭面无表情，神色冷冷地道：“不许靠近她。”

“嘿！我说你到底是跟谁一伙的？你只是我雇来保护她的一个保镖，你管那么多干什么？”

霍启说完这番话，不仅仅是旁边的李大爷，连方芷都怔住了。

什么？陆枭怎么成保镖了？这是什么时候的事？

刚才一直躲在陆枭背后的温弦顿时站了出来，凶巴巴地对霍启道：“你怎么说话呢，是我跟他说不让你靠近我，男女授受不亲，你不知道啊，你总缠着我，被狗仔拍到传绯闻了怎么办？！”

霍启似乎被气到了，白皙修长的手指从略长的发间穿过，咬牙骂骂咧咧道：“我们是第一天传绯闻吗？说实话吧，你是不是怕程东原那个老男人吃醋？”

温弦立马悄悄地瞥了一眼身边的男人，这哪里是怕程东原，分明是怕身边这个“北京醋王”！“北京醋王”的占有欲强到只能他一个人欺负她，连只小狗欺负她都不行。

不过，有些事情是万万不能被媒体知道的。

所以，眼下她只能干咳了声，心不在焉地对霍启道：“反正你和我要保持一定的距离，要不然，你就赶紧走人。”

霍启的拳头顿时握得咯吱咯吱响，对程东原更加恨得咬牙切齿了。

方芷缓步走过来，光是望着温弦和霍启，然后视线落在了陆枭的身上，温和地笑道：“原来……你们是认识的，陆枭是你的保镖？”她这是在问温弦。

温弦微微皱眉，天知道她多想告诉全世界——陆枭是她的男人。但如果那样，他就会彻底被曝光，而这会儿给他带来麻烦，是她万万不想看到的。

陆枭脸色漠然，不冷不热地开口：“怎么，你有什么问题吗？”

方芷神色有些不好意思。她能有什么问题，她现在一闭上眼睛，脑海里回荡的还是那日在帐篷外听到的暧昧的声音，温弦竟然和自己的保镖在帐篷内……

方芷的面色难看了几分，随后，她的视线倏然投向李大爷，笑得温柔：“李叔，之前您说介绍我和陆队长相亲，可是陆队长是有女朋友的，您怎么没跟我说？”说着，她又扫了温弦一眼，不知是有意还是无意，“陆队长既然有女朋友，现在又来当温小姐的保镖，也不知道你的女朋友知道了，会不会不开心呢……”

空气骤然安静了一瞬。

温弦眼眸微微眯起，深深地看了她一眼。

方芷察觉到空气间的凝滞，嘴角轻扯，笑了下：“温小姐，别误会，我没有别的意思，我只是看您太漂亮了，身材又好，恐怕是个女孩子就会有危机感。”

“那和你有什么关系？”温弦用舌尖轻抵了一下上颚，笑了一声，看向方芷的眼神里多了几分意味不明。

她又不傻，大家都是成年人，知道什么话该说，什么话不该说。如果让对方听着不舒服，那说话的人就是故意的。

方芷闻言，怔了下，然后说道：“是和我没什么关系，只是替陆队长的女朋友感到有些……”说到这儿，她戛然而止，可话里的意思不要太清楚。

岂料——

“不是，方小姐，你说什么呢，听你这话的意思，好像我家弦弦跟保镖有什么似的，你这不是胡扯吗？有我这个潇洒倜傥、风度翩翩的帅哥在，她怎么还能看上保镖呢！”

霍启对方芷的这个说法特别不满，难不成他还比不上这个保镖，开什么玩笑？！

“我……”方芷唇瓣动了动。

“行了，方小姐，之前的事，我给你赔个不是，我年纪大了，搞错了，我们陆队有女朋友，并且他们很相爱。”李大爷的一双眼睛看透了一切，打断道。

方芷的睫毛微微颤动，脸色有些苍白，她深深吸了一口气，挤出一抹笑：“谢谢李叔，我知道了。”

一直沉默的陆枭抬眸盯着方芷说：“我不会辜负我的女朋友，也不劳方小姐费心了。”

方芷听着这话，脸上一阵红一阵白，她还能说什么呢？她只是没想到，这两人是这样的人，背着那个女朋友干偷偷摸摸的事，还在这说得义正词严。

霍启嚷嚷道：“弦弦，我要留下来照顾你，快给我收拾个房间。”说着，他就往管辖区的大院里走，看着周围的设施，带着几分嫌弃地吐槽道，“你怎么不找个环境舒适的民宿静养，这破地方像个招待所。”

温弦听着，不客气地一脚踹了过去：“你怎么那么多事，能住就住，不住就走，另外，房费一天三千元人民币，你是日结，还是月结？”

霍二少爷这个富二代被狠狠地讹了一把，弄得李大爷那边都不好意思了。

眼下，霍启跟着温弦进去了，把衣服、手机给了温弦，说要先去上个洗手间。

“你真的让他留下来？”陆枭脸色阴沉。

温弦摇摇头，无奈道：“他不会善罢甘休的，不如让他在眼皮子底下，我们好盯着他，顺便让他来这里精准地‘扶贫’一下。”

话是那么说，但她也想知道，怎么才能让这个家伙对自己的注意力转移开。

这时，霍启的手机震了下。

温弦低头，看到他的手机上显示一条微信，对方的名字：清风徐来。

温弦看着这个名字，微微挑眉。这人是谁？

这名字让她想到了哪个大学老师的网名。

霍启的那些狐朋狗友，一个个名字起得洋气、嚣张。

温弦眼神微微闪烁了下，抬头看了一眼门口，发现没有霍启的人影，这才大胆点开他的手机屏幕，在上面输入几个数字密码后，成功解锁。

旁边的陆枭看着她的这一番操作，漆黑的眼眸里闪过一丝波澜：“你知道他的手机密码？”

温弦点开微信，去查看发来消息的是什么人，嘴上说道：“密码还用猜吗？他追了我两年，那么缠着我，锁屏密码肯定是我的生日。”

的确，霍启也想不出其他复杂的密码了。

陆枭脸色微变。

温弦点开“清风徐来”的对话框后，愣了下，只见对话框里是一个文件，上面写着“可可西里稀有金属勘察表”。

温弦眉头蹙起，这是什么操作？霍启这个不学无术的人什么时候搞上学术了？

对话框没有其他聊天记录，温弦只好进入对方的朋友圈。

里面只有一篇上个月发布的与学术相关的文章，她点开后，伴随着密密麻麻的英文，开头一张照片映入她的眼帘。

照片中的场景像是在一个实验室内，男人穿着一身白大褂，侧身坐在实验台前，戴着金丝框的眼镜，手上还戴着手套，似乎正在从一些金属中提炼什么。

他严谨、认真，脸上没有任何表情，侧脸轮廓鲜明，白皙精致，只是浑身都透着一股子冷傲的气息，充满了距离感。

温弦先是怔了下，当她看清楚是谁的时候，顿时瞪大了眼睛。

“欸，这，这不是——”她连忙给陆枭确认，瞪圆了眼睛，“这人是不是刚刚离开的男人，我没认错吧？”

刚才的一面之缘，那人的气质和照片上一样疏离。

陆枭视线投过去，微微蹙眉：“他是科学院派来的地质学教授，怎么了？”

温弦看向陆枭：“他和……霍启认识？”

陆枭闻言，沉默了片刻：“不清楚。”

“那他住在这里？”温弦挑眉。

陆枭沉声：“他会在这里采集一些所需的矿物，应该会留在这里半个月的时间。”说着，他迟疑了下，缓缓抬眸，盯着她，“问这些做什么？”

她本来只是好奇这人是谁，陆枭一问，让她脑海里闪过一个念头。

地质学教授，生活应该……很枯燥吧？不介意身边吵闹一点儿吧？对吧，肯定不会介意，反正他也不会在这里留很久。

“你先别管了。”温弦说着，再看向聊天对话框的时候，嘴角微微勾起，笑容逐渐变得邪恶。她的手指迅速编辑信息，发了过去。

你的小可爱：你好厉害啊，哥哥，像你这样厉害的男人，肯定见过不少懂事的女孩子吧，要不要见见懂事的男孩子？

她发送这句话之后，脸快笑成了一朵花。

陆枭见她这副样子，无奈地摇摇头，别开视线，谁知道她在搞什么鬼。

温弦听到大厅隐隐传来声音，顿时顾不上其他了，连忙将她发的信息删除干净，退出微信，锁屏，一系列操作干净利落。

只是，有些信息虽然被删除，可发送出去的早已无法撤回。

霍启上完洗手间出来了，似乎还洗了一把脸，漂亮的脸蛋和发丝上有些湿漉漉，平添了几分诱惑。

一出门，闻着这里清新的空气，他有些慵懒地伸了个懒腰，像是矜贵又懒散的波斯猫。

他走到温弦身边，接过自己的衣服和手机，看着远方的天际说：“虽然这里破是破了点儿，但景色还挺好。”

温弦拍了拍他的肩膀，笑眯眯地道：“那行，你就先住在这儿，可别乱跑走丢了。”

反正很快会有人针对他了。

霍启一听这话，顿时轻嗤了声：“你当我傻啊，我这么大一个人，还能走丢？手机导航，我还是会看的。”

温弦没有反驳，他能保证自己的手机一直有电？

等他们再走出房间的时候，大院门口就剩李大爷一个人了。

温弦挑眉打招呼：“大爷，你给陆枭介绍的那个对象呢？”

李大爷连忙道：“去、去、去，我这不是年纪大了，没记住吗？可别再欺负我了，那姓方的姑娘已经开车走了。”

温弦这才“哦”了一声，幽幽道：“瞧您这话说的，我像是欺负八十岁老人的人吗？”

李大爷哑口无言。

温弦满意了，方芷走了，她就放心了。陆枭是她的，她不允许任何人觊觎！

陆枭转而走进管辖区的大厅内，跟噶卓说了下情况，大致意思就是现在有外人住在这里，不方便透露他和温弦的关系，让队里的人不要透露。

噶卓等人自然明白，他们是勤勤恳恳为西部这片土地付出的人，不想招来媒体和闪光灯。

此时温弦要去食堂吃饭了，无意间发现之前那只委屈巴巴的小狗似乎不见了，她随口问李大爷：“小狗呢？”

李大爷有些犹豫：“那没良心的小东西被方小姐带走了，她说看着可爱，帮忙养几天。”他又叹息道，“我本来想拒绝，可谁想那小家伙真觉得自己被抛弃了似的，方小姐一招手，就冲着她过去了。”

温弦心尖颤了下。真的跟方芷跑了？

至于吗，她不就是喂它吃了一点儿“狗粮”，让它看清这个世界，它怎么还“始乱终弃”了？

不过，她更好奇方芷为什么要把小狗带走养几天。真的只是喜欢？

温弦摇摇头，心底有些疑惑。

晚上，一辆车逐渐从公路往管辖区的方向驶来。这个时候，车上的人的手机才有了信号。

嗡的一下，戴着眼镜的斯文男人蹙眉拿起了手机。

“你的小可爱发来了一条消息。”

他平日很少用电子产品，如果不是一些必要的消息需要接收，他都不想和任何人联系。所以，给他发信息的人大多是科学院的人。

萧亦行看着绿色 APP（手机软件）上显示的红色数字，摘下了眼镜，带着几分疲倦，靠在椅背上，然后捏了捏眉心。片刻后，他才定睛去看。

他今天给同事发了一份调研表格文档，却没看到对方回复。

等等，你的小可爱？！这人是谁？

他迅速回想有关这个微信名的信息，记忆力超群的他，脑海里浮现出一个画面。

在一辆大巴车上，一个男子坐在他的身边，脑袋还枕在他的肩膀上睡觉；画面一转，是他要下车的时候，那个男人硬是拦住他，加了他的微信；最后一幅画面，则是他今天中午离开管辖区的时候，看见迎面驶来的一辆白色轿车里，坐在副驾驶座上的身影。

想起那个人，萧亦行轻抿了下薄唇，眼底暗沉沉的，看不出是什么情绪。

他随手点开对话框，看着对方发来的那条信息，顿时身躯一僵。那张清冷漠然的脸上，此时表情都有些凝固。

这话是什么意思？

“教授，萧教授，您怎么了，没事吧？是不是有高原反应了，我看您脸色不太好。”车里的队员担心地说道。

队员们对这些国家派来的专业人士都非常尊重和照顾，他们是在为国家科研做贡献的人。

萧亦行放下手机，面上冷若冰霜，浑身都透着足以冰冻三尺的寒冷气息。过了一会儿，他才艰难地说出两个字：“没事。”

队员一阵心慌，不过看他脸上冷冰冰的，不敢再开口了。教授是怎么了，是在手机上看到什么不好的消息了吗？

三十分钟后，车子抵达管辖区，这会儿正是晚上吃饭的时间。

餐桌上，温弦和陆枭挨着，霍启也不甘示弱，就坐在她的对面。

陆枭是怎么看霍启怎么不喜，只觉得他像只苍蝇一样，不仅围绕着温弦转，嘴巴还停不下来，半天相处下来，就多次忍耐着想把他踹飞的冲动。

温弦私下劝陆枭先忍忍，她有办法。

陆枭虽不知她有什么办法，但还是先忍了。

这会儿，管辖区的大门开了，萧亦行一行人回来了。

桑年坐在霍启的旁边，心情有些失落，扒拉了一会儿米饭，忍不住对温弦道："弦姐，你说女孩子生气了怎么办啊，怎么才能哄好？"

温弦刚要开口，就听对面的霍启皱眉道："现在的女孩子可来劲了呢，你哄什么哄，就不能惯着，要我说，你直接给她跪下，比什么都强。"

"咯咯！"温弦被自己的口水呛到了。

桑年不知看到了谁，顿时转移了注意力，热情地打招呼："萧教授，你们回来了，刚好开饭，坐下来一起吃吧。"

霍启闻声，下意识地回头看了过去，撞上了一双清冷的、不带丝毫情绪的眼眸，似乎他刚才说的话，也都被那人听见了。

霍启觉得哪里不太对劲，脑海里闪过某个画面，顿时瞪大了眼睛，有些惊喜地站了起来："欸？我说看着怎么那么眼熟，原来是你啊，哥们儿！你怎么在这儿？一起吃饭啊。"说着，他一只手直接搭在了萧亦行的肩膀上。

萧亦行的视线投向落在自己肩膀上的手上，面色难看了几分，一想到这人在微信里发的信息，他眉头皱得更紧了，浑身僵硬。

他握着手机，一下将霍启的手给打开，冷淡地开口："不了，你们吃吧，我今天不吃饭了。"

他没胃口了，大抵没想到，这个人会出现在这里。

说罢，萧亦行转身离开。

众人有些疑惑，这个教授是不喜和人交流，平常都是一个人在食堂吃饭，可今天这是怎么了，出去忙了一天，连晚饭都不吃。

霍启站在原地愣了片刻，见萧亦行离开后，这才捂着被打痛的手揉了揉，嘀咕道："说话就说话，动什么手啊……"接着，他坐下来，问温弦，"什么情况，这人是谁啊，怎么会在这里？"

温弦一怔，他们不认识？可他们怎么加了微信？

这么想着，她也问道："这人是科学院派来的地质专家，很厉害的。不过，你怎么认识他的？"

霍启将二人的相遇大概说了下，还是没忍住，唏嘘了声："科学家啊，那岂不是很聪明？"

温弦轻叹一声，微微摇头："何止是聪明，科学院都是一群智商超高的天才，专门为国家科研效力的。"

霍启闻言，想着自己不值一提的毕业证，陷入了沉思。

一直沉默不言的陆枭拿纸巾擦了擦嘴角，对桑年吩咐道："萧教授可能是身体不舒服，一会儿准备些清淡的食物送上去。"

桑年点点头。而这时，跟着萧亦行出去的一个队员面色有些微妙地说道："老大，我有件事不知该说还是不该说……"

"说。"陆枭犀利的眼眸扫过去。

那队员纠结道："老大，回来之前，我私下多次问萧教授哪里不适，毕竟这是上面派来的科学家，真要有个什么事，咱担待不起。"他顿了下，"可、可我没想到，萧教授沉默好久，才说他怀疑自己被骚扰了。"

温弦咳嗽了起来，这一次，是真的被呛到了。

陆枭连忙帮她递纸巾擦拭，看着她耳根都涨红了，心想，她怎么反应那么强烈？

霍启也忙给她递纸巾，还不忘惊叹："我的天，我们的国家栋梁啊，成何体统，简直是太不像话了！"下一秒，他转而八卦地问道，"那骚扰他的人是谁啊，哪个女人如此不知羞耻？"

的确，众人下意识想到的都是女人，就连陆枭都眉头轻蹙了下。

不知怎的，霍启落音后，大家的视线竟都缓缓投向了——温弦。

温弦刚喝了口水平复下自己的情绪，结果见大家都盯着她，她结结巴巴地说道："你、你们都盯着我干什么啊？"

霍启皱眉："是不是你看人家长得好看，又是科学家，发信息骚扰人家？"

温弦气得差点儿把桌子掀了。陆枭还坐在这儿呢，这家伙能不能不要乱说话！

就在温弦要怒拍桌子的时候，那个队员连连摆摆手，干笑了声："你们误会了，不要冤枉无辜的人。”他四下看了看，确认教授不在，这才凑过来用一只手半掩嘴边，对着他们道，“骚扰萧教授的人，不是女人，而是个男人！”

霍启瞪圆了眼睛，要不要这么刺激？！

陆枭脸色微沉：“你确定？”

那队员摇头：“具体的，我也不知道，队长，如果你担心，可以找他谈谈。”

陆枭沉默了，似真的准备考虑下。

温弦却目光闪烁，咳了声，道：“我觉得吧，还是先不要轻举妄动，毕竟这种事情教授肯定不想很多人知道……”真让陆枭查出来是谁就不好了。

再看霍启现在一脸等着看别人好戏的样子，她嘴角轻扯了下。

陆枭到底还是没去找萧教授，暂时保持观望态度。

晚饭结束后，桑年正准备端着托盘给教授去送晚餐，外面却响起了集合的声音。他看见温弦，连忙道：“弦姐，帮个忙，我先出去一下。”

温弦接过托盘，转身将视线落在霍启身上，随即，嘴角缓缓勾起一抹弧度。

某人该需要转移一下自己的注意力了，要多跟聪明的人交流，提高自己的智商。

霍启正好奇着，吃饱喝足后想出去看看，刚走没几步，就被温弦叫住了：“霍启！快来，帮我把这份晚餐给人家萧教授送上去。”她也不管他愿意不愿意，直接塞到了他的手中。

霍启怕汤洒了，连忙接住，一脸蒙。

温弦又拍了拍他的肩膀，一脸认真地对他道：“一会儿上去对萧教授温柔点儿，知道吗？别拿你富少爷的身份摆谱，他可是科学家，国家栋梁！还有，可千万别提他被骚扰那事，他肯定不想别人提起。”

“行了，我知道什么该说，什么不该说，不就送个饭吗，小意思，看我的吧。”说着，他端着托盘转身上楼了。

温弦望着他上楼的身影，嘴角的弧度越发加大。

其实，她这么做，无非就是希望能把霍启对她的注意力转移走。

三楼的一间客房内，莹润的光洒下来，将男人修长的身影投在了墙壁上。

萧亦行坐在书桌边的椅子上，拿着一支圆珠笔在计算着数据，只是，这个姿态保持得久了，身躯有些紧绷。他抬起手松了松衬衫的领口，这时，门外突然传来了敲门声。

他微微蹙眉，随后起身，想也猜得出来应该是队里的人员，所以他也没有出声询问。

一打开门，看到门外出现的人手中还端着一个托盘时，他脸色瞬间微变。

霍启一只手端着托盘，一只手撑在门框上，嘴角轻扯，眼底盛满了笑意："原来你是科学院的教授啊，久仰。你晚上没吃饭，还是吃点儿东西吧。"

萧亦行眼镜片后的一双眼眸不带丝毫情绪，静静地盯着眼前人，有些难以相信，那种信息竟是他发出来的。

霍启看萧亦行面无表情，再次笑眯眯地说："知道你今天心情不好，但你该吃还是要吃，不然关心你的人，可是会心疼的——"

萧亦行心头猛然一震，他说什么？

萧亦行一字一字地蹦出："不吃！"说罢，砰的一声，他关上了门。

霍启僵在那儿，瞪圆了眼睛，半天才结结巴巴地骂道："什么人啊，怎么还冲我发脾气了！"

霍启的好心被当成驴肝肺，越想越气。之后的两天，每次看见那教授躲着他走，他更窝火了，只觉得教授是瞧不上他这个人。

是，他是没文化，怎么了，难道这就是被嫌弃的理由吗？！

温弦这两天身体也好了些，剧组的拍摄进行得非常顺利，导演给她打电话说，让她没事就尽快回剧组。

这让她心底有些怅然。

她接到导演电话的这天下午，陆枭带着队里的人出去忙了，她到处转转。

不知是不是自己的错觉，陆枭这两天晚上回来的时候，脸色都有些沉重，像是有什么事让他惦记在心上，可她问起，他又说没事。

就在此时，李大爷开了辆小三轮车回来了。

温弦皱眉，四下确认回来的只有他一个人，这才问："什么情况，咱们院里的小狗还没回来吗？"差不多该回来了，又不是送给了方芷那女人。

李大爷面色一白，像是一下子被戳到了痛处似的。他低头长长地叹息了一声："都怪我，那天不该让方小姐把小东西带走。"

温弦的心咯噔了下，心底浮现一个不好的预感："这话是什么意思？"

"死了，方小姐刚打电话来，说她没看住，小东西被车撞了，她已经给埋了。"

温弦只觉得遭了当头一棒，浑身瞬间麻了。

她真的没听错吗？那小家伙死了？

前两天还活蹦乱跳，在她面前奶凶奶凶地叫嚣着的小东西……死了？

温弦的心脏像是被一块巨石死死压住，让她有些难以喘息。

"唉，这种事，谁也没想到，就是太可惜了，本来还想着过几天让陆队带它去见它妈妈。"

李大爷说着，眼眶也有些微微湿润，毕竟自小狗出生后，和它朝夕相处、日夜不离的就是他了。

它的妈妈在无人区禁地的部队里，是条有功勋的狼狗，经常出去执行任务。小狗更是一个不可多得的好苗子，被他们陆队专门要来的。

李大爷每天给它喂饭，给它送水，带它出去撒欢，和它有着深厚感情的人就是他了。如今，他这心窝子里着实难受得很。

温弦的拳头紧紧攥了起来，她微微咬牙："知道那女人的地址吗？我要过去看看，活要见狗，死要见尸，就算小狗死了，也不能把它葬在外面。"

李大爷一怔，没想到她会这么做。

李大爷很快从大厅出来，将一张小字条递给了温弦："这上面就是她的地址，还有她的电话号码，你要不要先给她打一个电话？"

温弦面色冷冷地道："就是要突击过去，我才知道我们的狗是不是真的死了。"

就在温弦要离开的时候，留院值班的桑年和无所事事的霍启闻讯赶来。

越野车上，温弦已经启动了车子，让他俩上车了，毕竟人多点儿，万一真有什么事，还能互相照应着点儿。

车子前往方芷的住所所在地。路程很远，温弦为了赶时间，车子开得快要飞起了。

中午出发，直到晚上五六点，他们才抵达，进入那座城市。

"弦姐，你说，这大晚上的，她会愿意带我们去找狗吗？"桑年脸色难看地问，在得知他们队里的小狗死了的时候，他内心也是被重重一击，不敢相信。

温弦一字一字地咬牙蹦出话语：“她找也得找，不找也得找！”

本来对方芷觊觎陆枭这事，温弦心底颇有意见，如今他们的狗还在她那儿死了，这梁子可就结大了。

按照导航，他们终于来到了方芷家楼下。

方芷住在市区中心的普通民宅里。

夜晚，总是可以隐藏很多东西——藏污纳垢。

三人下车后往小区里面走，最后在一栋居民楼的门口停了下来。

“就是这栋楼，她家住在三楼，桑年，你先跟我上去一趟。”温弦说着就要上去。

霍启有些着急，连忙拉住她：“那我怎么办，这附近黑灯瞎火的，就把我一个人丢在这里吗？”

温弦打开他的手：“你一个大男人磨磨叽叽什么，你在这里守着是以备不时之需，万一出事怎么办？我们可都靠你了。”说着，她就赶紧上去了。

她大抵没想到，无心的一句话竟一语成谶。

“喂，喂——”霍启试图再说些什么，见他们钻进了黑漆漆的楼里，他踌躇半晌，最后还是留了下来。

周围的一切都黑漆漆的，只有巷子口才有灯光。

温弦他们上去后，敲响了方芷家的门。

很快，里面传来了脚步声。

门被打开，伴随着女人的声音：“竟来得那么……”在看到来人是谁时，她嗓子眼里的话顿住了。

“你、你们怎么过来了？”方芷反应过来后，顿时温和地微微笑着问道。

“你把我们的狗给弄死了，我们怎么就不能过来了？”温弦直接推开她，走进房间。

方芷是在等谁？刚才她急忙来开门，那句未说完的话显然不是对他们说的。

温弦一进来后，先把整个房子扫视了一遍。

她多想方芷是骗她的，是方芷喜欢这只小狗，所以起了私心想要留下来。可她找了个遍，依旧没有看见它的小身影，内心更加压抑、沉重了。

而此时方芷脸色苍白了很多，她一脸惭愧又痛苦地道：“真的很对不起，是我没有看住，我们这边车子太多……”

温弦深吸了一口气，一只手扶额，另一只手摆了摆：“别跟我说这些，现在狗在哪儿，你把它埋在哪里了？我们要把它带走！”她已经在竭力按捺着自己想要冲方芷发火的心情。

方芷一怔，目光微微闪烁，缓缓开口：“那地方有点儿远，这周围没有能埋的地方。要不这样吧，今晚我先安排你们在附近酒店住一晚，明天带你们去找。”

说这话的时候，她似有意无意地低头看了一眼手表，然后视线投向窗外。

温弦还想说什么，这时桑年靠过来，一只手半掩着嘴巴，在她耳边小声说：“弦姐，我找遍了，地上没有狗毛，就连狗盆子都没有。”

温弦身子一僵。

而此时，在居民楼的楼下，霍启在这黑灯瞎火的地方站了一会儿，觉得没那么害怕了。

他没来过这种地方，东瞅瞅、西看看，什么都觉得好奇，还在附近拐弯处的一根电线杆上贴着的小广告前驻足看了一会儿。

就在这时，一辆小面包车从他身边驶过，因为是拐角，所以车子速度放慢了些，里面隐隐有一些声音传来。

霍启微愣了下，再反应过来的时候，面包车已经开走了，没一会儿在前面不远处的一栋居民楼楼下停了下来。

他没太在意，只是跟着走了过去，准备去看看温弦和桑年。

这时，他看见一个人从面包车上下来了。那人不高，还有些胖，戴着顶帽子，直接进入那楼道里。

霍启走到车旁时，听到了车里的一些声音。准确地说，像是金属的碰撞声，还有一些……小动物发出的声音？

他眉头皱了下，随后也进了那楼里。

他刚上一层楼，就看见刚才那个男人着急忙慌地从楼上下来。

霍启疑惑，这人刚上去就下来了，楼上有什么，不就是温弦和桑年他们吗？

电光石火之间，他脑海里闪过了一个念头。

霍启一想到他刚刚听到从车里传出的声音，瞪大了眼睛。

随后，他便什么都不顾了，连忙冲了出去。

在路边赶紧拦下一辆出租车，他钻进去后，直接跟司机道："师傅，追，追上前面那辆车！"

他急忙给温弦打电话，那边不知在忙什么，响了片刻后，才接通。

他的气息还有些紊乱："弦弦，我发现了可疑人员，那人刚才进入居民楼，好像是看到你们在楼上，就立刻下来了，而且我听见他车里还有些动静，不太对劲。"

温弦立刻回复："你现在在哪儿？我们马上就来！"

随着她的话，霍启听到了她急忙下楼梯的声音。

"我给你开个定位，我让的士师傅追着那辆车呢。"霍启挂断电话后，忙不迭地给她发送定位。

司机听着他的对话，有些激动："您是便衣警察吗？咱们这是在抓坏人？"

霍启愣了下，他？便衣警察？抓坏人？

霍启看着司机眼底的亮光，内心突然升起了一抹难以言喻的情绪，他大言不惭地道："这都让你发现了，你厉害了，师傅。咱们一定要跟上那辆车，不能跟丢了！"

"电视里都是这么演的！您放心，我一定跟住了，不能让犯罪分子逃之夭夭！"说罢，那司机更来劲了，盯着前面那辆车，猛踩一脚油门，紧追不舍，吓得霍启一把抓紧了车内的扶手，差点儿坐不住。

就在霍启在前面紧追不舍的时候，温弦和桑年开着越野车迅速追了上去。

刚才在方芷那里一无所获，她一口咬定小狗死了，说是明天再带他们去找。

温弦觉得疑点重重，还想再询问的时候，霍启的电话打来了。

只是她真没想到，霍启平日里吊儿郎当、智商不在线的样子，却在关键的时候没掉链子。

那辆面包车一路疾驰，最后进入远离市中心的一个屯子里，路边写着屯子名的蓝色牌子一晃而过。

车子行驶了二十分钟，这边路上车辆很少了，霍启让司机小心地保持车距，好在是一辆出租车，不太惹眼。

进入屯子后就是小路，虽是水泥路，却有些崎岖不平，周围都是树林，夜里风一吹，哗哗作响。冷月被黑云遮住，树影婆娑，远远看去，像扭动的鬼影。

霍启脸色都白了几分，这是什么地方啊，大晚上还怪瘆人的。

天空漆黑，冷月半掩。屯子里的人家之间都有一定的距离，只有零星的一点儿灯光从房子的窗户里透出来。

那辆面包车最后停在了一间车库门口。

不方便继续开车追了，霍启下车悄悄跟上去，四处找可以隐藏自己的物体。

他躲在一棵树后时，看见面包车里的人下来，然后四下看了看，似乎在看有没有人跟踪。

霍启吓得心脏都快跳出来了。

等他再竭力鼓起勇气看过去，只见车库那里有一个灯泡散发着微弱的光，稍微将那边照得清楚了些。

在看到那人做什么的时候，他顿时瞪大了眼眸。

那人从车上抬下一个铁笼子，里面都是小猫、小狗等动物。

那人来回几次，一共搬下了好几个笼子。

就在霍启屏住呼吸，拿手机偷偷拍摄的时候，肩膀被人拍了下。

被这一拍，霍启吓得差点儿蹿起来，刚要大喊一声，就被人捂住了嘴巴。

"嘘！是我！"温弦的声音在他耳边响起。

霍启听到熟悉的声音，这才魂魄归位。

"什么情况，这人真的有问题吗？"温弦松开了他，一边冲那个方向看过去，一边问。

霍启连忙给她看自己刚才拍摄的照片："你看！"

照片上正是那个人拎着笼子进车库的画面。

温弦一看，脸色都变了。

桑年情绪激动了起来，他气得耳根都涨红了，咬牙道："是不是那女人把我们的狗卖给了这人？小狗说不定还没死，我们快去找！"

他刚想冲过去，手臂被温弦拉住了。

温弦望着车库的方向，眼瞳微微一缩，满眼的难以置信，脸色瞬间白了。

霍启和桑年也看到了那一幕，顿时目瞪口呆，脸上逐渐没有了血色。

再恐怖的电影也不过如此了……

在那车库里，被关在一个巨大笼子里的庞然大物缓缓动了起来。之前它一直一动不动，距离又远，所以没人发现它。

而此时，他们看见昏黄的灯光下，一条黄色的巨蟒逐渐立了起来。

“我、我的天，那是黄金蟒……”桑年完全震惊了。

他没想到，在这种地方竟然有人会养殖黄金蟒，这是绝对的肉食性动物。

那个男人打开它的笼子后，扔了一只小动物进去。

不知是小猫还是小狗，甚至不知死活，可这都无法阻止那条巨大的蟒直接出击捕捉，一口咬住，然后吞了下去——画面异常残忍。

那个矮胖的男子手中还拿着一架摄像机，在围绕着黄金蟒不断拍摄着。

温弦看着这一幕，只觉得一股气血涌上脑袋，让她的眼睛都微微泛起了猩红色，指尖都气得颤动。

在桑年和霍启还僵住的时候，一个人影骤然冲了上去。

“弦姐！”桑年根本来不及抓住她，脑子嗡的一下，不管不顾地追过去了。

没办法，他弦姐是一个女人，手无缚鸡之力，这样冲过去，出了事可怎么办。

霍启像是完全吓傻了似的，那张漂亮的脸蛋一片惨白。

什么情况，他是谁，他在哪儿，他应该做什么？

温弦冲了上去，不仅仅是因为内心的愤怒，更是来源于内心的恐慌，她怕他们的小狗也会沦落到这样的下场。

那条黄金蟒吞下一只小动物后，吐了吐蛇芯子，似乎还没吃饱。温弦眼睁睁地看着那个男人又从一个小笼子里揪出一只黑色的小动物要扔进去。

那只小动物是活的，正疯狂地挣扎着，恐惧地汪汪叫着。

那是一只黑色的狗，有些熟悉的身影映在她的眼瞳之中，她拼尽全力大吼了一声：“住手！”

那个男人手一抖，手上的小家伙挣扎着掉了下来，它不顾被摔得多疼，迅速往外冲。

温弦的心头被狠狠一撞。

跑出来的小狗就是那个爱吃地瓜、爱在她面前仗人势、爱咬她鞋带的小家伙。

它还活着！它疯狂地汪汪叫着，直接朝着她的方向快速冲来。

漆黑的夜晚，一个远离城区的不起眼的小屯子里，有间正亮着一盏灯泡的车库，里面饲养着一条黄金蟒，前一刻，还有一只小动物葬身于它的腹中。

温弦俯身，逃出来的小家伙直接在空中飞跃，蹿到了她的怀里。

温弦的心都要碎了，小家伙正在她怀里不停地发抖，紧紧地缩成一团，小爪子死死地扒着她的衣服，圆溜溜的眼睛都蒙上了水雾，满是恐惧。

她曾以为，自己面对任何人都不会有感情，却遇上了陆枭；她也以为，自己面对任何小动物都可以冷眼旁观、毫不关心，直到此时，感受着怀里的颤抖，她只觉得自己的心再次被狠狠地刺痛了。

她抬头看向那个矮胖的男人时，眼底已经燃起了足以燎原的怒火。

而那男人看到有人出现后，先急切地藏好什么东西，再对着她大吼："喂！你是什么人！放下我的狗！"

桑年微微喘息着赶来了："弦姐，别冲动，我们还是先报警等救援……"

他觉得事情没那么简单，岂料，他话还没说完——

温弦扭头将怀里的小狗放到了他怀里，阴森森地咬牙落下一句："来不及了，你先看好它！"说罢，桑年就看见她直接冲了上去。

他再次傻眼了，她是一个女人，一个女人啊！

就在他抱着小家伙想冲上去帮忙的时候，看到的场景，顿时让他瞪大了眼睛。

温弦冲过去后，面对那个满脸横肉、走出来要找她算账的男人，直接一个高抬腿，一脚狠狠地踹向了他的下巴，让他整个人离地，随后身躯重重地摔在地上。

她那标准的对战姿势，一看就是练家子。

桑年已经失去表情。这个一脚将男人踹得摔在地上的女人是他的弦姐？

在他眼里，弦姐是一个美丽动人，需要他们老大好好呵护的大明星啊。

此时，霍启也过来了，桑年忙把小狗递给他，让他抱着，自己赶紧过去帮忙。

可哪里用得上桑年呢。

那个男人重重地摔在地上后，温弦又是一个飞扑，下落的时候，手肘重重地砸在了他的胃部，顿时让他惨叫一声，痛苦得面目扭曲。

温弦这才起身，打量车库。

车库里靠墙放着一个个铁笼子，此时还有七八只小猫小狗，有的在里面吓得不断发出叫声，有的则是缩成一团不断地发抖。温弦甚至看到离她最近的那只小猫咪的眼角还挂着泪珠，瑟瑟地缩成一团。

她看得心头一阵疼痛，气得又回头捶了那男人一拳。

“怎么都像是家养的宠物？”桑年赶来后，看着那些小猫小狗惊愕道。

的确，那些小家伙看着一个个都还算干净的样子，而且品种多样，有小蝴蝶犬、小腊肠、田园犬，还有橘猫，等等。

这些动物都是活的，就这样被直接拿去喂那条蟒蛇？

黄金蟒是国家一级保护动物，原则上不允许私人饲养，而且，拿别人家的宠物去喂养它，这是疯了吗！

桑年一想到他们管辖区的小狗差点儿沦为蟒蛇的腹中餐，一阵恐惧涌上心头。

“喂！你们是什么人！”就在这时，听到动静赶来了两个人，看见有陌生人，顿时操起了角落里的棍子冲了过来。

温弦连忙道：“桑年，快把这些小动物都带走！”

“那弦姐你……”话还没说完，他看见温弦的动作后，再也说不出话了。

她侧身避开迎面劈来的棍子，随后一个高抬腿，脚重重地踢在前方一人的脑袋上，那人踉跄了几步，痛得捂住脑袋。

蓦地，一阵风又从后脑袭来，温弦偏头一躲，顺势一把扣住了那人手腕的同时，手肘狠狠地撞击他的腹部。

下一秒，那人只觉得脑袋上突然重重地挨了下，顿时两眼一翻，昏倒在地。

他的身后是一只手托抱着小狗、一只手还举着半块砖头的——霍启。

温弦微微喘息着，撩了一下额角的发丝，对霍启说：“干得好！”

不远处有车灯亮起，在黑夜里明晃晃地朝他们这个方向扫射着。

是谁？温弦脸色一变。

树影晃动，皎月逐渐从黑云里透射出冷冷的清辉。一辆越野车从树林中的小路开过来，车灯光明晃晃的，照亮了这里滋生的罪恶。

温弦望着那边，清冷的月华下似有熟悉的容颜闪现。

“老大！是队里的车来了，肯定是老大！”桑年激动地道。

越野车停在了他们身前，一个高大挺拔的身影迅速从车上下来。

陆枭看了看躺在地上打滚的人，冲上去一把抓住了温弦的手臂，急切地道：“怎么样，你有没有事？受伤了吗？”

他漆黑的眼底除了担忧、紧张，还有些凝重，似乎已经知道这里发生了什么。

温弦微微摇头，直接埋入他的怀里，紧紧地抱住了他，声音有些哑：“陆枭，我亲眼看到了……他们怎么能做这种事！”

陆枭望着车库内的一片狼藉，脸上逐渐覆上一层冰霜。

他握住她的肩，沉声道：“别再想了，后面的事都交给我。”他扭头吩咐，“桑年，立刻把这些动物都带上车，我去检查一下。”

桑年连忙应下：“好的，老大。”

桑年赶紧让霍启帮帮忙。

霍启抱着小狗问：“等等，你叫他什么，老大？”

“别问那么多了，赶紧走！”

桑年和霍启去护送小动物们离开的时候，温弦则和陆枭在车库里检查。

温弦看着笼子里的黄金蟒，竭力地遏制住自己反胃的冲动，显然之前那一幕已经给她留了下心理阴影。

“这帮人简直太变态了，抓来的都是一些宠物。”

如果那些小动物的主人知道一直陪伴在自己身边的宠物都进了黄金蟒的腹中，一定会崩溃。

因为她已经切身体会。

陆枭不知发现了什么，抬手伸向一个架子。

那架子上盖着一块黑布，他一把掀开，里面竟是一台摄像机，还闪烁着红光的摄像机镜头正对着他们。

陆枭拿下来，低头检查着里面的拍摄记录，脸色一点儿一点儿变得阴沉和难看：“事情看来真没有那么简单，这里面拍摄的都是虐待动物和黄金蟒吃动物的视频。”他看向温弦，蹙眉道，“而且我怀疑他拍摄这些视频，还有其他的意图。”

“怎么说？”温弦揪心地连忙问。

陆枭声音冷然至极，眼底浮现愠怒：“这些视频可能会被他们拿去售卖。”

他怀疑，可能有着不为人知的产业链，否则那些人怎么会去拍摄这些画面，然后保存下来？

温弦的脸色白了几分，想到什么，她咬牙切齿地道：“别忘了方芷，是她带走了我们的狗，还骗我们说狗被撞死了。”

是的，她还要找方芷算账。

而方芷恐怕也不知道，他们已经找到了小狗，还发现了她背后所隐藏的黑暗交易。她在这里面到底处于一个什么样的位置？她到底又参与了多少？

“她恐怕很快要去局子里走一趟了。”陆枭蹙眉道。

不是没遇到过虐待动物的案例，可今天这样的场景，摄像机拍摄到的画面，让人内心产生了强烈的不适。

但可悲的是，目前这种事情不构成犯罪，无法对作恶之人判刑。

他们报了警，警察很快来了，将这几个人带走，并且想办法带走了那条黄金蟒。

有陆枭的提醒，他们果然在这几个人身上的其中一部未来得及删除信息的手机内，找到了相关交易信息。

他们在这部手机的微信里发现了有着“虐待动物”“蟒吃活物”等敏感字眼的打包文件，发送给了一个微信名叫“心平气和”的人。

对方则给他转账一千元。

警方发消息给对方，却发现这个微信已经被对方删除。

第二章

深入虎穴救生灵

两辆车疾驰在公路上，此时已经是晚上十点多了，公路上很黑，两侧的草原像是一个巨大的黑洞，仿佛能吞噬一切。

坐在副驾驶座上的温弦收回了看着车窗外的视线，心情还是沉重得很。

怀里的小家伙身子抽动了下，温弦连忙继续在它的小脑袋瓜上轻抚着，给它安全感。

想想之前那一幕，她都感到很恐怖，更别说是一只两三个月大的小奶狗了。

小家伙较之前长大了不少，皮毛乌黑油亮，虽平常淘气了些，但是长得特别可爱。在见识过这世间的人心险恶后，此时它老老实实地窝在温弦的怀里，黏人得很，似乎完全忘记之前还扑上来撕咬过她的鞋带。

温弦看着它，顺着它的毛："大难不死，必有后福，我们给它起个名字吧？"

平常大家都是"狗子""狗子"地叫，还没给它认真地起个名。

陆枭看了她一眼，声音在夜里显得很温和："好，你来定。"

"平安。"

温弦说罢，望着陆枭微微笑了下："它以后就叫平安，你以后就是它的爸爸了。"

陆枭一脸问号，他是一只……狗的爸爸？

下一秒，他就见她垂眸，顺着小奶狗的毛，柔声道："因为，是我给了它第二次生命，所以它以后就是我儿子了。"

冷冷的月华洒落下来，铺在公路上，越野车在公路上疾驰。

男人一边开着车，一边在她怀里的小狗身上扫了一眼，淡声开口："都随你。"

他嘴角轻轻扯了一下，颇有几分无奈，最终还是妥协。

他以前搞不懂为什么有人养宠物一口一个"儿子"或"闺女"地叫，现在他懂了。

看着温弦抚着小狗的脑袋，一口一个"平安"地叫着，再看那小狗紧紧缩在她怀里的样子，他无端有些吃味。

他突然咳了声。

温弦继续安抚着小家伙。

男人有些不甘心，又咳了几声。

温弦将垂落下来的发丝别到耳后，关心地道："怎么了，你嗓子不舒服？"

男人闻言，沉默了下，接着嗓音模糊道：“你什么时候考虑自己生一个儿子？”

温弦一愣。

陆枭被她盯得有些不自然了，一只手虚握成拳贴在唇边轻咳了声，似在掩饰什么。

温弦收回了视线，手继续轻抚着小狗，视线却有些飘忽不定。她轻咬了下唇瓣，小声道：“如果你想让我给你生一个孩子，明年出生，那今晚我看……倒是挺合适的。”

似有几分开玩笑的意思，可她还是微微红了脸。

温弦从来没想过这些，曾经连婚姻都不敢想，只觉得遇不到喜欢的人，孤单一人，潇洒一生也挺好的。

如今遇到了陆枭，她也没想到生孩子。

可是，一想到，如果能为陆枭生孩子，她内心骤然生出一股难以言说的微妙感觉，有些悸动，那样的话，她和他之间就有了再也扯不断的牵绊。

她恐惧婚姻，恐惧家庭，甚至恐惧世上会有另一个孩子将来成为曾经的自己。可是，遇到陆枭后，这些她都不再担心了。

她想，如果孩子的爸爸是他，那么他会是这个世界上最好的爸爸。

陆枭没再说话，只是伸过来一只手，紧紧地握住她的。

该有多喜欢一个人，才会愿意为他生孩子？尤其是温弦，因为受曾经的成长经历影响，所以这不是一个简单的决定。

“温弦。”

她应道：“嗯？”

“你遇到的人是我。”

温弦听着陆枭说的话，明明嘴角含着笑，可眼睛一下子有些湿润了。

是，就是因为他是陆枭，她整个人的命运才从此发生了转变啊。

凌晨三点左右，就在他们快到管辖区的时候，温弦已经困得迷迷糊糊了。视线模糊间，她看到迎面有辆车驶来。

她下意识地睁了下眼眸，正对上那辆车子里一人的眼睛，让她骤然一个激灵，困意全无。

反应过来的时候，两辆车已经错身而过，她只能从后视镜里看到远去的车辆。

“怎么了，做噩梦了？”陆枭看她浑身一颤，蹙眉问道。

温弦脸色有些发白，脑海里还是刚刚恍惚间看到的一双眼睛。那双眼有些熟悉，她似乎是在哪里见过——带着几分戾气，还有些阴森。

她真的不是眼花或者做噩梦吗？

温弦微微摇头：“没事。”

话虽那么说，可她还是暗暗思索着，那个人是谁？一个信息在脑海里迅速闪过，可很快消失，让她难以捕捉。

十来分钟后，他们抵达管辖区。

虽然已经很晚，但是李大爷早早拿着手电筒站在管辖区大门那儿等待着他们，来回踱步，现在可算是看到他们回来了。

亲眼看到小狗，李大爷忍不住老泪纵横。

“唉，幸好没事啊，我的来福啊。”接过小狗，他双手在颤抖。

“什么？它叫来福？”温弦问道，又忍不住在他肩膀上拍了拍，“好了，好了，这事又不怪你，如今找回来就好了。我也给它起了个名，叫平安，它大难不死，必有后福。”

她安慰着李大爷，李大爷心底更不是滋味了，抱着小狗子摇摇头，没再说话，转过身。

温弦看见他低头抬手，用手背在眼角处蹭了蹭。

温弦叹息。好在李大爷不知道发生了什么事，否则，他一把年纪了，怎么受得了。

温弦见桑年他们那辆车也快回来了，等陆枭停好车后，连忙拉着他离开，上楼。

霍启还在那辆车里，可不能让他看到她，毕竟她今晚是打算和陆枭在同一间房住，明天就要回剧组了。

“怎么那么急？”陆枭跟着她上楼，问道。

“你不是说想生一个……”温弦不知想到了什么，随后干笑着道，“我急着上厕所。”

陆枭信了她的话才怪。

温弦一上楼就钻进了他的房间，明明给她安排了养伤的客房，她不去，偏偏在这深更半夜里来他房间上厕所。

果然，他推开门，手刚落在灯的开关上，就被另一只手摁住了。

“别开灯。”温弦的声音从他耳边低低地传来。

房里的窗帘半掩，窗外的月华倾泻下来，随后，一个温热、柔软的身子靠在了他的怀里。

窗外的光洒落在整洁的单人床上，铺在木质的地板上，门口处则陷入黑暗之中。

一切似乎都变得很安静，静得只能听到彼此的呼吸声。

终于，耳边缓缓响起她软软的声音：“陆枭，我明天就要回剧组了。”

和他在一起的时光总是过得很快，她不舍得和他分开，一次比一次更不舍。

陆枭察觉到她的情绪，低下头，伸手拥住她纤细的腰身，眼底黑漆漆的，沉声问：“所以呢？”

她以为两人会再次分开。

她并不知，他这几天有个重要的新任务，也要去剧组拍摄地附近一趟。

考古专家在西藏考古的时候，挖出了一批珍贵的文物，非常具有文化研究价值。从西藏进入青海后，文物会交给陆枭他们护送到国家博物馆。

任务不能透露，他不会告诉她。

温弦埋头在他的胸口，手往下滑，有些急切地扯着他的衣服。

她折腾半天都无济于事，头顶却落下一道低低的笑声。

温弦觉得脸上一热，然后自己的手突然被他握住了，耳边落下好听的声音，还夹杂着几分浅淡的笑意，他道：“我自己来。”

他就像是一个纵观全局的人，看着她急，看着她羞，看着她恼。可他稳如泰山，不费吹灰之力就能勾得她意乱情迷。

温弦哼唧一声，听着窸窸窣窣解皮带的声音。

怎么回事，怎么突然觉得有些羞耻了？

他将皮带解开后，微微拉开她，低沉的声音在夜里平添了几分诱惑：“我先去洗个澡。”

“一起去吧？”温弦下意识道，眼巴巴地盯着他。

陆枭直接将她拉开，又好气又好笑地道：“急什么？瞧你那点儿出息，擦擦口水。”

陆枭手臂一抬，上衣一撩，露出了精壮结实的腹部。

温弦蹭了蹭嘴角，意识到自己的动作后顿时一窘，盯着陆枭的后背瞪圆了眼睛，痴痴地望着，大言不惭道：“就没出息怎么了，太平洋都是我为你流下的口水！”

男人的背阔肌收得很紧，像是蕴含着强悍的力量。他宽肩窄腰，脊骨微微凹成弧度一直延伸至他的腰部，下面是穿着黑色牛仔裤的长腿，简直就是行走的荷尔蒙，看得温弦口水再次流下三千尺。

陆枭冷不丁回头，看到她那模样，砰的一声关上了门，不客气地骂了声：“流氓！”

浴室里传来哗啦啦的水流声。

温弦听着声音，整颗心都要起飞了。

她一边脱着衣服，一边来到床边，毫不客气地霸占着他的这张单人床时，她已经脱得只剩下一件衬衫了。

“可怜的床啊，真是辛苦你了啊。”说着，她还颇为怜惜地轻轻拍了拍。

浴室里，微凉的水不断地冲刷着陆枭，顺着他英俊的脸滑下，在他的锁骨上聚集，然后接着流过他结实的身躯。

约莫十分钟后，他下半身围着一条白色浴巾出来了。看到床上的一幕，他微微怔住。

陆枭盯着温弦看了好一会儿，擦干短发之后，才走了过去。

她侧着脸趴在那里，睡得憨憨的，细白的手指还抓着枕头的一角，呼吸缓慢而均匀，整个人已经沉沉地睡了过去。

陆枭无可奈何地轻嗤了一声，摇了摇头，彻底被这个磨人的女人打败了。

下一秒，他拉过被子，轻轻帮她盖上。

他知道，她是太累了。

今天在他不知情的情况下，发生了太多的事。

她之前拍戏受的伤刚好，又发生了今天的事，她的身心应该都很疲惫。

天际的地平线逐渐泛起了鱼肚白。

他拿温热的毛巾给温弦擦了擦脸和脖子，然后轻拥着她眯了一会儿。

他几乎没怎么睡，不过一两个小时的工夫，他就起床了，先去带着队员晨练，白天还要去执行护送文物的任务。

等温弦沉沉的一觉睡醒的时候，已经是晌午，她还是被不断响的手机给吵醒的。

她迷迷糊糊地摸到手机，将其贴在耳朵上，声音含糊：“喂……”

下一秒，她倏然浑身一个激灵，瞪大了眼睛，整个人都清醒了。

外面光线强烈，照射进来，让她浑身都发热了。

一个鲤鱼打挺坐起身，衣衫凌乱的她赶紧道：“我快了，很快到，什么？我绝对没有在睡觉，我在车里呢，在路上了！”

挂断电话后，她也顾不上眼下是什么情况，急急忙忙地穿好衣服，冲进洗漱间。

玲姐给她打电话，说有一个很重要的电影记者会在中午召开，她是主角，必须去，可她睡过头，把这件事情给忘在脑后了。

她迅速地洗脸刷牙，拿着包包下楼的时候，手中还拿着一个防晒喷雾使劲地往自己身上喷。

没办法，她可以素颜，但是不防晒的话，在这种紫外线极强的地方可是会被晒伤的。

她一出去，陆枭刚好在跟一帮队员交代着今天的任务。队员们看见她，顿时一个个笑着露出了大白牙，嘹亮地喊了一声：“嫂子好！”

温弦一窘，陆枭闻言，也看了过来，只是漆黑的眼里含着几分说不清道不明的意味，似有暗潮。

温弦一下子就懂了，路过他身后的时候，伸手不怕死地拍了他一下，倒打一耙：“昨晚你怎么回事？陆枭，我真看不起你！”说罢，她也不管他脸色如何，赶紧先溜了。

人虽然溜了，但她感觉自己后背像是要被人盯穿了似的。

下一秒，她就听到身后的男人中气十足地喊道：“任务都清楚了是吧，出发！”

“是！”队员们整齐而浑厚的声音传来。

温弦出了院子回头一看，浑身一紧。

只见队员们全部整装待发，纷纷冲出来准备上车，她不知道他们要去干什么。

人群中，陆枭一边走过来，一边低头点烟，他再抬起头的时候，视线刚好和她的相撞。

从他的鼻间徐徐呼出了烟雾。烟雾微微消散时，她看到他轻舔了下牙，素来冷冽的眼眸微微眯起，平添了几分说不出的邪气，浑身上下写满了“危险”二字。

只一眼，温弦浑身鸡皮疙瘩都起来了，这么多人在，他应该不会把她怎么样吧。

他们出发时，算上陆枭坐的车，共有三辆，一共十个人。

陆枭见大家基本上车了，视线扫到还有一个队员在院子里和一个女孩子说话，顿时大喊了一声他的名字。

桑年无可奈何，任务紧急，只好对阿妈家的女儿道：“金珠，你等我回来给你解释。”

说罢，他连忙冲了出来，只是刚要上越野车，就被陆枭叫住了。

桑年一慌，讪讪地过来了。

陆枭怒喝：“你一个小伙子，总跟女人腻在一起算怎么回事，有没有点儿出息？这么多人等着你，看不见吗？！”

桑年被他吼得一颤一颤的，今天老大的脾气怎么那么大。

陆枭训斥完后扬扬手，让他离开，随后对身边的女人冷酷地说：“你，跟我走。”

桑年默默地看着弦姐跟在陆枭的身后，老大如此“双标”，不知玩得开心吗？

车队在公路上疾驰，温弦刚刚在老虎屁股上拔毛，现在不敢放肆。

她的眼睛频频看向身后的车队，心想：他们怎么出动了那么多人？

她问：“你们这是要去执行什么任务吗？”

陆枭淡淡地瞥她一眼：“不是什么要紧的事情，查获了一批鹿角和动物皮毛，我们要去收回来。”

温弦微微挑眉，她当然不希望他参与什么危险的任务。

这时陆枭不知想到什么，主动道：“对了，警方调查了‘心平气和’这个账号，发现它是用国外的手机号码注册的，难以追踪查询。”

温弦心一沉，脸色变了。既然如此，只能审讯抓到的那几个人，一旦他们咬死不松口，谁知道幕后合作方是谁？

临近中午，后面的车辆就和他们分开了，陆枭送她去剧组。

她这次走得突然，没有通知霍启，他肯定又要奓毛。

温弦终于抵达了剧组的记者招待会现场。一下车，她就被人拉过去化妆、换衣服，连和陆枭告别的机会都没有。

这次电影记者招待会同时也和募捐活动相关。电影出品方决定将这部电影获得的所有利润都捐赠给西部地区的动物保护事业。

温弦是一线大明星，很多记者都是奔着她来的。

记者会上，温弦作为女主角发言的时候，一个女记者对她提出了一个问题："温弦，你之前公开坦言你有一个爱慕的男人，他是普通人，那么你这次拍戏是否为了他来的呢？他生活在这里吗？"

显然，这些记者迫不及待地想了解关于她的八卦绯闻。

温弦目光微沉，平和的视线里逐渐透出一丝寒意，没想到这个记者竟然会猜得那么准，大家不是都以为她爱慕的是程东原吗？

她看向那个发言的女记者，露出官方式的微笑："这是我的私人问题，希望外界不要过度关注，相比之下，我更希望大家关注我们的电影本身。"

温弦对这个话题避而不谈，女记者却极为不甘心，眼瞳闪着幽幽的光。

她可是收到关于温弦的匿名爆料的。

电影记者招待会还在继续，温弦的问答环节结束后，她先行离开。

她这次回剧组，不仅仅是为了拍戏那么简单，她还要找某人好好算账。

"方小姐呢，你看见她了吗？"温弦在后台拦住一个剧组工作人员问道。

女助理连忙给她指了一个方向："我刚刚看见方小姐去洗手间了。"

温弦看向那个方向，明亮的眼眸里迸射出一丝冷意。

女洗手间的门被推开，温弦看见正在盥洗台前补妆的女人。她穿着白色衬衫，蓝色喇叭裤，一副知性、温和的样子。

看到温弦后，她表情微微凝固，随后冲着温弦微笑，像是什么都不知道的样子。

温弦望着她，嘴角轻扯，一步步走了过去——

的确，方芷还不知道，温弦已经把小狗找到了。

温弦不紧不慢地走到镜子前，打开包包，掏出一根正红色的口红，对方芷幽幽地说："方小姐看着气色有些不好啊，补了妆也遮不住你的憔悴。怎么，弄死了我的狗，心底很愧疚是吗？"

方芷面上的笑一凝，视线微微闪烁，缓缓垂眸道："温弦，这件事也给我留下了阴影，我不是故意的，并且……"她说到这儿，犹豫了下，又道，"虽然是我的过错，但、但那狗是属于陆队长他们管辖区的，似乎和你……应该没有什么关系吧？"

话里的意思不要太明显，就是在告诉温弦，不要多管闲事。

"呵！"温弦微微摇头，为方芷的虚伪面容所叹服——牛啊。

的确，如果不是温弦亲自参与了那件事，她哪儿能想到，看起来知性温柔的方芷，内心竟然如此阴暗、扭曲呢。

而在这时，隔间里出来了两个人。好巧不巧，一个正是和温弦结了梁子的程霏雨，另一个则是剧组里上了年纪的编导。

刚才那些话，显然被她们都听了去。

程霏雨过来洗手的时候，阴阳怪气地说："有的人啊，就是喜欢肖想别人的东西，现在竟然连死的都不放过。"她看向了方芷，微微一笑，"方小姐，没事的，有些人认不清自己的身份，别往心里去啊。那狗虽然死了，但你也不是故意的，再说，只是一条狗而已。"

话音刚落，她身边有人怒斥："你说什么？"

程霏雨抽出纸巾，一边擦着手，一边转过身来看着温弦："我说啊，那就是一只狗，早晚都——"

啪！

还不等话说完，伴随着一道女人的尖叫声，程霏雨的脸上瞬间出现了一个清晰的巴掌印。

瞬间大家都看傻了，程霏雨更是瞪大眼睛，一脸的不可置信。她死死地看着温弦，声音都微微颤了起来："你，你竟然敢打我？"

温弦冷笑一声："你长着这一张脸干什么，不是早晚要被人打的？"

"你！"程霏雨气极，手掌扬了起来。

啪！

又是一巴掌落下，又快又狠，根本不给程霏雨反应的机会，温弦把她扇得一个踉跄，差点儿跌倒。

温弦盯着程霏雨，之前总是笑眯眯的表情彻底消失，被狠戾取代。

温弦冷冷地道："我忍你很久了，狗永远是狗，可有的人却不一定是人！再敢说出那种话，我撕烂你的嘴！"

程霏雨被打得头晕眼花，都要气疯了，可看着温弦眼底的狠厉，内心竟生出了一分恐惧。

温弦再看向方芷，嘴角轻扯，皮笑肉不笑地开口："方小姐，你昨天不是说要带我去找狗的尸体？既然如此，我们先加个微信吧，等你通知我。"

面色惨白的方芷不敢说话。

那个编导看着这一幕，想说什么，又忍住了，最后只是扶住了狼狈的程霏雨。

这一招杀鸡儆猴，让方芷目瞪口呆，没想到看似温柔妩媚的温弦，竟还有这样一面。

"方小姐，是你加我的微信，还是我加你的微信呢？"说话间，温弦已经打开了微信，笑眯眯地看着方芷，根本不容她拒绝。

方芷看着温弦，眼底显然多了些许深意。

温弦看着方芷拿出手机，点开了微信。她微微眯起眼眸。

方芷的微信昵称——心如止水？

如果温弦没记错的话，之前警察查的那个微信的昵称是"心平气和"。

方芷迫于压力，主动添加了她。

温弦通过好友申请之后，立刻查看她的微信号 ID，眼眸闪烁了下。

不是，和警察查的那个嫌疑人的 ID 不一样。

温弦唇瓣轻抿，随后视线落在了她的……手机上。那部手机里，只有这一个微信吗？

方芷和温弦对视了一下，温弦的眼眸漆黑，像是藏着旋涡，令人下意识地觉得危险。

方芷的睫毛轻颤了下，咽了一下口水："温小姐，我会尽快安排这件事，带你去找狗。"

温弦双臂环抱，幽幽地盯着她："好，我等着。"

温弦倒要看看，方芷会如何带她去找平安的尸体。

方芷强作镇定地离开后，温弦也不管程霏雨，不紧不慢地跟了出去。她盯着方芷离开的背影，嘴角轻扯，带着几分嘲讽。

远离记者招待会的会场后，方芷四下看看，走到了一间无人的摄影棚旁，这才低头拿出手机拨出了一个电话。

这个时候外面太阳大，大家都去房间里了，只有零星的几个杂工在外面布景。

她耐心地等待了片刻，手机嗡的一声，终于有人接听了。

“喂，现在是什么情况？下面的人怎么不回复信息？”电话那边不知说了什么，方芷脸色瞬间一白，“什么，我们的人都被抓了？！”

这话一说出口，她意识到什么，赶紧捂住了手机话筒。

四下观察了一番，没有发现任何动静之后，她压低了声音，镇定道：“一定要堵住他们的嘴，这种事情，他们不会被关太久，出来后，我会好好补偿他们。”顿了一下，她又缓缓地说，“帮我准备一只三个月大小的狼狗，车祸，越看不出模样越好，然后找个地方埋了，把埋的地址发给我，晚上我会带个‘垃圾’过去查看。”

说出这话的时候，她眼底闪过冷意，仿佛弄死一只猫猫狗狗，就像踩死一只蚂蚁那么简单。

吩咐好一切，她挂断电话。

她从摄影棚旁走过来，低着头，视线里却出现一双鞋子，她蓦地僵住了。

方芷一抬头，温弦站在前面，双臂环抱，一只手中拿着一部手机，正开启录音模式。

方芷脸色一白，脚下意识地往后退了半步：“你怎么在这儿？”

温弦一副百无聊赖的样子，手指捏了捏耳朵，哧哧地轻笑了起来。

方芷死死地盯着她，又看向她手中的手机。

她……录音了？

温弦嘴角勾起：“我怎么在这儿？当然是想看看你怎么去找我的狗，哦，对了。”她故意顿了一下，挑眉，“方小姐，你刚刚是不是说晚上带一个‘垃圾’去查看？我没听错吧？你说的‘垃圾’是谁啊。”

方芷尽力让自己语气平静：“温小姐，你听错了吧，我没有说过那种话。”

温弦拿着手机在她面前晃了晃："是吗，那要不要让我们听一次，你刚刚说了什么？"

方芷神色一凝，袖子里的拳头不自觉地攥紧了。

温弦用指尖一戳，手机里有清晰的说话声传来。

越听，方芷的表情就越发僵硬，咬紧了牙。

温弦靠近，逐渐冰冷的目光紧紧地锁住了她："方小姐背地里竟然是这么狠毒的畜生吗？还真是让我长见识了。"

方芷死死地攥着拳头，脊背挺直，死不承认："我不知道你在说什么，我没做。"她抬腿想绕开温弦，直接离开。

温弦拦住了她，毫不隐瞒道："差点儿忘记告诉你，我家狗找到了，现在已经回到管辖区，活蹦乱跳的呢。真不明白，方小姐为何会说我家的狗命丧车轮之下呢？"

方芷的脸色瞬间一变，不禁想起刚才电话里对方告诉她的信息。她嘴角勉强地扯了下："你是在开玩笑吧，我明明见它被撞死了。"

温弦嘴角的笑意淡淡敛去，盯着她，一个字一个字地道："哦？你确定是被撞死的，而不是被你养的黄金蟒吃了吗？"

方芷身躯僵住，难不成，昨晚发生的事情和温弦有关？

方芷深吸一口气："我不知道你在说什么。"她死不承认，说罢，直接离开。

"啊！"

伴随着一声惨叫，被狠踹了一脚的方芷顿时飞了出去，身子直接撞在了摄影棚上，摔得极为狼狈，摄影棚摇摇晃晃，像是要倒下来。

有人闻声出来，注意到了这一幕。

温弦看也不看被踹倒在地的女人，而是冲着掉落在地面上的手机走了过去。

方芷的手机是人脸识别模式来验证，温弦走到她面前，一把掐住她的下颌，逼迫她识别成功，随后去查看她刚刚的通话记录。

——无。

竟然被删了个精光，温弦的眼神深了些，点开微信。

这一次，她再看到方芷的微信时，瞪大了眼眸。

这个微信显然和刚才添加自己的不是同一个，昵称是"心平气和"。

这正是警方调查追踪的那个嫌疑人的 ID，是那个将虐待动物视频进行交易的人。

温弦看到方芷微信里面的一个个交易记录，大部分是发放给各个代理、下线的，甚至还有一个她自己虐猫的视频。

视频中的女人没有露脸，可温弦还是通过声音和身形一下子就认出了，这就是方芷。

温弦恶心反胃的同时，再也忍耐不住火气，粗暴地抓住方芷的头发，怒不可遏地讽刺道："虐待比你弱小的动物，你就那么爽吗！"

然而，就在这一幕发生的时候，在记者会上不甘心的那个女记者偷偷躲在暗处，被眼前的画面震惊得瞪大了眼睛，迅速拿相机拍摄。

好家伙！知名一线女星耍大牌，怒打工作人员，这可是惊天爆料。

要知道，温弦那么火，早就是很多明星的眼中钉，都等着找机会将她一举"摧毁"，踩在脚底下。如今，她对工作人员的举动，简直是自取灭亡，肯定会遭到全网粉丝抵制的。

如果严重的话，像这样有过污点的明星很可能就会被雪藏了。

摄影棚边。

"给刚刚那人打电话。"温弦把手机递给方芷。

方芷被迫仰着头，呼吸有些凌乱，她微微颤着手接过了自己的手机。

温弦咬牙，一字一句道："打！告诉他，不许杀掉任何狗！"

方芷胸口不断起伏，她手中拿着手机，看似就要给一个人打电话过去的时候，突然要将手机往地上狠狠地砸去。

咔嚓。

"啊……"伴随着一声凄厉的惨叫，她的手腕顿时成了一个扭曲诡异的形状。

温弦嫌弃地在衣服上蹭了蹭手，道："你是觉得我傻，还是你自以为很聪明？想毁掉手机里的证据是吗？不好意思，晚了，既然你不配合，那就别怪我不客气了。"

温弦狠狠地甩开方芷的脑袋，方芷的脑袋磕到地上，顿时头晕目眩。

温弦找到微信的第一个联系人，拨了一个视频通话过去。

视频电话接通，一个鼻青脸肿的女人出现在镜头里，紧接着，有一道带着狠狠的威胁的声音传过去："看见了吗？你们做的恶事已经败露了，警察要来抓你们了。"

对方立马挂断了视频电话。

这一通电话后，他们自保还来不及，怎么还会想着再去残害小动物的生命。

而不远处，躲藏起来的记者将温弦的一切所为拍下来后，连忙跑了。

——等着马上见证一个高高在上的大明星彻底陨落吧。

温弦没有注意到动静。

她已经报警了，人证、物证齐全，方芷这个心理扭曲的虐待狂别想逃。

很快，警察就来了。

温弦没想到，陆枭竟然也来了。

烈日炎炎下，两个警察和一个身躯挺拔的男人一起过来。

温弦抬手遮挡了下阳光，看着逆光而来的男人，对他的出现感到很意外。他不是去执行任务了吗？

"你好，温小姐，非常感谢你协助我们抓获嫌疑人。"温弦将方芷的手机等证据交给警察后，其中一位真切地感谢道。

温弦有些不好意思，微微笑着摆摆手："没事，这是应该的，没想到她竟是这样残忍的家伙。"

"放心，这件事情已经引起了我们青海省相关机构的高度重视，一定会严查严办！"那位警察说完，便走到方芷的身边，拿出手铐铐住了她的手腕。

不过，看着她狼狈不堪的样子，他愣了下，犹豫道："温小姐，你知道嫌疑人身上的伤是谁造成的吗……"

方芷眼神阴冷地看着温弦，呼吸有些困难："是她，就是她恶意伤人！"

警察闻言，呵斥："别胡说八道！温小姐那么柔弱，能把你打成这个样子？！"

方芷胸口一滞。

几人看向温弦的时候，只见她一副娇柔小女人的样子，躲在陆队长的身后，茫然无辜地望着他们。

警察拉着方芷离开，方芷看着温弦和陆枭两个人的方向，内心生出一股强烈的嫉妒、不甘。她对陆枭的感情更是复杂，万万没想到自己丑陋不堪的一面竟会被他目睹了。

路过他们两人时，她讽刺道：“温弦，你看上了这个陆队长是吗，你真以为他是个好人？他有残疾证，是个残疾人，活该他一辈子只能在这种地方待着。”

那两个警察脸色一变，加快了脚步，将方芷带走，怒喝：“快走！”

说出的话，像是泼出去的水，无论如何都收不回了。

你真以为他是个好人？

他有残疾证？

是个残疾人？

风卷着那些话一声声在她的耳边回荡，清晰无比。

温弦站在陆枭的身边，眼睛还望着方芷被拉走的方向，一动未动。

她感受到身边的男人，身躯僵住了。

周围的空气似乎微微凝固，耳边除了风的声音，这一刻，再无其他。一分一秒都变得如此冗长、难熬。

温弦含笑的声音传来：“什么情况啊，陆大队长？你还有残疾证呢，我怎么没听你说过。”

温弦转身面对他，眼睛紧紧地盯着他。

男人站得笔直，冷峻、英俊的脸上不带任何情绪，只是那双漆黑的眼眸此时像是浮上了一层迷蒙的水雾，让他眼底的一切，都叫人看不穿、看不透。

他凝视着她，淡淡地嗯了声，道：“我有。”

我有……

轻飘飘的两个字被他说出来，像是有什么东西重重地砸在了她的心上。

他有残疾证。

二人对视着，再没说一句话。

温弦感觉舌尖有些发苦，她轻笑出声：“陆枭，你还真是深藏不露，没想到啊，我男朋友身体有恙，竟然是别的女人告诉我的。”

陆枭攥紧双拳，没有开口。

温弦语气带着几分漫不经心，继续笑道：“这种事情，你怎么不告诉我呢？怕我会嫌弃你，还是怕你这么美丽动人的女朋友跑了？”她的声音逐渐变小，“说吧，残疾是怎么回事？是之前当兵的时候落下的？”

一口一个“残疾”，她说得一点儿都不避讳，似乎根本不怕戳中他的心。

她眼底清澈透亮，眼神里没有同情，没有悲悯。

陆枭唇瓣轻抿，漆黑的眼眸似乎更加幽深了，令人难以揣测他此时的想法。

“说话啊，干吗不说话，被当面戳穿，没法面对我了？”她用细白的手指戳了戳他结实的胸膛，嘴里嘀咕着，“怎么，都不解释一下吗？”语气极为轻松，仿佛不是什么大事似的。

可温弦很清楚，他身为一个特种兵，有残疾证意味着什么——意味着一辈子再也无法执行任务，无法再和队友并肩作战。

不用细想，这恐怕也是陆枭内心深处无法触碰的心结。

他一辈子为之奋斗的理想，在曾经的某个危险时刻，突然破灭。

眼下她不装作风轻云淡的样子，难不成还要满脸同情、泪流满面地表现出她心底有多沉痛、压抑吗？

身体残疾的人最怕的就是别人的同情，那比什么都致命。他们希望自己和别人没有任何差别。

所以，哪怕她此时的心情疼痛压抑，也不会让他看出来。

“喂，我说陆枭，你怎么婆婆妈妈的，这……”

这一次，她伸出手去戳他的手指，蓦地被握住了。

太阳逐渐往西边转移，将两人的影子拉得更长了。青海的风素来很急，可此时放缓了下来，耳边的发丝微微地飘动。

她看见他薄唇轻启：“三年前，在金三角一场抓捕毒贩的行动中，意外发生了爆炸。战后，医生给我检查，发现我听力出现了问题，一只耳朵爆震性耳聋，基底膜撕裂，听不见声音了。”所以，他只有一只耳朵能听见声音。

温弦静静地望着他。

风又起，吹得她的发丝有些凌乱了。她一动未动，片刻后，突然开口：“是左耳吗？”

陆枭神色一怔：“你知道？”

温弦闻言，微微笑了下，没说话，只是手指不自觉地抠紧了手心，似乎只有这样，才能减轻内心深处骤然泛起的尖锐疼痛。

她是怎么知道的呢……若不是他这次亲口说出这一切，她或许一直都不会意识到。

温弦微微移开目光，望着远处绵延的雪山，脑海里浮现的是那一次在草原上，仙女湖畔，她对他表白之后。

她因摔倒崴脚，他背着她。她趴在他的背上，贴在他的左耳边小声告诉他，她好喜欢、好喜欢他。

可他的身躯僵了下，随后问她刚刚说的是什么。

她那时还以为他是故意装作没有听到，想听她再说一次。

“我还以为你是故意的，没想到你左耳是真的听不见……”温弦跟他说着话，明明嘴角和眼底都似噙着笑，但只有她知道，她此时的内心有多痛。

他左耳听不见，说得风轻云淡，可别人怎么知道战场上有多么残酷。发生了爆炸，如果运气再差一点儿，甚至可能人都没了。

都是血肉之躯，那一切用“残忍”来形容是远远不够的。

现在，大家之所以生活安稳，是有人拼死为保护国家、人民而负重前行。

温弦的眼眸忍不住有些湿润：“陆枭，没什么大不了的，我还是想对你说，你真厉害。”

陆枭目光深深地望着她。

温弦：“身为你的未婚妻，我为你感到骄傲。”

这话落下，她细软的腰身蓦地被一双强有力的手臂搂了过去，她撞在他结实的胸膛上，被紧紧地抱住。

他的脑袋埋在她馨香的发丝之间：“温弦，我没想隐瞒你。”他只是没有找到合适的时机去说。

温弦感受着他身上的温度，感受着他硬邦邦的身躯，脸颊贴着他的肩膀，也紧紧地抱着他。

只有这一刻，她才不用担心他看到她难掩的心疼。

哪怕是断了手臂，断了腿，他都是她爱慕和崇拜着的男人。

不知有多少从一线退下的战士会遭受到周围人异样的目光和奚落。哪怕是陆枭这么优秀的男人，都会被方芷说三道四。

她不配，那些人都不配！

有的人虽然身躯无损，灵魂却是残缺的。

有的人虽有残缺，灵魂却是完整、神圣的。

陆枭的大手扣着温弦细软的腰，他掌心的温度越发高。

温弦听到落在她耳边的声音，他说："温弦，那你准备什么时候嫁给我？"

温弦靠在他的肩膀上，眼眶再次泛红："随时。"她缓缓和他拉开距离，"越快越好，没有房子也没关系，只要新郎是你，我一分彩礼不要，倒贴给你。"

只因为这人是陆枭，没有人会比他更值得。

陆枭那双素来波澜不惊的眼眸深处，像是幽静的湖里投入一颗石子。

眼底映出了她的影子，陆枭轻轻抬起手，抚了下她的脸颊，轻笑一声："傻不傻，哪儿有这样的。"

"这不就有吗，只要能把你弄到手，和我在同一个户口本上，怎么都行。"她扬了扬下颌。

"不，你要有自己的原则。"陆枭反驳她，隐带笑意的眼眸之中多了几分说不出的认真，"若是娶你，别人有的，你也会有，别人没有的，你还会有。"

温弦的心骤然一颤。

陆枭唇边的笑逐渐敛去，目光深深地望着她，说："我会在力所能及下，给你最好的一切。我们以后还会更好。"

因为，以后他便不再是一个人，而是会有妻、有儿，他会努力给他们最好的生活，给多少都不够。

温弦深深地望着他，轻咬了下唇瓣。她不会因为男人说几句好听的话就感动得一头栽进去，不会的。

因为没人比她更清楚，这个沉默寡言、不善言辞的冷酷大队长，说出的这些话有多么真挚。

他总是付出行动的那个人，上进，有责任心，有担当。最重要的是，他给了她谁也给予不了的安全感。

"陆枭，你知道那次我趴在你左耳边说的是什么吗？"温弦望着他，眼眶微红，嘴角却弯起。

陆枭疑惑。

温弦笑出声："耳朵听不见吃亏了吧，我说的是我喜欢你，好喜欢。"

陆枭怔了下，耳根突然有些发热。

柔软的身子再次扑了上来，温弦微微踮脚，再次贴着他的左耳，唇瓣微动，说了什么。语毕，她还迅速在他的耳根亲了下。

男人的耳根瞬间泛起了红，身躯变得紧绷了。

“你说的是什么？”

温弦却故意背着手笑道：“想知道？要不你求求我？”说罢，不等他回答，她就迅速走开，明媚的笑容在阳光下灿烂得让人移不开眼。哪怕他左耳听不到，他还是能猜出她说了什么。

陆枭在心底无声回应：温弦，我也是。

因为今天记者比较多，电影记者招待会还没彻底结束，温弦让陆枭带她去吃饭。

陆枭犹豫了下，还是应下。

温弦心底泛起疑惑，不知是不是她的错觉，她感觉他藏了些心事。

温弦最终还是没有告诉他，她说了什么话，说要吊吊他的胃口。

陆枭今天的任务是在下午五六点钟的时候，去护送那批文物。

温弦提出的所有要求，他都会尽量去满足。

虽然现在已经十月份了，但中午那股热浪劲儿还是挺足的。温弦降下了车窗，风呼呼地往车厢里灌。

“中午没吃饭吧，想吃什么？”陆枭一边开车，一边问，准备带她去吃饭。

温弦坐在副驾驶座上，慵懒地伸了一个懒腰，然后眨了眨眼睛，颇有些意味深长地来了句：“我想吃什么，陆大队长不是最清楚了吗？”

那眼神幽幽的，一直盯着他，让人多想。

陆枭看了她一眼，随后不紧不慢地道：“我又不是你肚子里的蛔虫，怎么知道你喜欢吃什么。”

她信他个鬼！这厮明明是一只腹黑的大灰狼！

温弦托腮，盯着他棱角分明的侧脸，眼珠滴溜溜地转着：“那有没有卖烤肠的？”

烤肠？

温弦一脸认真地道：“干吗，你怎么这个表情？我在上海的时候经常去楼下一家店买烤肠，很好吃的。”

陆枭：“吃那种东西不好，我带你去吃牛肉，这边的牛天天在草原上跑，一身结实的肉，比起你家楼下的香肠，我看是好多了。”

温弦仔细品了品，的确，青海的牛肉，就是够劲。

陆枭带她来到一家牛肉面馆，面馆不大，可是生意火爆。

温弦是真的饿了。一碗香喷喷的牛肉面送了上来，手擀面粗细刚好，上面铺着十几片牛肉，量很足。细碎的香葱末一撒，香浓的牛肉汤一倒，简直是香气四溢，人间美味。

温弦忍不住大快朵颐，陆枭看她额头出了一层薄汗，抽出一张纸巾给她擦拭着："慢点儿吃，又没人跟你抢。"

她抬头冲着他笑，又低下头继续吃。

就在她吃了第二口的时候，动作突然放缓，然后慢慢停了下来，拿着筷子的手也有些僵硬。

是她……看错了吗？

刚刚抬头的时候，她似乎看见陆枭身后不远处的座位上有一个人在盯着她。重点是，那人的眼神给她一种强烈的熟悉感，像是在哪里见过。

温弦想着，嘴巴里缓慢地嚼着，微微抬头，眼睛有意无意地瞥了过去。

她刚看过去，那人就突然低下了头，跟他身边的人去讲话。

那人是谁？

这股异样的熟悉感，在最近已经不是一次出现了。

"怎么？"陆枭察觉到了什么，看向她。

温弦望着他眼底的忧色，笑了下："没事，我吃饱了。"说着，她摸了摸自己的肚皮。

陆枭没再说话，只是低头继续吃。这时他左手有意无意地抬了下，手腕上的手表映出了身后的画面。

一口气喝完最后的面汤，他放下碗，随手抓了两张纸巾，起身擦了擦嘴："走吧，我还有点儿事，先送你回去。"

温弦点点头，两人出门了。

出门的时候，温弦下意识地想再看一眼里面，可她的视线被陆枭的身躯完全挡住。

刚刚那个人的模样，她完全没瞧清楚。

回去的路上，温弦跟陆枭说方芷的事情。

陆枭却微微皱眉，沉声道："虽然这件事情让警方表扬你了，但是你不要高兴得太早，你不该卷入其中的。你没法想象那些人会做出什么事来，这次不过是你运气好罢了。”

温弦只感觉他一下子变得严肃起来，她没再多说。她就知道，他不会喜欢她逞能的。

陆枭将她送到剧组基地，她下车的时候，缠着索要亲亲，他无奈地叹息一声。

可后来反而是他凑过去压着她，狠狠地亲了好一会儿。

“温弦，听话，好好在剧组里拍戏，哪里都不要去，我会很快再来找你。”纠缠过一番后，他的声音格外沙哑、诱人。

被他亲得晕晕乎乎的温弦只能乖乖点头。

温弦下车后，目送车子离开，她才转身往剧组里走。

她走着走着，脑海里猝不及防地浮现一幅画面——

一个人被警察带走的时候，不甘心地回头死死地看了她一眼，那个眼神犹如吐着蛇芯子的阴冷毒蛇。

温弦蓦地感到一股凉意从脚底蹿了上来，直达脊椎，唇边的笑瞬间就僵住了。

她脑子嗡了一声，更多的画面交织在了一起。

是他！她想起来了！

那天夜里，救完小狗回来，她和陆枭开车快到管辖区的时候，迎面开来了一辆车。

两车错身而过的那一刻，她往那边扫了一眼，而那辆车里的人也缓缓抬起头来，视线刚好和她的相撞。

刚才在面馆里，一直暗中盯着她的人就是他。

而那个人不是别人，正是之前将她作为人质，在天台上被她和陆枭制服的贩卖野生动物的团伙头目。

如果没有记错的话，陆枭后来跟她说过这个人姓吴，还有前科。

眼下，先不管那个人是怎么从监狱里逃出来的，青海这么大的地方，他能频频出现在陆枭身边，绝对不是巧合。

温弦想到刚刚陆枭对她的嘱咐，心微颤。

陆枭是不是知道？他是不是发现了那个男人，所以才让她老实地留在剧组，哪里都不要去？

温弦反应过来后，指尖一点儿一点儿变得冰凉。

而这时，刚好有一辆车从剧组那边开了过来。

三分钟后，要出门的副导演孤零零地站在原地，看着温弦抢了自己的车，疾驰而去。

公路上，温弦不管不顾，开车疾驰，去追陆枭的车。

她不确定陆枭发现了那个人没有。

但是，她知道，陆枭一定隐瞒了她什么事情，他要去执行的任务恐怕根本没有那么简单。

那个人在此时频频出现，这任务会不会和他有牵扯？如果有，这里面会不会有什么阴谋、陷阱？

毕竟，当初害得那个人入狱，他肯定对陆枭恨之入骨。

温弦不敢多想，内心生出一股强烈的恐惧。

傍晚，赤色的晚霞铺满天际，三辆车子在高低不平的戈壁滩上行驶着。

中间的那辆越野车里，男人开着车，轻抿唇瓣，下颌到脖子的线条流畅又好看。

“陆队长，我们大概还有多久能到？”车里的一位考古专家问道。

这是一批从西藏挖出来的古物，非常稀有，研究价值很高，所以运送条件极为苛刻。

陆枭微眯了一下眼眸，盯着前方：“如果没有意外的话，两个小时就到了。”他看向车里的两位考古专家，突然问道，“让你们穿的东西都穿了吗？”

二人一怔，随后点点头。

不过，其中那个年轻男人低头看了眼自己，厚厚的冲锋衣裹着他的身躯。陆枭叮嘱他穿的东西，他却扔在了背包里。

年轻男人透过车窗看着美丽的景色，感受着那一片平静，自顾自地摇了摇头。

哪里用得着那么大的阵仗，还穿防弹衣？完全是大惊小怪。

就在他继续欣赏景色时，车子猛然一个急刹车。

他坐在后面，由于惯性，身体一个前倾，脑袋狠狠地撞在了椅背上。他顿时皱眉，揉着肿痛的鼻子，刚要开口，砰的一声巨响在他耳边炸开。

他瞪大了眼睛，随后缓缓扭头。只见他旁边的车窗玻璃裂开，出现了一张密密麻麻的网，窗户差点儿被击穿。

显然，车玻璃遭到了袭击，没有被击穿，却足以令人无比恐惧。

那一声响就像一道命令，掀起了腥风血雨。

温弦是一路追上来的，戈壁滩上留下来的一道道车轮印还算清晰。

心底某些不好的预感越发强烈，她知道自己不该去找陆枭，可那个逃出来的罪犯去找他了，他发现了吗？

她根本控制不住自己担忧他的心，在来的路上已经给他打了电话，可是他的手机关机了。

就在这时，她远远地听到了震耳欲聋的声音，她的心狠狠一颤，脸色瞬间变化，脚下油门立刻踩到底。

温弦只想快一点儿，再快一点儿，她恐惧极了，内心深处巨大的不安似要将她淹没了。

终于，她看见远处有一辆车子停在那儿，心底蓦地一咯噔，那不正是陆枭他们队的车吗？

只是，车子在这里，人去了哪里？

随着车子越发靠近，她不知道看到了什么，眼瞳骤然一缩，脸色瞬间惨白。

就在越野车的旁边，有一个人倚靠着车轮，可他的身上都是血，逐渐染红了那一片的地面。他还没有死，一只手抓住车子艰难地想要站起身。

她认出来了，是扎西，那人是扎西！他竟然受了重伤，一看就是伤到了重要部位，出了那么多的血。那陆枭呢？他又怎么样了？

此时有一个男人，拿着一把匕首，正微微摇晃着往扎西那里走。那人大抵也受了伤，但他显然没有扎西伤得厉害。

那男人脚步虚浮地走到了越野车的后方，看到了躲在那里的扎西时，缓缓举起了匕首。

就在这一秒——

吱！

是车子紧急刹车的声音。

那人被突然冲过来的车子吓得倒在地上。

由于惯性，温弦的身躯猛地向前倾了下，又被安全带给重重地拦了回来。

温弦双手死死地握着方向盘，呼吸紊乱而急促，额头都蒙上了一层薄汗，心脏剧烈跳动，简直要蹦出胸腔了。她浑身发麻，耳边嗡嗡的。她顾不了那么多，拉了手刹，迅速下车。

扎西正倚靠在轮胎处，一只手捂着不断流血的腹部，脸色惨白不已。

他看见她来了后，目光涣散的眼睛稍微有了亮色，唇瓣动了动，艰难地道：“嫂，嫂子……”

这一道虚弱的声音，让温弦鼻尖一酸，眼泪差点儿落下来：“别说话！给我撑住了！你一定会没事的！”说着，她将自己的风衣脱下来，让他死死地按住他的腹部，一只手扶起他，咬紧牙关，架着他的胳膊往自己的车边走。

低着头的时候，她的眼泪在眼眶里打转，她不敢问到底发生了什么，更不敢问陆枭在哪里，他有没有事……

一个拳头带着凌厉的风直袭陆枭的脸，他瞬间偏头避开，手扣住对面那人的手臂一路滑到关节，随后只听咔嚓一声，骨头瞬间错位。

“啊！”那男人惨叫一声，整个人随之跪在了地上。

这姓吴的男人身上已经多处骨折，鼻青脸肿，虽然他身手不错，可他根本不是陆枭的对手。

就在这时，远处的动静引起了他们的注意。

陆枭看了过去，瞬间瞪大了眼睛，浑身的血液在那一刻凝固。

她怎么会出现在这里？

温弦扶着扎西，二人的身上都是血，已然分不清是谁的。

跪在地上的男人摸出一把匕首冲陆枭袭去，陆枭迅速避开，不得已将他松开。

他连滚带爬，逃也似的离开。与此同时，一辆车从戈壁滩那边迅速开了过来，来到他身边停下，他立刻上了车离开。

看到这一幕，陆枭狠狠地低咒了声。

温弦开着车子冲着陆枭的方向驶来，他闭上了眼睛，深吸了一口气，再睁开眼时，眼底阴沉。

劫走文物一事造成不小的轰动，当地公安部门顿时展开严查。

在这场和歹徒的斗争当中，管辖队重伤两人，其中一个还昏迷未醒。

对方除了其中一个头目和几个手下跑了，总共死伤十来个人，陆枭他们还抓捕了两个在逃重犯。

这是一起非常恶劣的案件，好在管辖队的人没有死亡，而且立下了大功。

而此时，夜里。

市医院里人来人往，而急救室门外的走廊里安安静静，没有一人发出声音。

几个队员留了下来，等着急救室里他们弟兄的消息。

唯有一人，站在走廊尽头的角落里，窗户大开，他正望着外面漆黑的夜，高大修长的身躯，在走廊里的灯光下，影子被拉得很长，很长……

队员们不敢上前问队长，噶卓也是微微摇头，叹息一声。

这次交火虽然激烈，但好在没人牺牲——曾经他们的人员在执行任务时经常会有人送命。只是，这次交火中出现了一个不该出现的人。

噶卓看向了坐在急救室门口椅子上那道纤细的人影——不是温弦，还能是谁。

他怎么都没有想到，她竟然也卷入了进来。

噶卓看着那道纤细的身影，无可奈何地摇了摇头。

温弦坐在那儿一动不动，走廊里安静得掉根针都能听见，她的心却乱乱的。

虽然她救了扎西的命，可似乎有什么不一样了。否则，陆枭为什么不和她说话了？

白天，她的车子出现在他面前的时候，她看到他的眼底有一片猩红之色。

她不知道到底是怎么了，他浑身充斥着一种难以言喻的、令人觉得压抑紧绷的气息，可他一言不发，他像是想发泄情绪，却被死死地压制了下来，让她不敢多说什么话。

上车后，他在后座竭力帮扎西止血，采取急救措施，她试图跟他讲话，可他根本没回她一个字。

肯定是看她来找他，卷入了他们的战斗，有生命危险，所以他才生气的对不对……

温弦咽了咽口水，这时，手机突然嗡的一声，震动了起来。

她缓缓垂眸，滑开手机屏幕，是经纪人玲姐发来的信息：在哪儿呢？明天要继续拍戏了，赶紧给我回来！

温弦的心微颤了下，这么快就要走了吗？

她沉默了下，随后手指在键盘上编辑信息，然后点击发送：玲姐，你说，如果有一天，你很喜欢、很喜欢的一个男人，要跟你分开了怎么办？

她知道这是一个假设，这不是真的，可她看到今晚的陆枭后，变得有些不安了起来，她不知自己是在担心什么。

毕竟，陆枭明明也那么喜欢她，说要娶她的。

手机再次震动了一下，玲姐问：怎么，你们分手了？

随后，不等她回复，又来了一条信息：如果你能接受分手，“天涯何处无芳草”，如果接受不了，就玩心计呗，逼男人就范，除非他是一个没有责任心的大渣男。

温弦看着玲姐发来的消息，无奈地轻轻扯了下嘴角，不屑地回复：拉倒吧，我们没事，而且我也不会用这种低级、无耻、下三烂的手段。他是一个好人，我不能骗他。

玲姐顿时发来一行问号，然后发来了一条十几秒的语音：“呵，低级、无耻、下三烂？阿弦啊阿弦，你真以为自己干了几件好事，就是个好人了？”

温弦低咒了一声，没再回复。

什么意思，她怎么就不能成为一个好人了！

冷不丁再抬头看向某人时，她发现他站在了电梯门口，似要离开这里。她赶紧起身，走了过去。

“等，等下，你要走了吗？”温弦追上来，在陆枭身后语气急切地问道。

男人没有回头，视线微垂，落在右下方，淡淡地开口：“下去抽根烟，你要是很忙，可以先回去。”说罢，他先一步上了电梯。

“那我要走了，你不送我吗？”她脱口而出，心被揪扯了起来。

陆枭在电梯里望着她，漆黑的眼眸冷静得可怕：“还有两个队员在里面躺着，我走不开。”

这话听起来似乎没有任何的毛病，温弦也明白，可她还是觉得哪里有些不对劲。那种莫名生出来的情绪，让她有些发慌。

在电梯门就要缓缓关上、他快要消失在她的视野之中时，她的手蓦然伸了过去，挡住了电梯门。

与此同时，他也迅速伸出了手臂。

电梯门顿时再次打开，她不管不顾地赶紧冲进电梯，却看见陆枭阴沉下来的脸。

他深吸了一口气，最后还是没忍住，对她厉声道："你知不知道刚刚那么做多危险？！一旦电梯没反应过来被夹住，你的手还想不想要了？！"

温弦任由他训斥着，像个受了委屈的小媳妇儿似的，攥着衣服一角，低着头，不说话。

陆枭气得眉心紧蹙，可看着她那个样子，一肚子火又硬生生地给压了下去。

电梯门一开，眼前就是地下停车场。

温弦愣了下，还是连忙跟上他，小声问："你不是说只是抽根烟？"

陆枭头也不回，大步来到了自己的车前，冷冷地撂下一句："别废话，上车，现在送你回去。"

温弦心底一软，他还是不放心大晚上她一个人回去的，对不对？

上车之后，她刚想和他说些什么，可看着他冷漠的面容，顿时胸口一堵，最后还是忍住，小手扯着身前的安全带，不敢吱声。

车子开出去将近二十分钟，陆枭一个字都没有跟温弦说，车厢内的气氛越发让她觉得压抑，胸口闷闷的，难受极了。

莫名地，她有些后悔了，后悔让他来送自己。

她缓缓地开口："陆枭，其实我刚刚只是随口一说，你不用送我的。"

这话像是一颗石子投入茫茫大海之中，没有激起任何的波澜。

他继续开着车，目视前方。

温弦轻咬了下唇瓣，深吸了一口气，又道："陆枭，我说认真的，别送了，扎西他们还……"

"你说完了吗？"不等她说完，他打断她，声音冷淡得不带丝毫温度，让她呼吸一滞，再也说不出话了。

陆枭为了赶时间，车子开得很快，有些颠簸，让本来觉得闷闷的温弦感觉更难受了，脸色都有些苍白。

她死死地攥着安全带，蹦出两个字："停车。"

车子又开出一段距离，在她再次开口的时候，车子一个刹车——她面色苍白地解开安全带，睫毛微颤着，连忙准备下车。

她承认，她怕了——害怕这样的气氛，害怕这样的他，害怕他会说出什么话。

在她二话不说要打开车门的时候，她却发现车门打不开，被锁住了。

她脸色微变，扭头去看他。

陆枭像是故意的，看她打不开车门，也无动于衷，像早就知道，甚至不紧不慢地拿出烟盒抽出了一根烟塞在唇齿间衔着。随后打火机啪的一声响起，火苗跳动起来。

他垂眸，点燃烟。

昏暗的车厢内，跳跃的火苗清晰地映出他的容颜，甚至能看清每根睫毛的弧度。他目光阴沉，嘴角轻抿，平添了几分说不出的危险气息。

这画面让她心底发慌，仿佛他有什么压抑已久的情绪，随时会爆发出来。

他降下一半的车窗，缓缓地吐了一口烟，道：“你没车，下去怎么走？”

“我……”

他的手腕搭在车窗上，指尖弹了弹烟灰，眼睛却看向了她。他伸出另一只手，语气冷淡：“过来，坐上来。”

第三章

雨夜缠绵碎人心

过来，坐上来。

他语气平淡，甚至不带丝毫情绪，说出的却是这种话。

温弦心跳一滞，呼吸都放缓了，她有些错愕地看向他，脸色还因不适而有些苍白，一时间没有反应过来他话中的意思。

“坐，坐哪里？”她再一开口，都有些结巴了。

陆枭却一把扯住她的手腕，把她拉了过来。

温弦一声惊呼，整个人直接被拽了过去，等她反应过来的时候，她已经坐在了他的腿上。

他的手臂懒散地搭在车窗上，指间夹着烟，吐出的烟雾被他徐徐吹散。在那氤氲的烟雾之中，她只感觉他浑身上下的气息更加令人难以捉摸了。那双眼眸直直地盯着她，目光高深莫测，透着说不出的危险。

倏然间，他沉声问：“你说做什么？你不是想了很久？”

温弦的身子都僵住了，他是认真的吗？

陆枭倚靠在椅背上，盯着她，微微眯了下眼眸。

温弦的呼吸急促了起来，有些紊乱，眼底弥漫着对未知的不安和恐慌。

她现在不想看见他，这样的他是如此陌生，明明还是他，却透着一股子凌厉的狠劲，似乎浑身压抑至极的情绪一旦爆发，他就会弄死她似的。

所以，她怕他会说出什么话，更怕他会做出什么疯狂的事。

温弦觉得双腿有些发软，心底害怕，声音都有些发颤：“不……那是之前，现在我不想，我想自己回去。”说着，她就要从他身上下去。

可他扣住她的手腕，将她的身子往他身上撞，将她牢牢地摁在怀里，紧紧贴着他的身躯，她怎么挣扎都挣脱不了。

男人被烟熏过的嗓音又低沉又喑哑，他看着她挣扎，贴着她的耳朵开口：“你不想，那是你的事，我想就行了。”这话听着简直是要多渣有多渣，他眯了眯眼，又说，“感受到了吧。”

温弦脑袋嗡的一声，瞬间就炸了，浑身像是烧了起来。

她只觉得浑身烫得惊人，内心被一股未知的恐惧一点儿一点儿地侵占，这样的陆枭让她害怕。

她一只手抵住了他的胸膛：“别这样，陆枭，我，我有点儿怕。”

陆枭顿时冷冷地嗤笑了一声，像是听到了什么笑话，吸了口烟，盯着她。

片刻后，他夹杂着几分嘲讽的声音传来：“怕？怎么会，你连死都不怕，怎么会怕这个？”

温弦的身子骤然僵了下，下一秒，下颌被紧紧地捏住了，力气很大。

她鼻尖一酸，内心深处无限的酸楚和委屈瞬间涌上，让她的眼眶立马就红了。

他却视若无睹，反而凑近她的耳边，咬牙狠狠地说：“不过我倒是想狠狠地惩罚你！”温弦感受到下颌快要被他捏碎似的，他说的话又深深地刺激着她的神经。

她想不顾一切地从他身上下来，却被他死死地扣住。

“陆枭，你放开我！”她剧烈地挣扎着，红了眼睛大喊，双腿乱蹬了起来。挣开后，她不管不顾地要打开车门下车。

可她刚倾身过去，又被修长有力的手臂揽住了腰身，并顺势抓着她的手反扣，痛得她发出一声痛苦的闷哼。

她回头，泪水在眼眶里打转：“好痛……陆枭，我的肩膀好痛……快松手！”她说的是真的。

陆枭眯眼盯着她眼底泛起的泪花，大手落在她的肩膀处，她顿时发出了一声惨叫。

他脸色一变，抓着她肩膀处的衣服一扯，只见她白嫩的肩膀上有一片淤青，皮肤也擦伤了。

“怎么弄的？！”他死死地盯着她，他以为她没受伤。

温弦却微微咬牙，不说话了。

她不敢说，怕说了的话，他会更想弄死她。

在扶着扎西上车的时候，她因体力不支没站稳，撞在了一块石壁上，当时不觉得如何，可没一会儿就钝钝地疼了起来。

但她的伤跟重伤的扎西他们根本没法比，所以一直没开口。

她不说，不代表陆枭猜不到。

他稍微琢磨下就能猜到，果然，他的脸色更难看了。他松开了她，忍不住狠狠地低声咒骂了一声。

烟抽得更凶了，可抽了两口，他就在车载烟灰缸里用力按灭，然后打开车门，下车。

温弦面色难堪，轻颤着手将肩膀处的衣服给拉上，内心的酸涩疼痛有些难以忍受。

今夜的他，真的让她觉得害怕，她知道自己不该参与他们的任务，可如若她没去，扎西现在就……

车门没关，晚上的风呼呼地灌入。天空阴沉得很，不给半点儿月色，有闷雷轰隆一下响起。凉意从脚底直蹿脊椎，让她浑身打了个寒战。

她想趁机下车，可陆枭很快就回来了，她修长的腿刚伸出一半，动作僵住。

她缓缓抬头，对上他深不可测的眼眸。

他们对视了十几秒后，她伸出去的腿又缓缓地收了回去。

陆枭手中多了一个急救医药箱，他上车后冷冷地蹦出几个字："衣服脱掉。"

她没动。

陆枭却没了耐性似的："听不懂？用我亲自动手吗？"

温弦浓密卷翘的睫毛微微颤动了下，呼吸屏住。明明就只是给她上药而已，她怎么不敢了？在这一刻，她又见到了原本的陆枭。

衬衫的扣子一颗颗解开，肩膀处的衣服半褪，露出白皙圆润的肩。他嫌她动作慢，在她身后一扯，寒意瞬间袭来，让她浑身绷紧。

碘酒触到皮肤，温弦疼得骤然抓紧了座椅，死死地咬住唇瓣。

其实她很幸运了，在那种场合没有真的出事。

两人都没有说话，她哪怕再痛，也死死地咬紧牙关。身后的人也很沉默，他给她拿药酒揉搓，力度掌握得很好，他整个人却依旧气压低沉。

伤处处理好后，温弦缓缓将衣服拉了上去，额角的发丝已被汗水打湿。

她坐正身子后，余光看到陆枭正闭着眼倚靠在座椅上，眉头微蹙，似乎无比疲惫。

温弦眼眸微微闪烁了下，刚要开口说什么，车内却突然响起了他的声音："我们分手吧。"

他抬手捏了捏眉心，语气不能再冷淡了。

那轻飘飘的几个字，却重重地砸在了温弦的心上。

车厢内，安静极了，似乎能听到他的心跳声、呼吸声，可她听不见自己的。

她睫毛微微颤动了下："你……刚刚说什么？"

她不相信，以为自己听错了。

陆枭闭着的眼眸缓缓睁开，目视前方。车内灯光昏暗，他的眼眸显得更加深邃、幽暗。他的声音冷冷的：“分手吧，我后悔了。”

车内再次陷入死寂。

陆枭察觉到她的目光死死地落在他的身上，可他没有看她一眼。

温弦安静极了，安静得可怕，她没有哭，没有闹，甚至连质问都没有。

过了好一会儿，她才开口：“陆枭，你说的可是真心话？”

幽幽的冷光映在凛冽的眼底，他漠然地说出了几个字：“有何不真心。”

温弦望着他，突然轻笑了下：“那你看着我再说一遍，你再说一遍，我就不纠缠你。”

陆枭死死地攥紧拳头，眼底有些酸涩，可很快，他松开攥紧的拳。他看向她，眼底一片清明、漠然：“当我对不住你，我发现我们还是不合适。现在我送你回去，以后就不要再联系了。”

只是，和她对视的那一刻，他才看见她眼眶泛红了。

二人对视着，压抑到极致的气息在彼此之间弥漫。

温弦死死抓住车窗框的纤细的手指都泛白了，陆枭主动避开了她的视线，盯着前方黑沉沉的夜。

温弦望着他冷漠的脸，感受着他越发寒凉的气息。她又笑了下，竭力忍住情绪：“好，我知道了，我接受你说的分手。”说这话的时候，她的语气很柔和，似乎这件事对她来说无关痛痒，“既然已经分手了，那你也不用送我，我可以自己回去。”话说到最后，声音微微有些颤抖。

不远处就是公路，有来来往往的车，她会安全回去的，一定会的。

不等他再开口，温弦转身直接打开车门，下车了。

她离开后，陆枭落在方向盘上的手死死地攥紧，手背上的青筋暴突。

可最后他只是缓缓转头，盯着她纤细的身影，一句挽留的话也没说，直到她的身影越来越远，逐渐消失在黑夜里。

他突然在方向盘上打了一拳，咒骂了一声：“该死！”

陆枭下颌抬起，眼角泛红，像是暴怒到极点，想要发狂的野兽。

他深深吸了一口气，闭上了眼眸，拳头死死地攥着，指甲恨不得嵌入掌心。

为什么说分手？他没资格去爱她！

他说过，会保护她，而不是让她受伤。

漆黑的夜空，越来越低了，风卷着沙粒，在戈壁滩上刮着。

温弦下了车后一直走，一直走，没有回头，没有去看身后。

只是走着走着，她觉得脸颊上有些湿润。她缓缓抬起手，指尖所触之处，沾染上一滴水珠。

温弦的视野越发模糊，她看不清前方，硬着头皮往前走，心底像是被撕开了一个血淋淋的洞，不断地有鲜血流出来。

她真的控制不住，眼前越发模糊，鼻尖越发酸涩，很快，眼泪大颗大颗地砸了下来。

怎么办啊，她该怎么办？

她抬手去擦，用力拭去，眼泪却像是冲垮堤坝的洪水，越来越多。

她的内心被巨大的无力感和绝望感撕扯得鲜血淋漓，疼痛不已，无法填补。

怎么办，他不要她了，他说他后悔了。

紧攥着拳头离开、头也不回的她，不知走了多久，站定了脚步，低着头用双手捂住了眼睛，死死地咬住唇瓣。她的肩膀微微地颤抖，从最初竭力控制的隐忍呜咽，到最后哭出了声。

空中有水珠落了下来，风卷着冷冰冰的雨砸下，逐渐变得大了起来。

耳边瞬间充斥着哗啦啦的雨声，寒意不断地侵袭着她，豆大的雨滴砸在她的身上，很快就让她浑身湿透。

温弦的身子缓缓矮了下去，手背抵住自己的眼睛，低着头抹泪，不断抽噎着。她纤细的身影孤零零地蹲在那儿，就像是被父母抛弃的小孩子，没人要她了，她无助又绝望，整个人被巨大的痛苦浪潮给淹没。

就在这时，一道光束投射了过来。

那道纤细的身影蹲在地上，天地之大，她就像是被遗弃的孤独小兽，任凭风吹雨打，无处躲避。

风雨飘零中，让人心碎至极。

越野车里的男人的视线触及这一幕时，内心里的那根弦断了。

伴随着一声低低的咒骂，下一秒，车子停住，他打开车门冲了过去，雨幕瞬间也将他吞噬。

陆枭直接将温弦从地上拉起来，在风雨中冲着她大喊：“你在这里做什么，我送你回去！”

看见陆枭出现，听着他说的话，原本就痛苦不已的温弦更加崩溃。

她一把推开了他，眼里噙满眼泪，歇斯底里地大喊：“不要你管我！你是我的谁，我已经和你没有关系了！”她望着雨幕中的他，脚下一步步后退，抬手抹着泪，痛苦而委屈地喃喃道，“我爱的人，他不要我了，他说过要娶我的，他说过，他以后会保护我的，可他，他不要我了……”

雨水打湿了她的发丝、面容，她陷入极度的悲痛和绝望之中。她微微摇着头，含满泪水的眼里满是对他的怨恨和控诉：“你是骗子，陆枭，你是一个大骗子，我讨厌你！”

她声嘶力竭地大喊，然后迅速跑开。她一分一秒都不想再看见他。

陆枭望着她泪流满面的模样，心像是被刀子一下下地割着。

他迅速追上她。

她剧烈地挣扎着，想要摆脱他，却被他紧紧地禁锢在怀里，任由她哭喊着，打着他的肩膀、胸膛。

风雨再大，他也要将她摁在怀里，为她遮挡这一切。

温弦趴在他怀里哭得肩膀不断颤动，她泪眼模糊，抽泣着含混不清地说：“陆、陆枭，我恨你，好恨，好恨。”他为什么要这么对她？

看到她崩溃的模样，他开始怀疑他做得到底是对还是错。

他握住她的手，雨水顺着他的眉眼、高挺的鼻梁、尖削的下颌滑下来。他的眼眶微微泛红，声音沙哑极了：“可是，温弦，我爱你。”

她恨他，可他爱她。

陆枭低头，以吻封缄。

风雨中不知过了多久，他将她抱起，往越野车走去。那一声“我爱你”落下，便化成一阵风消散在雨幕之中。

天空黑沉沉的，像是一张大网，要将一切吞噬，人的心跟着坠入冰冷的深渊。

温弦浑身被雨水打湿，湿漉漉的发丝贴着白皙的脸颊，浓密的羽睫上还沾着水珠，她的眼眶泛红，带着浓浓的鼻音：“这又算什么？已经分手了，你还有什么资格对我这样做？”

陆枭冷峻的容颜上满是雨水，他随意地抹了一把，冷冽的眼眸深不可测："你先跟我离开再说。"

离开了，他再跟她好好谈这件事。

说着，他打开车门，将她抱进去。

温弦咬牙含泪一把挣开："不用你管我！"

她转身要跑，被人从身后揽住腰肢。

砰，她的肩胛骨撞在了车门框上，发出了一声闷响。

"你够了吗？你若是在这种地方失踪，只会给别人带来麻烦！"他冷厉严肃地道，双手分别握住了她的两个手腕，摁在她的脑袋两侧。

这句话击中了她内心的敏感，睫毛微微颤了下，她缓缓道："是啊……我失踪了只会给你陆大队长带来麻烦，浪费你的精力和时间。"

陆枭眼瞳一凝。

温弦通红的眼眸还含着泪，轻扯了下唇："原来，我也不过如此……"

这一刻，没人知道她内心深处在想什么，她只是含着泪望着他，眼底似有留恋，有不舍，也夹杂着说不出的怨。

她的声音带着几分自嘲："是我看错了人，你到底有哪里值得我喜欢？你放心，从今以后，我便如你所愿，分手，彻底断了我对你的念头。"

一字一句落下，让他眉心紧蹙，拳头紧紧地攥着。

温弦望着他冰冷的眼眸，浑身散发着令人胆寒的气息，她湿润的眼底连最后一抹亮光也逐渐消失。

她垂眸，睫毛轻颤，眼泪砸下，唇齿间低喃："那就一别两宽，我也不再碍你的眼，喜欢我的人多了去了，我现在就去找……啊！"

她痛苦地闷哼了一声，唇瓣被咬了。

陆枭的情绪彻底爆发了。

他的眼眸里满是怒火，凝聚着风暴，下一秒，她听见了他咬牙切齿发出的声音："你敢！"

说罢，伴随着她痛苦的闷哼声，他将她抵在车门上——

雷声轰隆，不远处的公路上黑漆漆的一片，偶尔才有一辆车子经过。

黑夜中的雨幕将一切声音和画面都完美地隐藏了起来。

戈壁滩的尽头是遥远的城市，从空中俯瞰那边的灯海，蜿蜒的车流仿佛金色的光带，和天空中的银河交相辉映。

这边雷声滚滚，一声又一声，黑夜里无数声音融于其中。

温弦的眼泪几乎要流光了。

世界大雨滂沱，万物苟且而活，无人能为她背负更多，只能弃她一个人独行。

可她怎么甘心，怎么舍得。倘若她永远不曾见过阳光，永远活在阴影中，那她依然可以没心没肺、浑浑噩噩，什么都不会在乎。

只是，有的人一旦见过了，拥有过，还怎么舍得放弃。

她可以接受黑暗，倘若从来没有遇到过阳光。

夜风拂过，似夹杂着暧昧的声音。

这一夜，像是藏在夜晚里的一个秘密，无人知晓。

翌日，不知是什么时候了，温弦缓缓醒来，是被浑身的酸涩疼痛感给弄醒的。

那滋味太不好受了，动弹一下，就让她极为难受。

她昨晚不知道什么时候昏睡过去的，可她睡得并不安稳，脑袋沉沉的，像是灌了铅。

温弦唇瓣动了动，只觉得嗓子火辣辣的，细白的手指抚上自己的额头，感受着不寻常的温度，她知道，自己发烧了。

她看着周围，这才发现自己是在一家宾馆里。她听见从浴室里传来哗啦啦的响声，地面上还胡乱丢着她和陆枭的衣服。

温弦呼出的气息滚烫，不用细想，浴室里的人肯定是他。想着昨晚两个人之间的纠缠，她强撑着自己疼痛酸涩的身子下地，捡起自己的衣服。

以最快的速度出门，坐上出租车离开的那一刻，温弦紧绷的那颗心和身子，才慢慢放松了下来。

坐在车子后座上，她将大衣领子立起来，遮住了她的半张脸颊。

车窗微降，有风吹进来。她靠在椅背上，微微闭上眼眸。

是他说的分手。以他的为人，说出那种话，绝对不是一时冲动。

而让她觉得可笑的是，她竟然提前有所预料，她心底比任何人都清楚，原因是什么。纵然如此，她的内心还是像被什么东西狠狠撕扯般地疼。

分手啊……

他知不知道，给了一个人希望，再亲手打破这一切，有多么残忍？

明明前一刻，他还说要娶她，要给她幸福，可是后一刻，他就说后悔了，他要分手。

为什么他可以这样肆意地欺骗她？

令人觉得可悲的是，即便如此，她也不舍得真的放手。

温弦没想到，玲姐之前发来的那些话，竟给了她提示。

她不想当好人了，她想牢牢抓住她看中的男人。

男人隐约听见关门的声音响起，顿时蹙眉，随后下半身围了一条浴巾就出来了。

看到空空如也的房间，他脸色变了。

她走了？

陆枭的表情阴沉沉的，眼底像是覆上了一层冰霜。

她的伤还没好，昨夜淋了雨，又经过剧烈的运动，哪怕他凌晨给她涂了药，还是不见好转。

男人站在窗户边，楼下街边刚好一辆的士启动，离开。

医院传来了好消息，受伤的队员抢救回来了，尤其是扎西，因为抢救及时，现在已经脱离了危险。

扎西一醒来不是找别人，而是开口询问嫂子。

噶卓他们都蒙了。

然后，扎西就将当时发生的事情一五一十地告诉了他们。

如果不是温弦及时开车过来，他现在可能已经没命了；如果不是她刚好有车，一路送他来医院急救，他也要没命了。

陆枭来到医院，听到这一切后，沉默了。过了好一会儿，他才说："活下来就好。"

是的，活下来就好。

扎西才二十多岁，人生刚刚开始，正值青春大好年华。

队友们知道温弦在这场战斗中救了他们的兄弟后，对这个大嫂的敬佩和感激更加强烈。

眼下，在两个队友的病房内。

“队长，嫂子呢？等扎西和帕卓出院后，我们好好庆祝一下吧！大难不死，必有后福！”桑年开心地说道，满脸劫后重生的喜悦。

队员们也纷纷说“好”。

岂料，桑年在看向他们老大的时候，却发现他轻抿唇瓣，一言不发，周身都弥漫着一种难以言喻的气息。

众人这才觉得隐隐有些不大对劲，噶卓一个劲地给桑年使眼色。

随后，他们听到队长低沉的声音：“我们自己庆祝吧，她拍戏很忙，还是不要打扰她。”

桑年呵呵笑了两下：“没关系啊，我们可以等弦姐有空的时候再……”

这话还没说完，就被人打断了。

“急什么，以后再说吧，眼下还是扎西和帕卓好好养伤最重要！”噶卓说着，直接过来一把搂住了桑年的脖子，卡着他，不让他再问什么不该问的。

噶卓想，出了这档子事之后，恐怕没有人能体会到陆枭的心情。

当接到队长的通知，噶卓火速来医院的时候，就看见温小姐在走廊里了。

看到他，温小姐只是冲着他微微笑了下，随后便低下了头，继续攥着拳，没说话。

噶卓看了一眼一直蹙眉的队长，便什么都明白了。

噶卓今年三十三岁，有妻子和一个女儿。对于他来说，虽然他的工作很重要，甚至可以为此付出生命，但他的家人，是比他的命还要重要的存在。

危险而紧张的工作完成后，他疲惫地回到家里，没有什么能比得上妻子的笑容和一口热乎饭，也更没有什么能比得上女儿小小软软的身体扑上来，笑容灿烂地叫着他“阿爸”。

如果所爱的人遇到危险，他不敢想象……那大概比任何事情都让人崩溃吧。

陆枭落下一句“让人好好养伤”，自己就先出门了。

噶卓犹豫了下：“陆队！”他叫住前面的身影，迅速追了上去。

陆枭站定脚步，回头。

噶卓迟疑着开口：“陆队，我听警方说还有一个犯罪分子跑了，是我们之前抓过的那个人？”

陆枭点头，声音冷了几分：“是他，他这次不光是为了文物，还想趁机找我打击报复。”

噶卓的心底陡然生出了一股子寒意和怒火。

眼下谁都知道，这背后意味着什么。

陆枭打击罪犯雷厉风行，毫不手软，是这一带出名的狠角色。这也意味着，必然会有人把他当成眼中钉。

这次让那个人跑了，必然会留下后患。

如此想着，噶卓担忧地问道：“他肯定不会善罢甘休，只是……他能有这样的能耐，是不是还有我们不知道的幕后黑手？”

深思的话，这会是一个可怕的事情。如果那人的背后还有人，并且是他们无法抗衡的势力，那该怎么办？

陆枭脸色阴沉，他比任何人都清楚其中的险恶。

陆枭冷静地开口：“这件事就当过去了，你们谁都不要管，我来处理。”说罢，他便先离开。

噶卓望着他离开的身影，唇瓣动了动，想说什么，最后还是忍住了。

他们再厉害，也只是普通人啊……

而陆队这个人，疾恶如仇，绝不会妥协。

噶卓最怕出现不好的局面……

剧组的拍摄基地。霍启已经从管辖区火急火燎地赶回来了，可谁料再次看见温弦，是在基地附近，她从一辆的士上下来。

他顿时气得奓毛，要去质问她，结果看见她没走几步，身子一软，整个人倒在了地上。

霍启被吓到了，二话不说，直接冲过去将她抱了起来。

温弦发烧了。

昨夜受了伤，又淋了雨，末了，又狠狠地折腾了一夜，她不发烧就怪了。

这也是第一次出现本该她拍摄的时间，不得不推迟，先拍其他人的戏份。

温弦烧得厉害，玲姐看见霍启抱着她来他们住的民宿时，吓坏了，赶紧去给她找药。

霍启将温弦放到床上，想给她脱下外衣。

玲姐眼尖地瞥到她脖子处的一抹红色痕迹，连忙走过去哄走霍启：“快，没有发烧药了，你赶紧开车去买点儿药，把她交给我。”

霍启只得急急忙忙出门了。

玲姐关紧门，回头看向温弦，忍不住无奈地摇了摇头。

玲姐用温热的毛巾擦着她的身体，才发现她身上满是红痕。

“真是造孽啊。”竟然弄得那么狠。

玲姐擦着擦着，不知想到了什么，愣了下，随后突然低低地咒骂了一声。

她想起昨晚，自己跟温弦说的那番话，一口气堵在了嗓子眼，上不去，下不来。

玲姐跟导演说完温弦的状况，决定推迟拍她的戏后，一个令所有人都想不到的事情发生了——网上竟然爆出了一个惊天视频。

玲姐正忙着照顾迷迷糊糊的温弦，手机突然响起：“喂，又怎么了，不是说她今天先……”

不知对方说了什么，玲姐后面的话全部噎住了。随后，她挂断电话，再看手机上，一条条推送的新闻标题，顿时觉得脑袋一蒙。

到底是经历过大风大浪的人，她稍微冷静了下，随手点开链接——是一条微博推送消息，标题就是“知名一线女星片场暴打工作人员，人面兽心”，里面有一个视频。

玲姐深吸了一口气，点开，哪怕是内心做了准备，还是被惊到了。

视频里的女明星是温弦，所有人都能清清楚楚地看到画面。

这条新闻已经蹿到热门新闻第一名，后面还有着醒目的红色“沸”字。视频爆出来十分钟，已经有几十万人点赞了，大家纷纷转载，二十多万条留言疯狂涌入。

玲姐颤着手点开留言。

网友全宇宙的梦：太狠毒了吧，没想到她是这种人！

陈年旧梦：知人知面不知心！太欺负人了，她是大明星就可以这么肆无忌惮吗？！从此粉转黑！

咖啡猫：本来很喜欢她，看见这个视频，只能说以前是我瞎了。

…………

微博下面一条条留言，一条比一条抨击得厉害。

少有人询问缘由：就我一个人想知道温弦为什么打人吗？

不过，这种评论转眼间就被忽视。

玲姐缓缓放下了手机，眼睛看向了还在床上昏睡的人。

她皱紧了眉头，深谙娱乐圈黑暗的她，一下子就能看穿，这一次温弦被人爆出了这种性质恶劣的视频，会有无数圈里人想趁机踩她一脚。

毕竟，温弦太红了，是全民女神。她之前不拍电影，假期档的电视剧，十部里有一半是她演的，可谓是家喻户晓。

玲姐知道这不是一场好打的仗，尤其刚开完记者会没多久，还有很多家媒体没走。她赶紧通知公关部门想办法，竭力去压住爆料。

同时，她焦急地等着温弦醒来，想问清楚这到底是怎么一回事。

温弦恐怕做梦都想不到，在她发烧昏迷的时候，网上关于她的微博彻底炸了，众多网友都在疯狂声讨她。

知名度就像是一把双刃剑，能送你上天，也能让你坠入深渊。

在爆出这个消息后，玲姐的电话快要被打爆，导演等人都在等温弦的解释。

电影已经宣传了，更何况这部电影意义非凡，是以保护野生动物为主题，还要竞争国外的奖项。如今刚拍摄不久就被爆出如此惊天丑闻，怎是“差劲”两个字了得，对剧组来说，这简直是糟糕透了。

就在网友讨伐温弦的时候，市区医院里，桑年来照顾扎西和帕卓。

陆枭中午给他们送饭，听医生的嘱托，送来的都是流食。

此时，扎西一边吃东西，一边刷着手机，不知看到了什么，顿时瞪大了眼睛。

“咯！”扎西咳嗽一声，扯到了伤口，疼得差点儿昏过去。

“怎么了？！”桑年连忙冲过来。

陆枭也紧蹙眉头看了过来。

扎西一只手捂住伤口，一只手颤抖着指着床上的手机，疼得直抽气：“快、快看手机，出事了……”

“出什么事了？”桑年从病床上拿起了手机，刚看到消息，还来不及震惊，手机就被人夺走了。

陆枭拿着手机，眼眸盯着屏幕，眉头越发拧紧，眼神锐利。

视频被点开，桑年赶紧凑过去看。

桑年震惊不已："这不是姓方的那个坏女人吗？！弦姐打的是她！"

帕卓躺在病床上也抱着部手机，盯着屏幕喃喃道："网上好多人在骂嫂子啊，还有律师站了出来，说被打者可以告她……"

"胡说！我弦姐那是为民除害！那个姓方的女人心理变态、违法犯罪，不打她打谁！"桑年顿时急眼了，气得脸红脖子粗。

毕竟是十八岁的小伙子，很少接触网络上的这种语言暴力，他只觉得一股怒火冲上脑袋。

那些人什么都不知道，凭什么说出那些话？弦姐在帮警察抓坏人的时候，他们又在哪里？！

桑年憋屈得不行，看着一条条评论，气得眼睛发红。

陆枭突然将手机丢下，随即转身离开。

"喂，老大！"桑年下意识地追了上去。

"老大，老大，现在该怎么办，我们不能眼睁睁地看着那些人往弦姐身上泼脏水！"陆枭走得太快，桑年一边小跑，一边喘息着道。

陆枭浑身都透着一股令人如置冰窖的寒冷气息，漆黑的眼底迸射出森冷的寒意。

电梯门缓缓关上，桑年这才听他一个一个地蹦出几个字："去公安局。"

视频在网上持续发酵。

温弦还躺在床上昏昏沉沉地睡着，完全不知道外界已经因为她变成了什么样子。

玲姐一人将一切硬扛了起来。

只是公关的效果甚微，所有关注此事的人都在等着温弦发声。

温弦觉得自己太难受了，浑身虚弱无力，脑袋昏沉，嗓子肿痛。

昏沉之间，她隐隐出现了幻觉。

雨下得很大，将她整个人都快淹没了，呼吸都变得困难。

"陆枭……"她低喃一声。

玲姐正在房间里急得来回踱步，与此同时，门外的走廊传来了密集而急切的脚步声，直接奔着她们房间的方向来。

门外传来了敲门声，咚咚咚——敲门声很急切，导演的声音透过门传来：“金玲，你们快开门！”

玲姐有些生气地起身走了过去。温弦像是被吵到了，微微蹙了下眉头，意识逐渐有些清醒了。

玲姐深吸了一口气后，打开了门。她望着门外，竟来了七八个人，个个脸色阴沉。

门外的人想进房间，砰的一声，玲姐走出来，将门在自己的身后关上，咬牙怒道：“你们疯了吗，来这么多人，要打架吗？！”

她环视了一圈，除了程东原、导演、编剧，还有几个无足轻重的人，包括程东原的表妹程霏雨——此时微抬下颌冷笑着，一副等着看好戏的模样。

程东原面色沉重：“温弦身体怎么了，发烧严重不严重？”

程霏雨顿时瞪大眼睛：“哥，你还真信她发烧了？她是早知道自己会败露，现在躲起来故意骗我们的吧？不然，时间怎么会赶得这么巧。”前脚刚说发烧，后面就被全网曝光，肯定是故意的！

“闭嘴，这里不用你跟来，现在马上离开这里。”程东原有些发怒。

“哥，你让我走？你看她干的是不是人事，方小姐那么温柔的人，被她这么欺负。而且，她能不能为剧组考虑一下？这部电影……”

“你走不走？”程东原蓦地扬起了手掌，死死地盯着她。

大家都震惊了，程霏雨眼底也满是惊愕。那巴掌虽然没有落下来，可当着那么多人的面，足以让她的脸上火辣辣的，她的脸面无处安放。

导演李寻看程东原是真的愤怒了，顿时对着周围的人低喝一声：“谁让你们都跟来的！除了我和东原、编剧，其他人都离开！”这里是能看热闹的地方吗！

程霏雨没再多说一个字，彻底被吓到了。

玲姐见其他人都离开，冷哼一声：“这还差不多。”

她这才打开了门，让他们进来。

门外的声音太吵，温弦昏沉的意识终于被唤醒，迷迷糊糊睁开眼的时候，看见一个身影冲了进来：“阿弦，你没事吧，你怎么样？”

程东原看着躺在床上脸色苍白的温弦，一颗心提了起来。

随后跟进来的导演和编剧，看着这一幕，也微微蹙眉，温弦怎么偏偏在这个时候出了事。

玲姐关好门后，沉声道：“她回来的时候就发烧了，已经吃完药，应该快醒了……”

话音还没落下，温弦突然皱紧眉，偏过脸，有些痛苦地吐出了一个字。

程东原看向玲姐，满眼疑惑：“痛？”

玲姐敛神，转身道：“是头痛吧。”

见温弦转醒，玲姐去倒了一杯水，再回来的时候，温弦果然醒了，只是看着状态极为不好。

导演在房间里来回踱步，频频望向温弦，迫不及待地想问清事情的缘由。他忍不住开口：“你们一个个都那么淡定吗？这可不是件小事！”

躺在床上的温弦听到这话，眨了眨眼睛——是在说她吗？

难不成……昨晚她和陆枭的事被人发现了？

她现在脑子里昏沉沉的，完全不知道是什么情况。

程东原看着导演李寻，深吸了一口气，道：“我相信这背后一定有隐情，我认识的阿弦是不会无缘无故就做出这种事情的。”

玲姐也道：“她的确不会无缘无故干这种事。”

导演李寻差点儿崩溃，抓了一把头发，随后手颤抖地指着温弦，气得咬牙道：“她当然不会无缘无故打人，但如何跟外界解释？！”他气得挥了一下手，“不管如何，她打人就是不对，除非那人是个犯罪嫌疑人，外界才会谅解她。”

一番话让众人沉默。

温弦慢慢地喝了几口水，缓了缓嗓子的疼痛后，这才一脸不解地望着他们，虚弱道：“你们在说什么啊？”

程东原唇瓣紧抿，玲姐也沉默。

李寻看了看他俩，直接认命，对温弦道：“温弦，你还不知道你打人的视频被曝光了吧，现在网上传遍了。”

“啊？”打人？

温弦一时没反应过来，这两天发生的事情实在是太多了。

“打什么人？不是我开车撞了人吗？”

她捂着额头认真地思索着，那个想伤害扎西的坏人，到底有没有被她撞到？

众人差点儿窒息。李寻顿时走到墙边哐哐哐撞了几下脑袋，心态彻底崩了。

他错了，他不该问。都听见了吗，瞧见了吗？当事人都说了，打人的事她都不记得了，只记得自己好像撞了人！

玲姐眼角抽搐了两下，在自己的太阳穴上揉了揉，这才道："现在大家说的是你打方芷的那件事，想起来了吗？是方芷！青海这边配合我们工作的后勤人员。"

这不能怪温弦，她脑袋还晕乎乎的，不过，提起方芷，她倒是想起来了。

她苍白着一张脸，皱了皱眉，又调整了下坐姿，找了个尽量舒服些的姿势，这才不紧不慢地道："我知道那个女人，虽然我不知道你们怎么知道的这事，但我打她是有原因的。"

温弦被他们盯着，舔了下有些干燥的唇瓣，缓缓道："你们怎么这样看着我，好像我干了什么坏事。你们知道方芷是什么人吗，她是一个虐待、杀害动物，然后将视频进行传播的人，是一个虐杀组织的负责人之一！"

她很认真地在说，但众人依旧愣愣地看着她。

方小姐如此知性温柔，会去虐待、残害动物？

玲姐站在床边，手伸了过去，碰了下温弦的额头，嘀咕着："这退烧药怎么不起作用……"

显然，大家都不相信，只当她发烧烧糊涂了。

温弦拍开玲姐的手，苍白的脸上满是认真："我说的是真的。"

李寻收回了目光："居然还说人家方小姐虐待动物，真以为你是拯救苍生的超人呢，一旦别人告了你，警察能救你啊？"他认真道，"反正剧组来这边还没多久，不如用之前那套计划吧，继续让霏雨当女主角，女主的戏份重新拍？"

虽然程霏雨有时候任性了些，但演技倒是可以。

程东原看着温弦，问道："方芷呢，她去了哪里，怎么失踪了？"

"当然是被警察抓走了，我报的警。"温弦道，然后缓缓瞪圆了眼睛，看着程东原，又看了一眼李寻，有些难以置信，"什么意思啊，把我换下来，让程霏雨当女一号？"她像是发现了什么好笑的事情。

李寻将手机拿出来，点开视频给她看，无奈道："你自己看吧。"

温弦皱着眉接过了手机，看到手机里的视频画面，她被全网攻击谩骂，脸色越发微妙。

程东原赶紧开口：“现在这件事情发酵得很厉害，网上都在声讨你，不过，你不要太担心，我会尽力想办法给你找最好的律师，解决这件事情。”就算温弦被所有人攻击，他还是会选择帮助她。

李寻顿时扶额，温弦是给程东原灌了什么迷魂汤，都这个时候了，他还想着怎么安慰她，这不是助纣为虐吗？

程东原继续道：“电影你可能暂时拍不了了，这件事情让整个剧组也受到影响，你就当给自己放个假吧，先不要管那么多了。”这不是针对她，而是为了这部电影考虑。

温弦将手机扔到了一边，面色苍白，嗓音很哑：“好吧，你们爱怎么样就怎么样吧，我现在什么都不想说了，要睡了，你们离开这里吧。”

该解释的，她都已经解释了。

温弦咽了一下口水，喉咙还火辣辣地疼着，真是让她难受死了。

她想继续睡，不想醒来，几千万人的唾弃不敌那一个人给的伤害重。

她微微转过了身子，背对着众人，贴着眼角的枕头逐渐被打湿。

众人心情沉重地离开。温弦到底清不清楚，这件事不仅仅牵扯到电影，还会影响到她整个职业生涯……

之前召开了电影记者招待会，还有很多媒体没有离开。

此时他们见程霏雨等人出来，一股脑地冲了上去。

“程小姐，程小姐，你是否可以回答我们几个问题？”各方媒体做好准备，有的甚至开始进行直播。

被拦下来的人一看见媒体，低着头躲避，可脚下的速度出卖了她内心的真实想法，她很快被记者们团团包围。

“程小姐，温弦打人已然是不争的事实，我们可以知道原因吗？”

“程小姐，视频中另一人是不是你们的员工，温弦平常也是这样耍大牌吗？”

“程小姐……”

一个个问题向她砸来，她像是被逼无奈，对着镜头道：“实在抱歉，温弦的事情，我也不清楚……”她顿了顿，“被打的一方是当地相关部门派来配合我们工作的人员，别的我不方便透露，只能说，那个人是一个很好的姑娘，不过，这两天已经没再出现了……”

程霏雨的直播采访在网上被众人关注……

同一时间，在一辆跟在警车后面的越野车里，桑年看着手机里的视频，忍不住气愤地在网上回怼网友。

“老大，为什么我的解释没有一个人信，还骂我造谣？”

这简直要气死人。

陆枭拧紧眉头：“他们只相信自己看到的，也只希望他们看到的就是事实。”

许多人在生活中无处发泄的戾气会肆无忌惮地发泄在网上。

“真是生气。也不知道这个时候弦姐怎么样了，网上那么多人骂她，她肯定很难受吧，我光是看着都快被气哭了。”桑年愤怒的同时，更多的是对温弦的心疼。

陆枭闻言，没再说话。

只有他知道，她现在所遭受的痛苦，还远不止这些……

昨夜，他说了分手，把她对未来的憧憬打碎了。

直播采访还在进行，程霏雨的一番说辞引得网上众人情绪更加高涨，弹幕里都是在骂温弦的。

就在采访快结束时，突然有警笛声响了起来。

不仅是程霏雨，还有媒体记者，就连网络上观看直播的网友们都听到了警笛声。

“看来事情是真的！警察都来抓人了！”

“我的天啊！”

“活该！恶人自有天收！”

……

媒体记者看到从警车上下来了两个警察，情绪更加激动了。

程霏雨嘴角隐隐勾起。

温弦啊温弦，看来你以后注定要被我狠狠地踩在脚底下，永远不得翻身了。

坐在警车后面那辆车里的桑年把着车门蠢蠢欲动：“老大，你真的不下去吗？都到弦姐住的地方了，也不知道她现在怎么样了。”

男人沉默了片刻，最后淡淡地开口：“我不方便，你想去就去吧。”

桑年以为老大怕被媒体拍到，也没多想，赶紧下车跟了上去。

民宿的房间里，众人头疼不已，真是应了那句话——皇帝不急太监急！

“算了，我们走吧。”李寻彻底放弃。

导演和编剧都要离开，程东原没动，玲姐微微叹息一声，也没说话。

毕竟程东原是温弦的前男友，分手后，他的心底一直都有着她。

或许，这个时候的温弦也需要一个人陪着吧……

人生的最低谷也不过如此了，事业和爱情，在这一刻全部崩塌。

玲姐打开房门，送李寻他们出去。几人一出门，就看见了迎面走来的警察。

大家一愣，警察？

其中一个警察走上前来，拿出了证件，道：“你们好，我们来找温弦，温小姐。”

五分钟后，李寻、编剧、程东原、玲姐等人都在房间里，听完警察的讲述后，彻底愣住。

一个警察继续道：“事情就是这样。其实很多丢失宠物的主人都来报过警，可是这种事情无法立案追查。

“据我们统计，方芷所在的组织残害的动物有上千只，散播虐待动物的视频牟取暴利，违反了我国的相关法律条例。若不是温小姐不遗余力地帮我们，这些心理扭曲的犯罪嫌疑人还在逍遥法外，会有更多的动物受害。”

房间里一片死寂。

玲姐很震惊，被娱乐圈磨炼得铁石心肠的她，此时内心都在剧烈地颤动。陪在温弦身边多年，她竟完全不知道温弦会做这样的事。

李寻有些羞愧，动了动嘴唇，想说些什么，最后什么都没说，只是低下了头。

温弦缓缓道：“还有一件事，警察，之前陆枭的事……我也没太注意是否撞到人，我当时急着救人……”

玲姐呼吸一紧，一颗心都提了起来。

一个警察手中端着摘下来的警帽，捋了把短发，义正词严地道：“这件事我们知道，那个人没事，现在躺在医院里。”

这时，门外有个身影迅速走了进来。少年看着床上躺着的女人，瞬间鼻尖一酸。

桑年没想到潇潇洒洒的弦姐竟然这么憔悴了，他以为她这是被网上攻击所致。

他突然对着温弦鞠了一躬，红着眼眶大声道：“感谢温小姐，如果不是你，我们队员的命就没了。”

警察看这少年情绪激动，拍了拍他的肩膀，随后对温弦道：“我们还准备给你发一面‘优秀市民’的锦旗，所以，温小姐，你可要快点儿好起来，等着我们给你送锦旗！”

温弦的眼泪突然涌出，手紧紧地攥着自己的袖子。

没想到桑年也来了。

在她受到污蔑、被所有人冤枉的时候，有那么一个人，第一时间站了出来，第一时间想办法去帮她解决问题。可偏偏到了这一刻，他都没有出现。

而是桑年来了。

她的眼泪顺着眼角滑下。

她在想，陆枭此时此刻……又在哪里呢，会不会离她很近，很近？

众人还以为她的委屈在这一刻全然爆发，一个个心疼得不得了，就连程东原都微微红了眼眶。

桑年看见他弦姐哭，心窝子跟被一把刀捅了似的，难受极了。

玲姐这时上前对警察说：“同志，我们先让温弦好好休息吧，关于网上视频的事情，我们出去谈……”

“这位女士，你放心，我们定会还温小姐一个清白！”

玲姐眼眶一热，她觉得，温弦经历这一次的风波后，以后的路，会越走越远，越走越好。

第四章

湖畔梦想小木屋

桑年离开民宿，往车子的方向走，走到车门处，他愣了下——车上没人。

老大不知何时下了车，身躯抵着车身，正站在那儿抽烟，浑身透着一股说不出的孤寂和凄凉。

桑年犹豫了下，还是绕过车头，走到老大的身边："老大，你站在这儿干什么，你担心弦姐，怎么不亲自进去看看她呢？"

弦姐多伤心，他不知道吗？

陆枭夹着烟的手指顿住，他低着头，抽着最后一口烟，蹦出了几个字："不方便。"

桑年顿时就急了，大声道："有什么不方便的啊，我都进去看弦姐了。老大，你还是她男朋友，怎么就不能进去了？你不知道弦姐在里面哭得多伤心，她还生病了，躺在床上发着烧，一直哭，一直哭，她都委屈死了，可是你都不进去看她一眼！"

桑年要被气死了。

老大平时那么雷厉风行的一个人，怎么现在变得这么婆婆妈妈——不方便，都是借口。

陆枭一愣，她哭得很伤心……一直在哭？

桑年看他们老大脸色变了，又连忙道："她一直哭，也不说话，你也看见她受了多大的委屈，被那么多人骂，又发烧了，身心都很脆弱。这个时候，她肯定很需要你，很想看到你。

"可是，如果这个时候你都不能出现在她的身边，你这男朋友当得还有什么意义？"桑年还年轻，也不懂得什么情爱，可在他的世界里，爱一个人，就是要好好地呵护她，不舍得让她落泪，不舍得让她受伤，只想她永远笑着。

话都说到这个份上了，桑年不再多说，自己先上车。

陆枭一个人站在原地，再三纠结。

为什么不去见她一面？

他不能，也没有了资格。

在她心里，他已经不是她的男朋友了。他还是让她失望了。

可他的承诺，没有变，一直都没有变。

在上海，在她家里的那个夜晚，他亲口对她许下承诺——他会保护她，永远保护她。

可现在他面临许多危险，那个逃跑的人还会继续报复他，那人的背后到底有着一个什么样的邪恶势力……

如今，他远离她，就是在保护她。

桑年见他们老大最终还是上了车，气得脸色铁青，扭过头不想看他了。

听着陆枭启动车子的声音，桑年咬咬牙："你不去也好，我刚才在里面看见有一个男人在照顾她，喂她喝水，喂她吃药，还帮她抹泪，对她的心疼和爱都要从眼里溢出来了。人家看着又高又绅士又有风度，一点儿也不比你差。我看，再这样下去，我嫂子就要被别人抢走了。"

这话半真半假，反正他是看见了那个男人的存在。

一秒，两秒过去——

"下车。"

桑年："啊？"

陆枭怒吼："我让你下车！"

少年俊俏的脸都被吓白了，扭头忙不迭地下了车。

太恐怖了。

他还是第一次看见发这么大火的老大，简直跟要吃人似的。

他一下车，越野车疾驰而去，飞也似的。

桑年蒙了。

这两个人到底是怎么了……

警察处理方芷的案件，整理好全部的证据，所以没能立刻还温弦清白，只能先委屈温弦忍两天，网上的事情先别管，后面交给他们就好。

温弦的心思，根本没在这上面。

可导演和玲姐两人是极为亢奋的，跟打了鸡血似的，导演继续筹备拍摄，玲姐则赶紧安排自己的人提前准备好要发布的文章，各种新闻稿都要准备好，等待局面彻底来一个大反转。

温弦觉得自己一直沉默也不大好，于是登录微博，编辑了几个字。

她一发出去，网络上顿时炸开了锅。

她发布的内容只有短短几个字：未知全貌，不予置评。

温弦的微博再次引起了热议，可那些网友并不买账，他们坚定地相信自己所看到的一切。

网友 kk：别想洗白了，警察都去抓你了，还在这儿说废话。

网友银铃铛：还装！我有朋友跟我爆料，说温弦打的那个女人好几天都没出现了，真是作恶！

网友沧海桑年回复楼上：有本事你就说出你朋友是谁！到底是谁作恶还不一定呢！

……

温弦根本不管网络上闹得如何，发了微博之后，直接关机了。

树倒猢狲散，墙倒众人推，自古以来，大抵如此。

其实，她早已看透，如果有一天在娱乐圈混不下去了，大不了她就择一座海上孤岛，每天看日出日落，听潮起潮落，晨钟暮鼓，安之若素，简简单单地养养花、看看书，挺好。

人生从来就有很多可以选择的路，所以每一次的抉择，都要认真。

因为，这一抉择，很可能就是一辈子。

可可西里，管辖区。

“老大！我下午要请假！”桑年饭后找到陆枭，道。

陆枭在后院里打磨一个汽车配件，对他的话置若罔闻。

桑年看他不回答，又继续道：“老大，求你了，我下午真的有事。”

男人弓着的背终于直起来了，手中还拿着工具，嘴里冷冷道：“什么事？”

桑年犹豫了下，低头看了一眼手中的袋子：“弦姐身体还没好，听说又摔着了，阿妈从家里拿了点儿藏医治疗跌打的药酒，让我给弦姐送过去。弦姐跟我说，咱们这里的客房里还有一些她的衣物，让我抽空一起给她送过去。”

一番话落下后，男人手臂的肌肉有些发紧。

又受伤了？

他看向桑年：“她什么时候跟你联系了？”

桑年被他犀利的眼神看得有些慌，结结巴巴道：“是我主动联系她的，我问弦姐什么时候回来，她的东西都给她放置好了，但她说她不回来了，让我帮忙送过去……”

一场秋雨一场寒，这天气似乎更冷了，草原都变得枯黄，戈壁滩上的沙粒冰冷又坚硬。此时在这阴沉的天色下，陆枭的身影一动不动，仿佛是一座冰冷的石像。

“老大？”桑年出声。

陆枭转身，声音沙哑又低沉：“不许请假。”他说着，视线向身后一侧扫去，“手中的东西放下，她的事不用你来管，东西也不用你送。”

“那谁来……”“送”字还没说出来，电光石火间，桑年忽然意识到了什么，嗓子眼堵住了，最后硬是变成一句，“好，我不请假了。”说罢，他将装着跌打药酒的布兜子放在了墙边。

然后他一溜烟地赶紧消失了。

陆枭缓缓转过身，视线落在了墙边的布兜上。

他高大的身躯缓缓靠在了墙壁上，拎着工具的手垂了下来，手套上还沾着一些机油。

陆枭的胸膛起伏了一下，他摘下手套后，低头从裤兜里拿出了手机。他打开微信，看着和温弦的聊天对话框。

他曾经对微信完全没有兴趣，也懒得设置什么东西。

可是后来，他学会将聊天背景换成了她的照片。

照片里，她在格桑花海中回眸冲着他笑。

他久久地望着照片中的她，视线难以移开，忍不住轻抚照片上她的脸颊，仿佛还可以感受到她的体温。

他睫毛微微一颤，发现了什么。

温弦改了微信名字。她不再叫“尚路逍”，而是就叫“温弦”。

现在他们两个是完全没有任何纠葛的人。

男人指尖轻颤着，点开了她的头像，进入她的朋友圈。

就在五分钟前，她发布了一条新的信息，配图是她的一张侧脸照片，粉黛未施，素面朝天，依然如此美丽。她闭着眼睛，微抬下颌，午后的阳光打在她的脸上。

她看起来很虚弱，脸色有些苍白。

她发的朋友圈内容：天下男人千千万，不行，我就换。

陆枭攥紧手机。

她倒是拿得起，放得下，干脆利落，绝不纠缠，一刀两断，也弄断了他脑袋里一直紧绷的那根弦。

傍晚时分，远处的天际一片赤橙，金色的余晖洒满天地间。落霞与孤鹜齐飞，秋水共长天一色。

温弦的气色好些了，虽然生了一场大病，但她不能总在屋里憋着。她裹着暖和的呢子大衣出来的时候，程东原正在等着她。

他冲着她微微一笑，走到了她的身侧。

二人离开民宿的时候，有剧组的人看见他们俩，忍不住窃窃私语，迅速离开。

温弦就当没看见，转而望着天边的景色。

两人没走远，只是围绕着基地走走，毕竟她现在还不敢走远，因为网上视频的事情，怕被激动的网友认出后，受到伤害。

因为这是剧组基地，路边最近会有一些藏族老人家在这里卖一些当地的小吃，还有手工编织的帽子、围巾。

温弦闻着香味就过去了。

公路边还停着几辆车。

程东原扫了一眼，突然拉住了她的手腕，然后走到她面前，将她的衣服领子拉得更高了些，遮住了她的小半张脸——怕她被人拍到。他真是个绅士、有风度又稳重的男人，如此体贴地照顾着她。

而这一幕被一辆黑色车里的人看得清清楚楚。

他们距离车里的人，不过几米。

车内的光线很暗，里面的人半张脸都隐没在阴影之中。他低头想拿出一根烟来，却发现手指有些轻颤。

温弦看着程东原的举动，平静地望着他，然后淡淡地笑了下："程东原，我要是真的有一个像你这样的哥哥就好了。"

他成熟、稳重，有才华，又会疼人。

可明明就是这样一个各方面都很优秀的男人，丝毫不能让她心动。

程东原动作顿了下，抬起手摸了摸她的脑袋，说出几个字："只要你开心，怎么都行。"

温弦一听，顿时摇摇头，低头嗤笑了起来。

她不想耽误他，他应该去找自己真正的幸福。

车里的男人看着车外的人，一个风度翩翩，一个美丽动人，看起来好相配。

他的心脏像是被狠狠地撕扯着，像是出现了一个洞，鲜血不断涌出。

男人每一次呼吸都变得艰难，她越来越近了，不知道他们两个人在说什么，她笑得很开心。

她笑起来的时候好看极了，眼睛里像是盛着星光，嘴角扬起，天地间的一切都失去了色彩，天上的璀璨银河也比不上她的笑容美丽。

她以前也是这样冲着他笑，可如今，这样的笑容不属于他了。

他的身影整个隐没在车内的阴影里。

从外面看不清车里面的人，可车内能清晰地看见外面的人。

她逐渐走过来。

车厢内静静的，他的心脏似乎停止了跳动，将车窗微微开了一条缝隙。

她的笑声瞬间传了进来，隐隐约约，能听到两个人的说话声。

……

“好美。”温弦看着天际，眯了眯眼。

程东原陪着她沿着公路慢慢走着：“如果你喜欢这里，我可以在这里为你造一幢专属别墅。”

温弦笑了：“不要，我喜欢小木屋。”说着，她微微从领子里露出些白皙的下颌，跟他比画着道，“小小的、四四方方的就行，等到冬天的时候，壁炉里跃动着火苗，小木屋里暖暖的。太阳升起时，能给整个小木屋里洒满阳光。”她只觉得那样的一幕，才叫惬意美好。

她眼底盛着幻想和憧憬。

车里的男人默默地凝视着她……此时的她，距离他很近了，他一打开门，就触手可及，就能握住她的手，拥着她的腰。

陆枭缓缓攥紧了自己的手。

温弦似乎察觉到了什么，突然向旁边停着的一辆车看过来——那是一辆黑色的车子，车玻璃上贴了膜，所以里面的人可以看见外面，外面的人却看不见里面。

而温弦微微蹙眉，望着车窗。车内的人也望着她。

明明她什么都看不见，却觉得这辆黑色的车里仿佛有人在注视着自己，在吸引着自己。

“怎么？”程东原也跟着看了过来。

温弦摇摇头，收回目光：“没事，走吧，我想去前面看看。”说着，她直接离开。

程东原跟了上去，不过临走前，他深深地看了一眼那辆黑色车子。

他们离开后，陆枭紧绷的身躯这才像是卸了所有力气似的，颓然无力地倚靠在了椅背上。

桑年说得果然没错……

在她生病的时候，是那个男人陪伴着她。

在她处于事业的低谷时，还是那个人在她身边照顾她。

在她脆弱的时候，自己都不在她的身边，恐怕她以后也不会再需要他了。

只希望她可以远离自己，过得好，能平安，不用再提心吊胆。

明明这一切不都是他想看到的吗？可如今，他发现深陷其中、痛苦得无法自拔，难以走出来的人是他自己。

他睁眼闭眼，脑袋里都是温弦。

前方的小摊上有阿婆阿公在卖烤馕饼，里面是羊肉馅的，很香。

温弦这几天不怎么想吃东西，直到此刻，才有了想吃东西的欲望。

在阿婆和阿公的热情招待下，她坐在一张小板凳上，一边望着前方的景，一边吃着手中的烤馕饼。

没人知道，她在想着什么。

她还在等待，等待那个人来找自己。他真的彻底狠下心不再见她了吗？

还有怀孕这个计划……

深深陷入沉思中的温弦没有注意程东原去了哪里，也没有去看自己的身后。

程东原付了三个烤馕饼的钱，随后，拿着单独装在一个袋子里的烤馕饼往刚才路过的地方走去，最后停在了那辆黑色车子的旁边。

他敲了敲车窗。片刻后，车窗缓缓降落下来。

程东原看见坐在驾驶座上的人。

陆枭还看着前方，脸上看不出任何情绪变化。

“果然是你。”程东原说着，微微摇了摇头，抬头看了一眼前方坐在小板凳上吃烤馕饼的温弦。

随后，他的手从敞开的车窗伸进去，从里面摁下了车门的锁，解锁后打开车门，他一矮身，上车了。

车门一关，车里的气氛顿时有些紧绷。

程东原将一个烤馕饼递给陆枭，他不接，程东原就将它放在置物架上：“她很喜欢吃这个，你也尝尝。”

陆枭没回应——她喜欢吃什么，需要你来告诉我？

程东原看他浑身气息很冷，随后淡淡道：“陆枭，我不管你到底是什么人，我只想跟你说，如果你给不了她想要的，给不了她幸福，就离她远远的，越远越好。”

陆枭半个身躯都隐于阴影之中，令人看不清他的神色。

程东原深深吸了一口气：“我承认她很喜欢你，甚至很爱你，我是很嫉妒你，但是，我看不得她为了你一次次地糟蹋自己。”他顿了下，又道，“你知道她这次为什么来青海拍戏吗？她本来还有其他更好的选择，她的身体明明不好，还是坚持来这里拍戏，这一切都是为了你。

“为了能让导演选中她，她放下身段，多次求导演组让她试镜，一分片酬都不要，在这里遭了几个月的罪，她一分钱不要。”

陆枭的内心一震，一下子就想起之前她从上海来的时候——

她跟他说，这部电影的导演求着她拍戏，还给她几千万元的片酬，她实在没法拒绝，才答应的。

程东原提起这件事，心底格外不是滋味，掏出了一根烟，低头点燃。

“不要钱也就算了，为了拍好戏，她从高坡上滚下来几十次，滚得自己身上满是淤青，最后拍完，她直接当着众人的面昏了过去。”程东原轻吐了一口烟，声音沉沉的，“我敢打包票，她的这些事情，你都不知道吧。因为她爱你，她怕你会心疼，所以她自己忍受了下来。”

这样的温弦，对于程东原来说，是极为陌生的。

曾经的她，多么骄傲，唯我独尊，舍我其谁。

可是，她遇到陆枭后，一切都改变了。

程东原说完后，感受着身边男人压抑至极的气息，他抬手揉了揉太阳穴，累极了一般：“不要玩弄她的感情，不要伤害她，如果你给她的只有伤害，那就……离开她吧。”

他打开车门，下车，看着温弦的方向，缓缓道：“别再让她为你流泪了，在她遇见你之前，我看到她哭，还是她十九岁的时候。”

“程东原！”温弦找不到人，扭头大喊着他的名字。

“我在这儿，来了。”伴随着这句话，车门一关，程东原的身影朝她走去。

温弦伸着脖子往这边看过来——程东原干什么去了？他怎么会是从车上下来的？

她想着，缓步走了过去。

“那车里是谁？你们认识？”温弦的视线频频投过去，挑眉问。

程东原看了一眼车的方向，淡淡地开口：“不认识，刚去借个火。”

温弦点点头，没再说什么。

“走吧，我们出来的时间也差不多了，你还没好利索，要少吹风。”说罢，两人一起离开。

只是，走着走着，温弦突然回头，忍不住深深地看了那车一眼。

陆枭在车里望着她，已然红了眼眶。

等他们的身影彻底消失后，陆枭缓缓下了车，手中还拎着一个袋子。

五六十岁的阿公阿婆在剧组基地旁边推着一辆小推车卖烤馕饼。那阿婆看见推车前突然出现一个高大的身影，抬头看过去，和蔼地笑着道：“年轻人，买什么？”

陆枭默默拿出钱包，递给她两张百元钞票，道：“阿婆，这个钱给你，明天再看见刚刚那个女人，您能不能帮我把这个东西给她，就说是你们家里的跌打药酒，她受伤了，用了这个会好得快一点儿。”

阿婆一听，顿时拒绝：“哎哟，年轻人，你怎么不自己去啊，她就住在那里面，你现在追上去应该还……”

“我不方便见她，阿婆，麻烦您了，也不要说我来过这里。”说罢，将钱和东西递给了他们，陆枭转身就走，无论后面的两位老人怎么叫也不停下来。

阿婆皱眉看着钱，叹息道：“怎么还拿钱啊，算了，明天一起给那姑娘吧……”

陆枭准备上车离开，就在这时，车轮边一个粉色的小东西引起了他的注意。

他微微蹙眉，俯身捡起来。

他手中的是一个粉色的毛绒小猪挂件。

而这个东西，他知道是谁的……

毕竟两个人在一起有一段时间，他怎么会不知道。

温弦是一九九五年出生的，她的属相就是猪。之前，他多看了两眼她手机的粉色小猪挂件，她就跟他调侃，说她是世界上最美丽、最可爱的小金猪，她非常旺夫，让他好好抓住了。

如今回想起这一幕幕，陆枭眼底深处藏着一抹落寞，将这个粉色小猪身上的灰尘拍干净，珍惜地握在手中。

温弦在网络上被曝光视频一事，像一个雪球一样，越滚越大。

事情爆出后，她给出的只有一句简单的回复。在网友看来，这就是一句敷衍的话，是为了转移大家的注意力。

再加上程霏雨的采访、警察的到来，让这一切火上浇油。

温弦知道很快就会真相大白，但她通过这件事情，看清了太多人的真面目。

有人借机踩踏她，让她唏嘘不已。

而眼下，在剧组里——温弦重新准备拍戏了。

剧组的很多人对于导演没有叫停，还让她拍戏，纷纷表示惊讶，窃窃私语是少不了的。

“太过分了，我简直不敢相信，她把方小姐打得至今不见踪影，她还敢来拍戏？”一个助理在整理衣服的时候愤愤道。

旁边的演员还没有开口，化妆师面前的程霏雨却冷笑一声：“事情都做到这种程度了，你们还看不出来吗？怕是用了别的法子保住了自己的戏份。”话里隐隐有别的意思。

化妆间里还有一个女编剧，正是之前和导演李寻一同去温弦那里的人。她忍不住微微蹙眉：“没有证据的事情，不要随便猜测好吗？如果她愿意，完全可以告你们诽谤了。”

程霏雨嗤笑了一声，道：“陈姐，连你都向着她？你是不是忘记那天她在洗手间里是怎么打我的，怎么威胁方芷的？！”

陈编剧毕竟是长辈，很受尊敬，此时被程霏雨用这样的语气指责，有些来气：“你怎么不说那天她为什么会打你？”

程霏雨更生气了，不明白他们怎么还护着温弦。为什么都这个时候了，温弦还是女一号？

她咬牙道：“告我诽谤，让她尽管来，指不定是她给谁吹了枕边风呢。我还等着警察上门，看看到底把谁抓走！”

下一秒，门被打开了。

温弦装模作样地掏了掏耳朵，懒散地倚靠在门上，皱着眉道：“行，既然你那么积极，我就成全你。”

化妆间里的人愣住了，温弦的身后站着的除了导演和程制片以外，竟然还真来了两个警察……

程霏雨微微瞪大了眼睛，脸色白了几分。

这是怎么回事？警察真的来了？

“他们是来抓你的吧？”

程霏雨目光微微闪烁，她显然不相信温弦真的能告她诽谤，毕竟温弦是“泥菩萨过江——自身难保”。

一个年轻的警察正色严肃道：“我们的确是来找温小姐，不过是来感谢她的。”

“感谢她？”程霏雨眼底满是震惊。

开什么玩笑，警察感谢温弦？

程霏雨的言行全然落在程东原的眼中，让他眼底的冷意更甚。看来，他以后不该再看在长辈的分上纵容她了。

随后，程东原望着大家，跟所有的人道：“温弦帮助警察抓捕犯罪嫌疑人，立了大功，拯救了很多动物的生命，青海省动物保护协会和公安局都送来了锦旗。”他无视众人错愕的目光，继续道，“所以，连带着我们剧组也一起沾了光。应对方的要求，我们大家要在外面一起合影留念。”

这对他们剧组来说也是一个莫大的荣誉。这样的事情，对他们的电影拍摄，也是锦上添花。

拍相关主题的电影，拍着拍着，饰演女主角的明星却成了真正的保护动物的英雄。

程东原说完后，整个化妆间内鸦雀无声。

之前骂温弦的助理、化妆师，脸色微妙，而程霏雨则脸色惨白。

温弦不是打人了吗，怎么变成一个保护动物的英雄了？

整个剧组很快都知道了这件事，知道方芷的知性优雅都是伪装的，她实际上是一个虐杀动物的变态。一时之间，众人议论纷纷，都说“知人知面不知心”。

大家一起准备合照时，再看到温弦，一个个态度都变得不一样了。

之前错怪她的人，都不好意思起来。有的人热情积极地和她打招呼：“弦姐好！”

“弦姐，你真是好样的，太厉害了，没想到你竟然背着我们干了那么大的事！”

众人纷纷鼓起掌来。

温弦望着众人，心底陡然生出了一股微妙的滋味。

对于剧组里的人，她并不放在心上，真正让她感动的是当地的这些机构。

她以前冷漠惯了，所以这些机构突然的表扬，让她有些不太适应。她嘴角轻扯，随意地摆手：“我只是做了我应该做的，而且我相信……换成你们，也会这么做。”

众人再次纷纷尖叫欢呼，温弦和剧组众人一起分享荣誉。

当她的手中拿着锦旗，站在中间的位置，几十号人一起合照的时候，摄影师笑着让大家大喊“茄子”，只有她望着镜头微笑。

画面定格在那一瞬，温弦不知道那一刻自己心里到底是什么滋味。

好在公安部门愿意帮她澄清，否则，她曾经所努力奋斗的一切真的会毁于一旦，会有无数人把她踩在脚底下打压、摩擦。好在这一切都结束了，不是吗？

玲姐早就把一切准备做好了，现在照片一拍完，网上马上就会爆出消息，所有的一切都会在全国人民眼前真相大白。

拍完照后，温弦微微舒了一口气，有些怅然若失。

明明眼下应该是开心的时刻，可是她只能牵强地扯起嘴角，似乎有更重要的东西被她遗落了，心里像是有了一个大洞，呼呼地往里灌着冷风，让她连呼吸都觉得疼痛。

她没有再多留，寒暄之后，便头也不回地离开，往自己住的方向走。

和他分开，已经好多天了，每天都过得格外漫长，她感觉自己快撑不住了，她就是这么没出息。

就在这时，突然身后有人叫她的名字。她站定脚步，回头就看到玲姐跑了过来，对她大喊："你快回来，照片还没拍完。"

她蹙眉："怎么还没有结束，刚才不是都拍过了吗？"

她已经没有拍照的心情。

岂料，玲姐迅速过来，一把抓住了她的手臂，道："你就跟我走吧，又来了一个部门的人要求跟你合影，他们还为你送来了一面火红的大锦旗，你不拍可就亏了。"她似乎话里有话。

温弦一时间没听出来，不禁头疼。

温弦有些失去了耐心，当她的视线冷不丁触及前方那辆越野车时，瞬间移不开了。

那里站了一排的人，是一张张再眼熟不过的面孔。那不是桑年吗，还有噶卓，甚至还有之前受伤的扎西和帕卓。

温弦目光所到之处，尽是熟人。她望着他们，眼眸有些发热了。

直到这个时候，她才忍不住流露出发自肺腑的笑容。

要来跟她拍照的，正是陆枭他们的管辖队，所以，他也来了吗……

这么一想，她呼吸就有些凝滞了，眼睛控制不住地向四周搜寻。

"弦姐，弦姐！你快看，这是我们给你做的锦旗，怎么样？"桑年拿着火红的锦旗跑了过来，还微微喘息着。

那锦旗周边还带着金色的穗，质感极好，的确是很漂亮。

温弦看一眼，嘴角却忍不住轻扯了下："好看是好看，但为什么上面写的是'妙手回春'？"确定是送给她的吗？

"可不就是妙手回春！如果不是你的开车技术那么高超，怎么能从坏人手中救了扎西一命！"桑年解释着，笑着露出一口白牙。

温弦忍不住一脚踹向他。

就在她和队员们说话的时候，末尾的一辆车里，有一个男人正望着她的身影。

从她一出现，他的目光就无法移开。

他本来不想来，队里坚持要来给她送锦旗，他也可以不出现，只是他突然意识到，两个人竟然还没有一张合照。

如果他们两人真的错过了，那是不是一辈子都不会再和她有一张合照的机会了？

……

温弦正在关心着扎西，她还记得他那天流了好多的血。

“嫂子，没事的，谢谢你救了我，不然我家里可就只剩下我阿妈一人了。”扎西感激地道。

温弦胸口有些闷。

虽然她现在和陆枭是这种局面，但是她不后悔，永远也不会后悔。哪怕再来一次，她还是会选择那样做。

人这一生没有什么比活着更重要了。扎西一定要好好地活着。

温弦突然反应过来，身子微微僵住。所以陆枭……也是在害怕吗？战斗分外无情，他是不是也在害怕，害怕她会被他连累。

温弦如此一想，心头酸涩得不行，他肯定很怕自己会出事吧……

她知道，陆枭还爱她，否则，不会在自己出事的第一时间，就立刻找来警察，让官方为她澄清一切。他不舍得她被别人欺负。

扎西看温弦的眼眸浮上了一层水雾，顿时有些慌了起来：“嫂子，我刚刚说错什么话了吗？”

温弦闻言立刻低下了头，摇了摇头，笑道：“没，你没说错话。”她拍了拍他的肩膀，“跟我就不用客气，你没事就好，还有，一定要照顾好你阿妈。”

老人家平日里孤家寡人，就他一个儿子在外，肯定担心坏了。

扎西重重地点点头，没再说话了。

众人正准备一起拍照，温弦迟迟没有看见陆枭的身影，她此时有些控制不住想见他。

“弦姐，你在干什么，我们要……”

“你们队长呢？”她还是没忍住，询问道。

桑年顿时心底一颤。

看看！对比弦姐的主动，他们老大简直弱爆了，明明担心她，想她想得不行，却一次又一次远远地看着，暗中默默地守护着她，帮她解决事情，还偷偷地来给她送药。

桑年有些尴尬地抓了抓头发："我们老大来是来了，只是去哪儿了，我也不知道。"他想到了什么，又道，"对了，管辖区的小狗平安也来了，应该在老大的身边。"

温弦连忙往附近的车辆走过去，四处看着，寻着，最后忍不住大喊："来福！平安！平安！"她大名小名换着叫，它肯定能听出她的声音。

在末尾的一辆越野车里，男人身边的副驾驶座上，蔫了吧唧的小狗听到声音，耳朵竖起，脑袋抬了起来，仔细地听着周围的声音。

"平安……"

又一声呼叫传来后，小狗顿时蹿了起来，陆枭都吓了一跳。

它直接蹿上了陆枭的怀里，趴在车窗处，不停地叫着："汪汪汪！汪汪汪！！"

温弦的目光寻了过去，看见一只小狗趴在车窗处汪汪地叫着。她一喜，连忙跑了过去。

只是跑过去的时候，她突然看见刚刚还趴在车窗处的小家伙一下子消失了，像是被人拽下去了。

越野车里，陆枭耳根都涨红了，捂着小狗的嘴巴，压低了声音呵斥道："不许叫，给我下来！"

小家伙呜了一声，兴奋地摇着尾巴，漆黑明亮的大眼睛圆溜溜的，这会儿乖乖地坐在了他的腿上，不再叫唤了。

陆枭看着跑来的人，太阳穴突突地跳，他试着松开小狗，岂料，下一秒，小狗竟从敞开了一半的车窗蹿了出去，朝着温弦奔了过去。

陆枭紧闭眼眸，硬生生地从口中蹦出了一句脏话。

这狗成精了吧。

温弦看着小家伙冲过来，惊喜地伸出了手，小狗蹿到她的怀里，在她怀里打滚，舔着她。

她笑着逗着它，别过脸，映入眼帘的是一双黑色的作战靴。

陆枭今天穿了一条宽松的迷彩裤，作战靴收住裤脚，看着更利落、帅气，腿显得更长了。

温弦缓缓往上看，他上半身穿着一件黑色冲锋衣，领子贴着喉结。他似乎瘦了，脸部的棱角更加清晰。

远处的雪山映着日光，越发显得那双眼眸漆黑。

二人对视着。

多久没有见面了，她已经记不清，她只知道，没有他的每一天都很难熬。

温弦随后低头，这一次不再主动。

她已经走了九十九步，剩下的，不该是她来走了。

温弦听见了他的脚步声，他沉稳地一步步走来，最后站在了她的面前。

“你——”

“你——”

二人一起开口。

温弦抬眸看了他一眼，又迅速垂眸，唇瓣轻抿。

陆枭也怔了下，随后落下几个字：“你先说。”

温弦差点儿被他气笑了，她深吸了一口气：“我没什么好说的。”

她知道他是有苦衷，是担心她，怕她出事，才会选择分手，可他怎么不问问她是怎么想的。

说完那话，她转身就要离开，可手臂突然被拉住了。

温弦的视线缓缓垂下，落在他的手上。

陆枭像是触电了似的，迅速地收回了手，看得她心里一痛。

她攥紧拳头，保持转身的姿势，没有看向他：“还有什么事？”

陆枭的眼底有化不开的深情，他唇瓣动了下：“你还好吗……”

温弦的心尖被拨动了下，回头看他：“不，我不好。”

男人眼瞳一缩。

温弦望着他：“我这辈子没这么糟糕过。”顿了下，她说，“甚至是小时候被暴打，被医生切掉脾脏，都比不上现在这么糟糕。”

陆枭微微别开了脸，拳头紧攥。

她童年的成长经历是她一辈子无法过去的阴影，就连他都心疼不已。可如今她竟然说，她现在才是最糟糕的时刻。

这是他带给她的。

他以为自己是为她好，最后却成为伤她最深的人。

他害怕，他怕她会出事。

温弦看他这般，内心也不好受，离开前落下一句话："陆枭，你不能把自己的想法强加在别人的身上，你也不能让未曾发生的事情，一遍遍折磨自己。"

准备拍集体照了，桑年在那边招呼着他们。

温弦抱着小狗很快过去，她没回头去看身后的人。

她拿着锦旗，抱着小狗站在人群中间，摄影师给他们拍照的时候，陆枭没有向她走来。

她心底有些落寞，她还没有和他合影过，真的很想和他同框一次，她想光明正大地在社交媒体上，爆出他俩的同框照片。

摄影师咔嚓咔嚓照了几张后，突然道："欸，那个哥们儿是不是你们的队长啊，怎么站在那儿了？"摄影师冲着陆枭笑着大声道，"大家换个姿势，你们队长和我们温小姐站在中间，大家站在旁边，咱们再来两张！"

众人的视线迅速顺着摄影师的目光投了过去，包括温弦，陆枭此时站在最边上的位置。

队员们忙不迭地把他推了过来："老大，你还等什么呢，快来！快来！"

温弦看着陆枭被推搡着，被迫走过来。

陆枭对上了她的视线，然后干脆低头默默站在她身边。

他身材高大，她身材纤细高挑。

一个冷峻帅气，一个美艳动人。

两人的手臂撞在一起，温弦感觉到他的身体有些僵硬。

大抵是人往中间挤的缘故，陆枭觉得她的手臂在蹭着他的腰身，软软的身子也紧紧地和他靠在一起。

温弦的视线微微闪烁，脚下又往他那边挪了小半寸，嘴里嘀咕了一声："真是好挤。"

这时摄影师突然从相机后面探出脑袋，笑着来了句："好了，温小姐，你不用再往队长那边挪了，好几次了。"

温弦唰的一下脸红了。

陆枭低头，看着她被抓包后红通通的脸颊。

这一幕，瞬间被摄影师捕捉了下来。

随后，在摄影师的要求下，大家又一起大喊“茄子”。

这一次，温弦站在陆大队长的身侧，望着镜头，笑得明媚又灿烂。那笑容似要将一切融化。

画面定格，是温弦和可可西里管辖队所有人的合影留念。

对于她来说，未曾相逢先一笑，初会便已许平生。

人散了。队员们纷纷跟她说再见，直到最后，还剩下她怀里的一条小狗和站在对面的陆队长。

经过刚刚的事，两人身边有说不清道不明的气息在萦绕。

她眼睛微抬：“你把我儿子带回去吧，好好照顾它。”说着，她就要把平安递给他。

然而，平安却挣扎了起来，汪汪两声，从她怀里跳下去后直接跑开，像是不想回去。

“喂，平安！”

温弦看着小东西迅速跑开，连忙冲了过去，陆枭也立刻跟了上去。

小东西撒丫子跑得快，还专门往没人的地方跑。

这里地势高低不平，温弦追着它大喊，身体还没完全恢复的她，顿时喘着粗气跟不上了，偏偏追上一个矮坡时，脚下蓦地出现了一块石头——

“啊……”她的身子就要栽下去。

身后出现一只大手搂住了她的腰身，两人一起滚了下去。好在坡不高，他们滚了几圈就停了下来。

温弦只觉得一阵头晕目眩，陆枭被她压在身下，他抱着她，她整个人几乎被他包围了。

从上面滚落下来，他第一时间护住了她，她的心尖颤了颤，陡然漫上一股热流，熨烫着她的心，再弥漫至四肢百骸。

不管他到底是怎么想的，他的身体已经做出了本能反应。

温弦对上他的视线，他漆黑的眼眸深处似有波涛在涌动、翻滚。对视时，两人都没有说话，又似乎有万千言语融于其中。

明明两个人都深爱着彼此。

他们注视着彼此，视线纠缠，然后，他的视线缓缓地落在了她的唇瓣上。

两人的脑袋，越来越靠近。温弦睫毛轻颤，心跳加快，感受着他炙热的气息袭来，她紧张地闭上了眼睛。

他终于主动了，什么时候来求她原谅？只要他开口，她就会原谅的啊。

“温弦！”远处突然响起了谁的声音，在叫着她的名字。

温弦顿时手一抖，猛地推开了陆枭。

真是要命，是谁这个时候过来了，明明差一点儿就……

他们在一个矮坡下，温弦看不到是谁来了，听着像是霍启的声音。

她得赶紧起身，这个样子被人看见的话可就不好了。就在她起身时，她的腿突然被撞了下，膝盖一软，整个人又跌了下来。

陆枭顺势搂着她的腰，将她摁在了旁边的斜坡上，俯身，偏头。

霍启往这边寻来，大喊着温弦的名字：“温弦，你跑哪儿去了，快点儿呀，大家都等着跟你一起去吃饭啊……”

霍启蒙了，刚刚还看见她往这边跑，怎么一眨眼就不见了。

就在霍启前方不远的斜坡后面，温弦的两个手腕被摁在脑袋两侧，靠着身后的斜坡，之前发出的一声惊呼被陆枭及时堵住。

温弦瞪大了眼睛，内心犹如翻江倒海、波涛汹涌。

他知不知道自己这是在做什么？

而就在她这么想的时候，唇瓣上蓦地一痛。

霍启怎么也找不到温弦的人影，这矜贵的二少爷郁闷地叉着腰，无奈至极。殊不知，温弦距离他不过十来米。

霍启摇摇头：“奇怪了，人去哪儿了。”随后，他便转身离开。

霍启一离开，温弦悬起来的心才缓缓地落下来。

斜坡之下，陆枭终于放开她，额头抵着她的。

这里是阳光照射不到的地方，如同两个人纠缠的举动，隐秘的心思，都容不得别人去窥探。

她的胸脯不断起伏，眼眶有些红。

彼此的呼吸交织在一起，灼热的气息弥漫开来。

她轻咬唇瓣，似乎在等他说话。

陆枭望着她，眼眸深处有沉痛的悔意，声音低哑道："我后悔了。"

她竭力地控制着自己的情绪："所以？"他想怎么做。

陆枭死死地盯着她。他彻底被打败了。

陆枭眼眸湿热："所以，温弦，我们能不能不分手？"

温弦只觉得鼻尖酸涩："可是，我们已经分手了啊……"

这一句话瞬间刺痛了他，让他脸色都白了，内心深处骤然生出一股难以言喻的恐慌感。

她说这话是什么意思，是不想再与他和好吗？

温弦看着他眼底生出的慌乱，攥紧了手心，微微移开视线。她虽然很想和好，但她有自己的原则，要让他长个记性。

她红着眼眶缓缓道："你所做的一切已经无法让我再像之前那样信任你了。"她眼睫微垂，声音沙哑，"我承认我爱你，可是我怕了，怕你会再一次丢下我，不要我。"说到这儿，她的眼泪摇摇欲坠。

陆枭："温弦，我错了，我不会再那样做了，你再给我一次机会，好不好？"他的内心被折磨着，被狠狠地撕扯着。

陆枭轻抚着她的脸颊，眼神近乎渴求。

温弦差点儿就要答应他。

她深深地吸了一口气："我不是你召之即来，挥之即去的人，我也有自己的尊严。你也知道，程东原对我很好，他现在还在追我。"

陆枭呼吸都屏住了，从指尖开始，一点儿一点儿地发麻，后背都蹿上了凉意。

他好慌，生怕从她口中听到更加不好的决定。

"温弦，不要跟他在一起，好不好……不要跟别人在一起。"

她不会知道，他看到他们走在一起，那男人为她整理衣服，呵护着她的时候，他的心底有多么痛苦、复杂。

温弦似乎已经做了最终决定："你已经让我失望过一次了，我不知道怎么原谅你。你仗着我喜欢你，就想让我轻易原谅你吗？这对程东原，还有其他追求者，都不公平。"她顿了下，"所以，你和他们没有区别，想让我原谅你，就要看你怎么做。"

太轻易原谅他，会显得自己爱得太卑微，她也是有尊严的——不让他尝尝苦头，万一他以后还提分手呢。

对于其他的追求者，她不喜欢人家，就会说得清清楚楚。看看，连情敌，她都帮他消灭掉了。

陆枭的心底弥漫上酸涩、苦楚，也从中抓到一丝希望。

他们已经分手，他跟她的那些追求者没有任何区别。他还伤害了她，比其他追求者差了一大截。

温弦小声说："时间不早了，我该走了。"说着，她就要起身，手腕却被握住了，握得紧紧的。

温弦被陆枭看得忍不住避开目光，试着将手腕从他手中抽出来，带着鼻音的声音软糯，还透着几分委屈："你干什么呀，松开我……嗯！"

话还没说完，他迅速凑了过来，霸道又极为温柔地堵住她的嘴，轻啄了下。他喑哑的声音在她的耳边落下："温弦，我会证明给你看。"

温弦的耳根都红透了，恼羞地一把挣开了他，微微咬牙："别随便动手动脚，比你好的人多着呢，我看程东原他就比你……"

"不！他比不上我。"陆枭无比坚定道。

温弦嗔他："你怎么知道他比不上你？"

陆枭直勾勾地盯着她，眼眸幽深："你最清楚。"

温弦望着他幽深的眼眸，突然间反应过来——这个浑蛋！

两人站起来后，温弦走在前面，也不管他。

陆枭望着她的背影片刻，突然抬手放在唇边吹了一声口哨。

温弦下意识地回头看了一眼，不远处一只小狗听见声音飞奔了过来，结果，脚底打滑刹不住车，摇着尾巴兴奋地在陆枭身边打转。

陆枭俯身在它的下巴上揉了揉，非常宠爱。

温弦气得脸上一阵红一阵白，跺跺脚，转身离开了。

原来他吹口哨是逗狗呢。都这个时候了，他还不忘欺负她、占她的便宜，不行，他想再追回自己没那么简单，她一定要好好欺负欺负他。

温弦收到了玲姐发来的信息，说剧组为了庆祝，订了一个农家乐，大伙去热闹热闹，吃顿好的。

大家到齐准备出发，偏偏温弦消失了，所以玲姐发了信息，让她一会儿过去。

玲姐自然知道，温弦为什么会消失，还让人不用管她，把剧组的车都开走了。

因此，温弦看到剧组一辆车都没有的时候，顿时有些头疼了。这偏僻的地方，上哪里去打车？

她正想着，身后一辆越野车开到了路边。

温弦瞥了一眼，那辆车缓缓降下车窗，里面男人熟悉的低沉声音传来：“他们是不是都去吃饭了，我听说你们要去农家乐。上来吧，我送你去。”

温弦一听，嘴巴噘着，跟能挂个酱油瓶似的：“你是谁啊，你让我上车就上车。”那她岂不是很没有面子。

温大明星还在斤斤计较着刚刚的事。她沿路走着，那辆车也极缓慢地跟着她。

两人到了公路口，正巧，卖烤馕饼的阿婆阿公又出摊了。一看见温弦后，阿婆顿时眼睛一亮，随后赶紧拿着一个布兜子走过来了：“姑娘，姑娘，你等下……”

温弦闻言，一愣，看向阿婆。

阿婆和蔼地笑着，将手里的东西递给她：“姑娘，你等下，这个东西给你。”

温弦看着那布兜，一时间有些蒙了，她瞪大眼睛，低头拉开布兜看了一眼，诧异道：“阿婆，这是什么东西啊？”

阿婆刚要说是一个男人昨天送来的，但视线冷不丁地和谁的撞上了。

阿婆顿时惊讶，这车里的男人不正是昨天的那个吗？

陆枭轻咳了两声，跟阿婆使了下眼色，想让她帮忙为他争取一番。

阿婆还以为他是在提醒自己不能说，话到嘴边，干笑着改了口，笑呵呵道：“这是我们当地治疗跌打损伤的药酒，阿婆看你拍戏容易受伤，这些你拿着去用，伤好得快。”

陆枭的眼角隐隐抽动了下，阿婆怎么没提他呢。

温弦心头涌上一股暖流，感动满满。她望着阿婆，一只手接过东西，顺便握住了阿婆布满皱纹的手，感谢道：“阿婆，真的是太谢谢你了，我很感动。”

阿婆有些不太好意思，视线频频投向车里的男人。

这时，车里的陆枭拳头放在唇边轻咳了声，淡淡地开口：“这是谁送的，那么有心。”说着，他又看了一眼阿婆。

阿婆有些蒙，他问这是谁送的，难道还要让她编一个人出来吗？昨天这小伙子可不让她说得那么清楚啊。

阿婆拍了拍温弦的手：“这东西不是我的，而是一个男人送来让我给你的。”

“什么，一个男人送来的？”温弦怔住了。

随后，她就听到身侧车里的男人发出咳嗽声，一声声地传来。

温弦反应过来，扭头看向陆枭。

两人视线相撞，他的目光幽深地盯着她，仿佛在告诉她，没错，这东西就是他拿来的。

温弦又低头看了看手中的布兜，难不成真是他送的？

她疑惑地问了出来：“你？”

还不等陆枭表态，阿婆顿时着急了，连连摆手道：“不、不、不，不是啊，姑娘，这是其他男人送的，和这个先生无关，绝对无关。”

陆枭差点儿心肌梗死！

“哦……这样啊。”她眼眸里有一抹失望一闪而过，“不论如何，阿婆，谢谢你，也谢谢那个……男人。”

阿婆满意地笑了：“没事、没事，姑娘，你一定要好好的，昨天那个小伙子可担心你了。”

温弦心底的疑惑更重了。

嗯？如果不是陆枭的话，那还能有谁？有谁送个东西还不敢见她？若是程东原或者霍启的话，他们早就将东西捧到她的面前了。

温弦再三谢过阿婆后，这才抱着布兜，继续走着，身侧的车子也跟着她。

陆枭的声音传来：“还是上来吧，抱着布兜怪沉的，那布兜可不轻。”里面放了几瓶药酒，他是再清楚不过的。

温弦脚步顿住，目视前方，不知想到什么，随后转身打开了车门。

她轻哼了一声：“要不是这个布兜太沉，我才不会上来，你别以为我对你态度变好了。”

车里的小狗看她上来，扑到她身上汪汪地叫着。

“平安乖啊。”温弦把布兜放在脚底，抱着平安温柔款款地抚着它道。

这一人一狗，待遇形成鲜明的对比。

陆枭看小狗的爪子抓着她的衣服，落在某个位置，他眼眸一沉，突然倾身过去，直接将它的爪子扯开，低喝道：“老实待着，不然把你丢到后面去。”

这男人是在跟一条狗吃醋吗？

小狗眼神充满了无辜和委屈，呜呜了一声，埋在了它妈咪的怀里。

车子启动，温弦给他发了地址过去，开了导航。

她怀里抱着小狗，给它顺毛，脚边放着布兜。

陆枭开着车，两人都没说话，只是他的视线时不时地看向布兜。

温弦正抚着小家伙，突然听得身侧落下了一句：“我送的。”

温弦偏头看向他：“什么你送的？”

陆枭一本正经地咳了声，道：“东西是我送来的，这布兜里的。”

温弦直勾勾地盯着她，果然是他……

不过，她轻笑了声：“你可得了吧，陆枭，阿婆明明说是别的男人送的啊，根本不是你，再说，你昨天都没来。”她又顿了下，“为了重新追回我，正直的大队长撒谎了吗？真没想到哦，你竟然是这样窃取别人功劳的人，好无耻呢。”

陆枭的脖子都有些涨红了，他有些无奈，摇头叹息一声：“真的是我，我昨天来了。”

温弦一口咬定：“骗人！我又没看见。”她还在嘀咕，“你说来了就来了，怎么证明？”

其实她心底有些生气。他都来给她送药，却不进去找她。如果不是今天他亲口告诉她，谁能知道他来过？他还和阿婆串通好……

就在温弦故意想气气他的时候，他突然说：“我觉得我车里需要弄一个挂件了。”

“什么？”温弦蹙眉。

车里需要弄一个挂件？他什么意思？

她怎么没听明白。

随后，陆枭单手控制着方向盘，另外一只手则打开了旁边座椅间隙的置物盒，从里面拿出一个粉色的小东西。

温弦顿时瞪圆了眼睛，这不是——

温弦低头看一看自己的手机，再去看他手中拿着的那只粉色毛绒小猪。那不是她的手机挂件吗？！

她昨天回去的时候，就发现它不见了，还找了半天，失落了很久。毕竟，这只粉色的毛绒小猪，见证了她和陆枭两个人之间的一切……

可眼下，她眼睁睁地看着陆枭拿着原本失踪的小猪挂件，将它直接挂在了车里。

他松开手的时候，这只软萌又娇憨的小猪悬挂在空中，一晃一晃的，别提多可爱、喜人了。

“这是我最新的汽车挂件，怎么样，你看还行吗？”陆大队长一本正经地说着。

车子在公路上疾驰，粉色的小猪随着车子的行驶而微微晃着。

温弦眼角隐隐抽了下。

男人扫了她一眼，又缓缓落下一句：“这是我的小猪，挂在这里，不仅旺夫，还护夫。”会让他出入平安。

温弦一下红了耳根，扭头看向车窗外。

这个男人分明是意有所指。

不过，话说回来，这感觉还挺微妙的。一个冷酷大队长的车里竟然挂了个粉色毛绒小猪挂件，别人坐上来一看，就知道他肯定是有女人了。

她忍不住来了一句：“没想到你还有这癖好。”

陆枭开着车，从鼻子淡淡地发出嗯的一声：“这算什么，我比不上你。”

“什么比不上？”

陆枭面色认真：“我昨天来这里偷走了你的小猪，可你在很久之前，就偷走了我的心。”

温弦差点儿窒息，他这是打通了说情话的任督二脉吗。不过，他果然是直男，连情话都说得这么“土”。

她心里虽然这么想着，可还是微微红了脸。阳光照在车窗上，隐隐映出了她唇边弯起的弧度。

第五章

破镜重圆花开好

农家乐有些远，单程开车大概要一两个小时。这也是剧组难得的团建活动，由程东原出资。

快到的时候，他们上了盘旋的公路。此时已入秋，风吹拂过来的时候，公路两旁的树林宛如翻滚的海浪，和远处绵延的青山、草原连在一起，画面美得令人窒息。

午后金色的光洒下来，温弦微微开了车窗，趴在车窗边，风撩动着她的发丝。她看着车窗外的景色，眼底满是震撼和惊喜，更是心旷神怡。

自从和他分手以后，她就没有像现在这样心情舒畅了，又一点儿一点儿地变得开心了起来，仿佛这段时间内心的阴霾也随着这风、这阳光，一扫而光，全部消散。

陆枭的视线扫到她，内心微微颤动。

就是这样的感觉，只要她在自己的身边，他的人生就完整了。

“坐好，脑袋不要伸出去，这样很危险。”他道。

温弦闻言，偏头过来，风将她的发丝吹得些许凌乱，她眯了眯眼，盯着他突然开口：“我怎么感觉你更危险。”

陆枭用舌头抵了下后槽牙。

话是这么说，可温弦随后还是乖乖地坐好了。

“我们快到了，还有七八分钟。”陆枭提醒。

温弦沉默，突然不想说话了。

到了之后，他就会离开。

虽然他说重新追求她，可他那么直肠子的一个人，哪儿会花言巧语，平常又那么忙，不知道下次见面是什么时候。

她拿出手机翻看着，掩饰自己的情绪。她这么一看，顿时神志有些清醒了。

关于她的事情，在网络上并没有翻篇。她百无聊赖地翻看着那些辱骂她的字眼，心底只觉得有些想笑。

她以前会在乎这些，因别人的一言一行而烦恼。现在，大风大浪都经历过，她又岂会被这点儿波折所影响。

她自动略过那些辱骂的言论，突然被一个人的名字吸引住了：“欸？沧海桑年？”

这个网友疯狂开怼辱骂温弦的评论，那股执着劲，让温弦心头颤了下。

面对那么多的负面言论，他根本怼不过来，如以卵击石，可他还在坚持，不允许任何人辱骂她。

温弦点开了他的头像，发现上面显示的所在地区正是青海，微博的背景图则是藏区的风景图。

她有些诧异地看向了陆枭。

陆枭扫了一眼，淡淡道：“这是桑年，从你出事后他就格外关注，对于网上那些仅靠只言片语就胡乱泼脏水的现象深恶痛绝。”

到底还是年轻人，“年轻气盛”这个词一点儿都没错。

她感动之余还为其感到不值得，没必要去跟那些人计较什么。

陆枭看了她一眼，目光深了些许：“你不生气吗？”

温弦不屑地轻笑了声：“制造谣言的那些人，浑身上下都充满了戾气、恶臭，为了攻击而攻击，‘键盘侠’说的就是这种人。他们大多是现实中生活过得不尽如人意的人，所以在网络上发泄不满。跟这种人赌气，那我真是闲的。”她看向车窗外，“做明星这一行，就是如此，但在我看来，就算网络上那么多人诋毁我又如何，被网暴的明星多了，哪个不是该吃吃，该喝喝，不会影响半分，人不能太在乎外界眼光。”

大千世界，连地球都是宇宙里的一粒微尘。

想到这儿，她又道：“所以，有的东西，你往大了看，天好像要塌下来了，但你往小了看，就什么都不是。”

陆枭看了温弦一眼，只觉得这样的她仿佛与之前有些不一样了。他曾以为她是一个大明星，很多人惯着她，会很骄纵、任性。这样的人一旦有一天摔下来，她会承受不住。

可如今发生这些事情后，他才更加认识到她真的不同。

与其说她看淡一切，不如说她经历了太多，内心被千锤百炼，所以看似柔软，实际无比强大。

只是，这样的她，反而更加让他心疼。

车子驶过一段下坡的公路后，抵达了农家乐所在的村镇，周围的环境极好。

一进入村镇后，两边各有一小片瓜地，再远一些，都是种植的苹果树，秋天给树林和瓜田都染上了丰收的色彩。

风一吹，叶子哗啦啦作响，瓜果飘香，让温弦馋得口水差点儿从嘴巴里流出来。

“好美啊，好香甜的味道，我好想去摘果子吃。”

陆枭的视线柔和了些：“之前队里有人来过，据说一个人摘一次要两百块钱，你能摘多少，都算你的。”

“真的吗？”她眼底闪过惊喜。

车子在小路上行驶，陆枭说：“想去吗，我可以带你去。”

就他们俩，在那飘香的果树林里。

温弦撞入他幽深的眼眸，不知怎的，总觉得他的眼瞳格外深邃，像是磁铁，深深地吸引着她，让她陷进去。

与他对视了几秒，她的心脏漏跳了一拍，忍不住抓住了安全带，她转开脸嘀咕道：“只有你一个大男人和我一起去摘果子，谁知道你会不会趁机对我做什么。再说，我还要去吃饭呢，他们都在等着我。”

陆枭没再开口说什么，只是目视前方，一副冷静自持的模样。

车子终于开到了，一辆辆车停在农家乐小院里。

陆枭还在找停车位，温弦就看见程东原出来了。

程东原手里拿着手机，不知道在给谁打电话。

刚这么想，她手里的手机顿时就响了。

温弦挑眉。

陆枭看了一眼程东原，又看了一眼她，下一秒就将车子熄火了。

温弦愣了下：“怎么了，你不是还要回去吗？”

陆枭身躯一僵，有些难以置信。他抬眸时，刚好看见程东原似乎发现了他们，往这边走来。

陆枭落下一句话：“我看布兜里面的药酒太沉，我给你拎下去。”不等温弦开口，他直接拎着布兜，打开车门下去了。

陆枭一下车，就对上了程东原的视线。

情敌相见，那一瞬间，空气间顿时弥漫起了淡淡的火药味。

温弦抱着小狗也下了车，小狗一看见不远处的几只大公鸡，顿时两眼放光，跳了下去，追着大公鸡玩去了。

温弦这时走到了两人的身边，见两人直勾勾地盯着彼此。她愣了下，抬起手在两人中间上下挥了挥，道："干吗呢，目不转睛的，你俩真的有问题啊？"

他们顿时一起发声——

陆枭："别胡说八道。"

程东原："谁跟他有问题。"

玲姐也出来了，手里还拿着蜜瓜，看见陆枭后，满脸惊喜。

她连忙道："哎哟，陆队长也来了，把我们家阿弦送来，真是辛苦你了。刚好我们这边马上准备吃了，陆队长不如一起——"

"不，陆队长应该挺忙的，已经费心把人送来了，后面就不要浪费他的时间了。"程东原盯着陆枭道。

"这……"

玲姐还想说什么，可下一秒，就听陆枭淡淡地来了句："队里今天不是很忙，既然玲姐开口，那我就不客气了。"说着，他拿着东西先进去了。

温弦疑惑，他真的留下来了？

程东原看着他们进去，只觉得心窝子一阵疼。

农家乐里面的大厅是四通八达的，环境很好。后院里烤着全羊，正滴着油，阵阵肉香弥漫开来。

只是，这里面不只有他们剧组的人。除了剧组的人，还有其他公司的人来这里搞团建。

温弦一进去，有人一眼就发现了她。

有个女孩子捅了下身边人的手臂，窃窃私语道："快看，那不是温弦吗，她怎么在这里啊。"

"她这种人也好意思出来，不怕被人打吗！"

两人说着，忍不住偷偷拿出了手机，想要偷拍，结果，没关闪光灯，顿时晃了一下温弦的眼。

本来温弦身为明星就对镜头敏感，更别说被这样明目张胆地"偷拍"了。

温弦直接看了过去，看到一个年轻小姑娘慌忙将手机藏起来，眼神闪烁，有些心虚地看着她。

温弦皱眉，沉默了一下，还是转身径直朝着女孩的方向走了过去。

如果是平常的话，也就罢了，可是现在不一样。陆枭刚刚就走在她的前面，如果那女孩子刚好将他也拍进去了的话……

那边看起来像是一个公司在搞团建，有男有女，大概七八个人。此时他们看着温弦走过来，一个个都愣住了，瞪大眼睛看着她。

“你、你不是那个温……”一个男人望着她，震惊得连话都说不利索了。

天哪，这人比电视里的还好看！

温弦望着他们微微笑了一下，随后视线投向那两个女孩，对她们道：“不好意思，请你们把手机拿出来，将刚才偷拍的照片删掉。”

众人的视线都投向那两个女孩。其中那个拍照的小姑娘面色僵了下，有些尴尬地干笑了声，道：“我、我没拍。”

温弦的语气也不强硬，只是冲着她伸出了手：“有没有拍，我看一眼就好。”

女孩子显然是觉得尴尬，偷拍人家的行为不好，可她又不想承认。而她旁边的那个女孩看向温弦，态度恶劣：“就算拍你又怎么了？你一个大明星被拍得还少吗！”说着，女人皱眉望着温弦，眼底闪过一抹不再掩饰的厌恶之色，“还真把自己当什么人物了，也不看看你现在是什么样，网上都在骂你，知人知面不知心，人前一套，人后一套，你在这儿装什么装？！”

现场瞬间鸦雀无声，大家震惊得面面相觑。

温弦听着这番话，一动不动地站在那里，后背挺得笔直，任谁都看不出她在想什么，只是整个人周身的气息都变得凛冽了起来。

这时，旁边一个穿着蓝色衬衫的男人尴尬地笑了下，似乎想要打圆场：“别这样，这又不是在网上，大家有话好好说。”

温弦面无表情，一步一步地走到那个女孩面前。精致美艳的五官透着几分说不出的锐利，她的目光紧紧地盯着面前的人：“我要看手机。”

她周身的气息很冷，嘴角的笑意也早已敛去，任谁都看得出来，她现在是处于发怒的边缘。

气氛更加紧绷、凝滞。

有个男人似乎看不下去了：“就给她看一下吧，真的拍了，就删掉。”

那偷拍的小姑娘轻颤着手，就要把手机递给温弦，却被旁边的女孩一把夺了过去。

那女孩被单位男同事这么说，有些羞恼，大喊道：“就不给她，惯得她一身臭毛病！还打人，有本事来打我呀，我看你敢不敢打我！”

温弦深深吸了一口气，拳头攥得咯咯作响，下一秒，她蓦然伸出手攥住了那女人的领口。

女人顿时脸色一变，直接扯着嗓子嚷嚷道：“快看啊，大明星打人了！这明星打了工作人员不说，现在还要来打我，简直是没有王法了！”

大喊声引得农家乐里无数道视线投了过来。

玲姐在外面刚吃完蜜瓜，此时听到大喊声，下意识地往里面看了一眼，等看清后，脸色一变，冲了进去。

要吐血了，就这一会儿的工夫，怎么就出事了。温弦千万不能在这个时候动手，不然可就真的说不清了。

眼看着温弦揪着那个女人的领子就要动手，突然一道修长挺拔的身影迅速挤开人群冲了进来，将两个人分开了。

那女孩原本还真的怕温弦动手，看到眼前的男人挡在温弦面前，顿时冷哼一声，幽幽地讽刺道：“我说你怎么干了坏事，不敢站出来承认呢，原来是在这儿和野男人卿卿我我，我呸！”

“你！”这个女孩提到陆枭，温弦更是气炸了，却被陆枭死死地拦住。

“温弦，别冲动！”

周围已经有人拿起手机拍照录像了。

温弦气红了眼睛，像只暴躁的小兽，要不是被陆枭拦着，此时恨不得上去撕烂对方的嘴。

那人说她，她忍了，但是不能说陆枭。

“我告诉你，你现在的下场就是‘过街老鼠——人人喊打’，我可是副局长的女儿，你算什么东西！”

周围的人将这一切都拍了下来，窃窃私语，对着温弦更是指指点点。

“看给她厉害的，还以为自己是以前那个大明星呢。”

“就是……”

就在众人议论纷纷的时候，他们拿着的手机里突然唰唰一连出现了好几条新闻推送，清晰的大标题呈现在他们眼前——“青海省公安厅发布公告，感谢影视明星温弦协助警方抓捕犯罪嫌疑人归案”。

刚录完像的人看到弹出的醒目标题愣住了，下意识地点了进去，映入眼帘的就是青海省公安厅官方微博发布的信息："2019 年 10 月 25 日，上海市公民温弦于青海省拍戏期间，主动协助警方抓捕了犯罪嫌疑人方红（化名）。"

公告里详细写了事件的前因后果，一字一句再清晰不过地落入他们的眼中。

这一刻，不论是在现实生活中，还是网络上，所有的人都彻底震惊了。微博还配了一张照片，正是青海省公安厅的工作人员和温弦的合影。

大家彻底傻眼了。

原来，视频里，温弦根本不是随意耍大牌，被打的女人竟然是一个虐待、杀害动物并贩卖相关视频的犯罪嫌疑人。

官方微博一经发布，瞬间引起了全网的沸腾，微博短短五分钟内就登上了新闻榜的顶部。

微博被转发十几万次，留言破万条，网友无一不表示震惊。

网友清：公安厅亲自出来辟谣？

网友小气球：我的天哪，我就说这里面肯定有猫腻！我弦哥根本不会随便动手打人！

网友火火：原来那女人竟然是虐待动物的变态，太可恶了！

……

此时，青海省动物保护协会也发布了公告，还放出了一张和温弦的合照："感谢温小姐为我们动物保护协会做出的巨大贡献，我们特此向温女士发出邀请，希望您能够成为青海省动物保护协会的形象大使。"

此时，农家乐里众人的脸上都流露出了复杂又惭愧的神色，他们都放下了手机，不再拍摄。

那个女孩见温弦气得眼睛发红，也没再冲上来，顿时更得意了："我们就偷拍你了，怎么样？不光曝光你，还要曝光……啊！"

她的话还没说完，身后就有人扯住了她，让她闭嘴。

那女孩不明白刚刚还向着她的那些人，怎么突然就变了脸。

程东原给剧组的几个工作人员递了个眼神，大家纷纷心领神会地引导围观群众散开，顺便劝说他们将拍的照片和视频删除。

陆枭带着温弦先离开，来到外面的长廊上，两人站在没人的拐角处。

温弦还是有些生气。

“别这样，因为这种人生气，不值得。”他道。

温弦微微咬牙：“我虽然是个明星，但我也是一个普通人。更何况那个人还骂我的男人！”

她像是气得不轻，双手叉着腰，完全没注意到刚刚说了什么。直到发现陆枭直勾勾地望着她，眼睛一眨不眨的。她愣了下，抬起手蹭了蹭脸，诧异地望着他：“怎么了吗？你这么盯着我干什么，我脸上有什么东西吗？”

陆枭漆黑的眼眸望着她，眼底涌动着情绪：“你刚才说了什么？”

温弦蒙了一下，她刚刚说什么，不就是说她也是一个普通人，看不得别人骂他……反应过来了后，她怔住了。

“嗯？说了什么？”他的身躯缓缓倾了过来，素来低沉的声音莫名平添了几分诱惑。

温弦的心脏陡然漏跳了一拍，呼吸都屏住了。

她突然不敢抬头去看他，低着头，蹦出了几个字：“你听错了。”说着，她就要从他身边离开。

她刚迈出一步，腰身蓦地被一只大手一把捞住。

陆枭一只手撑着墙壁，另一只手紧紧地捞住她的腰身把她扣在自己怀里，低头看她涨红的脸，眼眸幽深了些许。

他灼热的气息落在她的耳际、脖子，带给她酥酥麻麻的感觉。

他离得越来越近，就在温弦以为他要做什么的时候，却听他的声音在耳边不紧不慢地落下：“你放心，有你这一句话，身为你的男人，我绝对不会让你受到别人的欺负。”轻飘飘的一句话，却掷地有声。

明明他没说什么令人羞耻的话，可温弦的脸更红了，连带着心脏都颤了颤。

虽然他之前让她伤心难过，说到底，也是怕连累她受伤、出事，一切还是出于她的安全考虑的。

温弦抬眸，眼底带了一抹说不出的害羞，心底的怒火渐渐熄灭。

有人出来了，视线频频往这边投过来。

温弦推开他，红着脸嘀咕：“听不懂你在说什么，我现在和你可没关系。”

然后，她就先行离开。陆枭这次没再拦着她，只是望着她的背影，目光幽深，似蓄满了温柔。

他嘴角上扬了一下，那一抹弧度，格外迷人。

大家一起吃饭的时候，剧组里有人隐隐看出来，温弦和那个救援队的陆队长的关系好像不太一般，可这种不确定的事情，他们也不好多问。再说，程制片这个“正牌”男友都没有说什么，他们只能默默吃饭。

傍晚的时候，温弦心心念念着和陆枭去摘果子，还等着他主动来找她呢，可不想，她拿着两串洗好的葡萄出来的时候，他却不见了。

她四下找着，这时玲姐走了过来，对她道：“别看了，人已经走了，他刚才没来得及跟你说，有人被困在山里了，他要去救援，让我跟你说一声。”

温弦心一沉，眼底的光逐渐消退了下去。他还说要带她去果树林摘果子，只有他们俩，可现在他已经走了。

温弦的内心顿时涌上一股复杂的情绪，说不失落那是不可能的，但她明白，他还有更重要的事情去做。

玲姐不客气地从她手中拿走了一串葡萄，往嘴里塞了一颗，咕哝道：“瞧你这点儿出息，情绪都被人家左右了。”

温弦嘴角无奈地轻扯了下：“是啊，这是我男人，我不担心，谁担心。他现在去救人了，也不知道是哪个让人不省心的，偏偏往山里钻。”

山里有太多未知的风险，哪怕他是特种兵出身，她还是会担心。没人知道，明天和意外，哪个会先来。

玲姐闻言，微微摇头。她不知想到了什么，语气意味深长：“其实我还挺好奇你被什么男人勾住了，没想到是这样的一个男人。陆大队长的身材真的不错，难怪把你吃得死死的。”

温弦缺少安全感，在黑暗的沼泽中挣扎了太久，见到这个成熟稳重又冷静正直的男人后，玲姐算是彻底明白温弦为什么会喜欢他。

温弦听着这话，脑海里闪过无数两人在一起的画面。一想到这些，身子便有些热了，她咬破一个汁水饱满的葡萄，顿时甜蜜的滋味在舌尖弥漫开来。

她轻嗯了一声，红了脸：“他的确很不错。”

陆枭半夜才结束救援，和几个队员回来的时候，满身泥泞和狼狈。

温弦这个时候已经睡了。

陆枭冲完澡出来，走到书桌前，一边拿毛巾擦着头发，一边拉开椅子坐下。书桌上还摆放着一个相框，那上面是他和曾经的队员的合照。

陆枭久久地看了好一会儿，然后拉开抽屉，将这张相框反扣，放进去，锁上了抽屉。

过去的一切，他似乎放下了。心底有了一个人后，多了几分归属感，让他的灵魂在这个世界上有了可以依靠的地方。

他拿过立在桌子一角卷起来的那张地图，用手掌铺平，拿几块玛瑙石压住四个角，上面是整个青海省的地图。地图将青海省的地形、地势，山川湖泊都清晰地呈现出来。

他认真地看着地图，似乎想要确定位置，想了半天，他在一个背后有山、附近有水源的地区画了一个圈。

时间一点一滴地流逝，管辖区其他的人都睡了，连外面狗窝里的平安也酣睡着。

唯有他的这个房间里，有清冷的月光倾泻下来，洒满他的床铺和地板，书桌前亮着一盏昏黄的台灯，灯光将他的身影投射在墙壁上。

天际快要泛起鱼肚白的时候，陆枭才去休息。

书桌上，有几张白色的A4纸，上面画出一个四四方方的、设计极具当地特色的小木房子，还带有一个小阁楼。

温弦的事件在网络上真相大白后，像是地震一样，引起了强烈的轰动和反应。

在玲姐团队的公关下，陆续曝出了温弦在这件事后，受到打击，一度重病。他们还将她在拍戏期间缺氧、高原反应，甚至是在拍戏时从高坡上一次次滚下来的视频，都发在了网上，塑造了她拼命拍戏，做好事却被冤枉的受害者形象。

网友纷纷来给温弦道歉，几天而已，原来已有几千万的粉丝再次暴涨了几百万。

对此，她只是再次在微博发布了自己之前发过的那句话——未知全貌，不予置评。

第一次发这条微博时，她被无数人骂，如今，再次发布，被百万人点赞。

“未知全貌，不予置评。”这个道理，谁都懂，可又有多少人会做到呢，又或者说，又有谁会在意你是否受了冤枉。

温弦还发了一条微博，里面是几张照片。那几张照片都是她和青海省各个官方部门的工作人员的合照。其中一张合照里，她笑得格外灿烂。

她配文："青海的风很美。"

一如她的心，也在飞扬。

发布这条微博的时候，她还回应了青海省动物保护协会，说自己非常荣幸能担任青海动物保护协会的形象大使。

微博发出后，网友们纷纷留言夸赞。

有一些网友非常眼尖，察觉出那几张合照哪里有些不同。

秋天的小雏菊：大家发现没有，第三张照片里的弦哥显然笑得比其他两张都开心啊！

岚岚的哈丫头：第三张照片，弦哥身边那个男人好帅、好有男人味！

花卜卜：那男人真是帅得可以出道了，颜值秒杀一堆"小鲜肉"。不过，是我想多了吗？我怎么感觉弦哥跟他站的姿势有些亲密啊……

网友的留言，什么样的言论都有，不过有不少集中在了陆枭的身上。大家被那个五官端正、帅气、冷冽的男人所吸引。

温弦看着那张照片，嘴角微微弯起。

那是什么样的感觉？大抵就是希望全世界都知道陆枭是她的男人，可是又怕他们知道，知道了以后，会给陆枭带来麻烦。

就在温弦要放下手机的时候，她突然看到一条提示，瞬间惊住了。

因为发布微博的赫然是中国动物保护协会，他们向温弦抛出了橄榄枝，希望她可以成为全国动物保护协会的形象大使。

那可是全国动物保护协会的形象大使，一个莫大的、至高无上的荣耀。

温弦内心颤动。相比荣耀，她内心油然而生出一股责任感。

那是一种让她觉得陌生又神奇的感觉，她的人生已经不仅仅是为了个人，还承担起了社会的责任。

没有任何犹豫，她迅速转发了官方的微博，附带一句话："欲戴皇冠，必承其重，我愿意尽自己所能，承担起这份责任。"

别说玲姐，整个剧组也跟着高兴坏了。

温弦身为一个明星，被官方认可，委以重任，这的确是莫大的荣誉，也让这部电影、这个剧组都跟着沾光。

玲姐兴冲冲地跟相关机构联系去了。

而这个消息在网上炸开没多久，温弦的手机嗡了一下，一条微信显示在屏幕上。

她滑开手机屏幕，是陆枭发来的一句话，只有短短几个字：我为你骄傲。

不知怎的，温弦看到这句话，鼻尖骤然一酸，眼底热了。她微微转开脑袋，倏然就笑出了声，内心涌上一股热浪。得到他的夸奖，竟然让她比得到所有想要的东西都觉得开心。

因为那一刻，她觉得，她距离自己爱慕的、崇拜的男人又近了一些。

她在逐渐地变化，变得越来越好，而这一切，都是因为他。

在得到全国动物保护协会形象大使这个头衔后，温弦身上的责任更多了，工作也更多了，玲姐不得不将她的一部分商业活动取消。

全国动物保护协会通知玲姐，温弦身为全国动物保护协会的形象大使，会代表国家进入国际爱护动物组织基金会（IFAW），为动物保护事业奉献自己的力量。

在新的一年里，IFAW 要去菲律宾海域做海洋动物保护相关事宜，温弦也要去。全国保护动物协会还会挑选一些合适的人选，陪同她一起出行。

温弦知道这个消息后，没有任何异议。

这边拍摄电影的工作还在有条不紊地进行。

时间飞逝，青海的冬季很快就来了，天气也更加恶劣，好在温弦在青海的戏份集中拍摄，到年底的时候，她马上就要全部拍完了。

剧组在收尾。快结束的这段时间里，她每天都很忙碌，已经快十天没看见陆枭了。

冬天，开车更难，一下雪，路很滑，温弦担心他，所以不让他来找自己。这就导致，明明两个人在一个地区，见一面还是很难。

临近十二月底，空中灰蒙蒙的，寒风凛冽。

温弦站在一块墓碑前，一动不动，眼底很红，可眼泪像是流干了。风吹在她的脸上，生疼，她的睫毛上都凝了一层白色的霜。

而墓碑上没有名字，没有照片，不是没有，而是不能有。身为一个卧底，一旦暴露了这些信息，被那些歹徒发现的话，家人会被狠狠地报复。

镜头自近而远地拍摄着。

覆上白霜的茫茫的戈壁滩，远处的雪山，灰茫茫的天空，凛冽呼啸的风……镜头将整个天地容纳进去。

她和墓碑也越来越小，凝成一个黑点，最后和白茫茫的戈壁滩里的一切融为了一体，再没有了任何的区别。

没有人知道这个卧底警察做过什么，可从他身上流下来的血滋养着这里的每一寸土地。

导演李寻喊“咔”之后，全体剧组人员欢呼。

工作人员连忙给温弦裹上厚厚的军大衣，让她去喝点儿保温瓶里的热水。

“很棒，辛苦你了！这是你在青海的最后一场戏，还有一个结尾片段，我们要去北京拍。”李寻过来拍了拍温弦的肩膀说道。

后面的剧情，就是女主角写了一本书，被拍摄成了电影，几年后，在家中自缢，去找心里的他了。

温弦点点头，没再多说什么，随后就跟着玲姐上了车，去休息。

这一次，玲姐发现温弦的情绪很压抑。

或许是入戏太深，温弦难以走出来，又或许，她是因为这场戏，联想到了谁。

玲姐看她眼睛很红，心情沉痛，于是给她拿了暖手宝和热水后，就自己先下去了，以便给她一个安静的空间：“弦啊，你好好休息，现在拍完了，我们也可以回去了。”

玲姐一走，车里又陷入静谧。

温弦靠在椅背上，闭上了眼睛，耳边隐隐间只剩下车窗外风的声音。她竭力让自己内心的情绪平复下来，然后拿出了手机，输入一串熟记于心的数字，拨出。

一秒，两秒——

“喂，怎么了？”那边没有让她等太久，很快便接听了。

温弦除了听到他的声音，还听到了他有些粗重的喘息声，像是在做着什么力气活。

温弦不禁屏住了呼吸，脑海里似乎都能想象出他结实有力的胸膛在不停地起伏着。

“你在做什么？”她问。

那边的男人看着不远处茫茫的雪山，周围的杉木和松树，他气息微微紊乱，道："我在干活。"

他常常晚上搭顶帐篷住在这里，通过这段时间的努力，此时他身后，一个漂亮的小木房子正矗立在那里。把着原木扶手，几级台阶上去，打开门，便是一个四四方方的房间，麻雀虽小，却五脏俱全，还带了一个小小的阁楼。

他的脚边是电锯等各种各样的工具。

明明那么寒冷的天，他的额角却出了一层薄汗。他的脸上还沾着一些灰色的污渍，说话间，他的胸膛微微起伏着，浑身上下都散发着男性荷尔蒙的气息。

温弦知道他肯定是在忙什么，只是那属于男人的喘息声……

她咽了咽口水："你在干什么活？你这声音……不会是身边有女人吧。"她故意轻笑了下，调侃道。

陆枭闻言，也笑了声："我在忙什么，你会知道的。"说着，他将手机拿得离自己耳朵远一点儿，将其置于空中。

很快，温弦便听到了，从手机里传来的一阵阵风声。呼呼的风声，在山谷间回荡，一声又一声。

"听到了吗？"陆枭收回手机，问。

温弦唇边的笑意逐渐敛去，缓缓道："陆枭，你在哪里？我在青海的戏都拍完了，我想去找你。"不过两三天的工夫，他们就要离开青海了，去北京拍最后的结局片段了。

她不知道下次什么时候能再来青海。

陆枭认真地说："你就在那里别动，发个定位给我，我去找你。"

温弦心头一颤，听他又说了一句："现在温度低，地面容易打滑，你开车，我不放心。我常年在这里开车，没人比我更熟悉这里的一切，你听话，在原地等着我。"而且他现在所处的位置，距离她不是很远。

温弦心底微微叹息一声，只好作罢。

他们两个人都是拼命地去为对方考虑。

挂断电话后，她知道他要开车过来了，从那一刻，心情就变得不再一样，之前沉寂压抑的内心逐渐缓和过来，已经开始期待了。

只是，在他们的面前，还有一个很严峻的问题。很快，他们要在两个不同的城市，见一面都好辛苦。难不成他们一辈子都要这样吗……

她的意思不是让他离开这里，这是他的使命，她都懂。

她深吸了口气，不再去想这个问题，看着手表等陆枭来。

她已经跟玲姐说了，她到时候直接让陆枭送她上飞机，去北京拍完最后的戏份。

而在温弦等待的时候——

陆枭离开前，最后看了一眼快搞定的小木屋，这才启动车子，一脚踩下了油门，开车离开。

过一阵，等弄好壁炉，安置好里面的一切，他就可以带温弦来这里了。

公路傍山而建，一侧是陡峭的山崖，下面是覆盖了一层雪的杉树和松树。山崖这一侧没有栏杆，车子在公路上疾驰而过，留下了鲜明的痕迹。

就在这时，陆枭的手机响了起来。他扫了一眼来电人，微微蹙了下眉，随后一只手把着方向盘，一只手给自己塞上了蓝牙耳机。

“喂。”他的声音低沉。

顿时，耳机里面传来了一个男人的声音：“陆队，我们发现了那个人的踪迹，山里有两个农户说昨晚见过那人……”

那边的人不知还说了什么，陆枭的神色像逐渐暗下去的天色，越来越沉。

他唇瓣紧抿，然后道：“我知道了，继续查下去，找出幕后操纵这一切的人，不要放过任何蛛丝马迹。”

挂断电话后，陆枭脸色凝重。

他们刚刚在电话里说的那个人，就是上次逃跑的那个吴姓犯罪嫌疑人。

那个男人，也不过是别人手中的一颗棋子，而他背后的那个人，到底会是谁……

随着事情一点儿一点儿地发展，这个幕后的人似乎终于按捺不住了。但不论是谁，这个人一定会被挖出来，并付出沉重的代价。

……

转眼，快到傍晚了，天空已经黑了下来。

温弦在保姆车里盖着毯子休息，突然两道车灯光闪过。她顿时拉开车门去看，结果看到的竟然是霍启从车上下来了。

下一秒，她眼底的光暗了下去，随后拉上车门，把车内的帘子也拉得严严实实，没让霍启看见自己。

她马上要跟陆枭离开了，可不能让霍启缠上自己。

不过，她心底有些失落，陆枭还没来，路上应该一切平安顺利吧……

就在她担心的时候，有人敲响了车门，她心头一咯噔，霍启过来了吗？

她一声不吭，装作车里没人的样子。随后，保姆车的车门眼看要被人拉开，她连忙去拉住，不让外面的人打开车门，这一下子折腾得浑身热了起来，两人还较上劲了。

就在温弦要撑不住的时候，车门外响起了一道熟悉的男人声音："怎么，你就那么不想见我？"

温弦倏然一怔，瞪大了眼睛，手中的力气骤然松懈了大半。车门被缓缓拉开，她看见了日思夜想的男人出现在她的面前，他的身躯高大挺拔，堵住了车门，让她的眼瞳里满是他的身影。

他身后是黑漆漆的天，远处剧组还在拍摄夜景的戏份，灯光明晃晃地照射着，照到他们这里时，只剩下了微弱的亮光。

陆枭穿了一件黑色的羽绒服，领子微微遮住他尖削的下颌，下面是深灰色的运动裤，脚上一双战地靴。此时，望着温弦，他用右手摘下左手的黑色手套，手指触碰了下她的脸颊，声音温和："怎么还愣住了。"

温弦反应过来后，连忙从他旁边的缝隙往附近看了看，怕有霍启的身影。

霍启应该没有发现他们吧。

随后，陆枭突然俯身，在她耳边落下一句："别分心，抱住我，温小姐，现在我要把你接走了。"

话音一落，他将她整个人连同身上的毯子一起抱了起来。

温弦顿时呼吸一紧，手臂连忙钩住了他的脖子。

她还以为敲车门的是霍启，没想到竟然是陆枭……

眼下，另外一边。

霍启在跟人说话，从对方手中分得了一根烟，打听到了温弦在哪里。他笑着谢过，随后往保姆车那边走，不知看到了什么，脚步顿住了。

只见，保姆车那儿，有一个男人俯身将温弦抱住，姿态格外亲密。

霍启脸色微变。等等，那是什么情况？

他迅速走过去，这才看清楚，是之前他找的那个陆姓保镖将他家弦弦抱了起来，还是亲密的公主抱。

温弦钩着男人的脖子，靠在男人的胸膛……霍启都要怀疑自己出现了幻觉。

温弦上了车，陆枭绕过车头，上车启动车子。

天越来越黑，风也越来越大了，明亮的车灯光下似乎还映出了风中夹着的雪花。

就在车子启动，要离开的时候，明晃晃的车灯光照射着的前方，突然蹿出了一道身影。

温弦眼瞳一缩，看清是谁之后，低低地咒骂了一声。

车的前方，正是不知道从哪里蹿出来的霍启。他穿着一件卡其色的毛皮大衣，毛茸茸的领子衬着他那张精致漂亮的脸。他挥着双手拦住了车子，大喊着："等等，等一下，快停车！"

温弦扭头，果然看见陆枭的面色沉了下来。

她心底微微叹息一声。看来，有些事情也该让霍启知道了。再说，陆枭是她的男人，霍启早晚都要知道的。她这辈子只会喜欢陆枭，只爱他。所以，霍启早点儿明白这一切也是好的。

陆枭望着拦住车的霍启，一双眼眸黑沉沉的，难以揣测他心底打的什么主意。

霍启一上车就搓了搓被冻到的手，随口问道："天黑了，你们俩准备去哪里？"

他没有直接问，为什么温弦会和陆枭看起来那么亲密。到了这一刻，他觉得有什么他不知道的真相，将要浮出水面了。

他早就觉得这个陆枭不对劲了，神出鬼没不说，还对温弦动手动脚。公主抱？他都没这么抱过她！

陆枭没开口，车厢内的灯光比较暗淡，温弦面色不变地回答："这边海拔高，我身体有些不舒服，去管辖区那边待两天，之后直接回北京。"

霍启一听，顿时挑眉："那怎么能不带着我？我上次走得着急，还在那里落了一块百达翡丽的手表，一百万块钱呢，我这次刚好过去取走。"

陆枭微微蹙眉："你确定吗？"如果真的有，阿妈打扫房间的时候肯定会发现的。

他犀利的视线从后车镜内投向霍启，似乎一眼就能看透霍启在想什么。

不知怎的，霍启自从开始对陆枭和温弦的关系产生怀疑后，本还想对陆枭颐指气使一番，可突然撞上陆枭锐利幽深的目光，顿时他的心头一颤，有些强硬的话，硬是说不出口了。他只觉得陆枭的目光像是一把利刀，明晃晃地威胁着他。

他有些慌乱地避开视线："本少爷我还能撒谎吗？反正我要回去找一找。"

陆枭没说话，温弦这时却缓缓开口："我们走吧。"说话时，她还看了一眼陆枭，似乎心意已决。

她准备找机会告诉霍启，陆枭不是她的保镖，而是她堂堂正正的男人。

陆枭胸膛微微起伏了下，然后启动了车子。

三个人在车里，气氛格外微妙。

温弦觉得，今天的霍启似乎哪里不太对劲。以前也不是没有三个人在一起的时候，可他不是玩手机，就是和别人东拉西扯，要么就是睡觉。可现在，他坐在后面也不玩手机了。

不知道是不是她想多了，陆枭的神色也不是很好，眉头微微蹙着，浑身弥漫着一股低气压。

什么情况？难不成只是因为霍启跑到车上来当电灯泡？

两个男人身上的气息都不对，最难受的就是她了。

车里陷入诡异的沉默中，从昏暗的车厢后座突然传来了一道声音："阿弦，我喜欢你。"

车子陡然颠簸了下，车轮没有避开石块，直接碾压了过去。

温弦连忙攥紧安全带，感受着身边男人骤然变冷的气息。她回头，有些不明所以地望着霍启："你怎么突然说这话？"

霍启看了她一眼，然后视线直直地投向开车的陆枭。他的目光扫过陆枭绷紧的身体和逐渐攥紧了方向盘的手……

随后，他又望着温弦道："我陪你来到了青海，你应该看得出来我有多喜欢你。"

温弦只觉得自己的太阳穴突突地跳。眼看着陆枭的脸色越来越难看，她又怕自己要是道出事实，霍启会直接打开车门跳出去。

她深吸了一口气，回头冲着霍启露出官方的假笑："你的心意，我都懂，感谢老铁的支持。"

霍启眼角狠抽了下。

温弦当他是什么，她的粉丝吗？

温弦看霍启可算是安静了，这才放下心来，刚刚她惊得后背都出了一层薄汗。

晚上十点的时候，他们终于到了管辖区。

这个时间，大家都睡了，除了一个人——管辖区大厅的休息区，一个人影坐在沙发上，正低头翻看着书。灯光洒在他的身上，让他的肌肤显得越发冷白。金丝框眼镜后，是一双漠然的、看不出任何情绪的眼眸——他们眼睛里只有那些密密麻麻的数据。

正是地质学教授萧亦行。

他房间里的灯出现了问题，所以晚上他在楼下看书。

看见他们出现，他神色淡淡的，简单地点了下头，没说什么话。

温弦用手遮在唇边打了个哈欠，带着几分困倦慵懒地道："我好累，我先上去睡觉了。"

她有意无意地看了一眼陆枭，他的视线和她的相撞。只一个眼神，却蕴含了太多的深意。

陆枭扫了一眼霍启，语气不冷不热："楼上有房间，一切自理。"说罢，他也上了楼。

霍启盯着那两人的身影，随后看了一眼萧亦行，走到沙发前坐下。

霍启盯着楼梯，膝盖撞了下身边男人的膝盖："欸？哥们儿，我问你点儿事啊。"

被突然撞了膝盖的萧亦行微微蹙眉，手中拿着的书放了下来，面无表情："什么事？"他语气冷淡，对被霍启打扰感到很不悦。

霍启却像是没察觉到，抬手指着楼梯，精致的长眉微挑："你觉得他们有没有哪里……不对劲？"

萧亦行深吸了一口气，他眼皮子微抬，懒懒地扫了霍启一眼："有什么不对劲。"

"他只是一个保镖啊，怎么能跟他保护的女人那么亲近，他是不是越界了？"霍启问。

他越想，越觉得有问题，脑海里频频回想起之前陆枭抱着温弦时的模样，她搂着陆枭的脖子，脑袋靠在陆枭的怀里，简直就是一个黏人的小女人。那副亲昵的样子，他前所未见。

他脑海里隐隐有一个很可怕的想法——他怕自己是引狼入室了。当初在上海一眼看中陆枭，是觉得陆枭身材不错，肯定很能打，可以保护温弦。

可现在……看这两人的关系……

他赶紧摈弃脑海里可怕的想法。不可能的，温弦怎么会看上陆枭这个普通的保镖。

就在他胡思乱想的时候，身边的男人突然开口：“保镖？陆枭？”

“不然还是谁？”霍启道。

萧亦行用指尖推了下鼻梁上的眼镜：“我不知道你为什么说他是保镖，我知道的是，他是这管辖区的队长。”

“什么？！”队长？这个管辖区的队长？！

箫亦行后背倚靠着沙发，继续翻书，淡淡地嗯了声：“这里是他的地盘。”

霍启整个人都僵住了。所以陆枭根本就不是吴彦祖的保镖，当时他出现在上海，难不成就是特意从青海过去找温弦的？

霍启呼吸骤然屏住了，纤长的睫毛颤了下，脑袋里一条信息闪过，瞬间，一个个画面连接在了一起，最后让他整个人的心态都有些崩了。

温弦去青海自驾游，难怪他觉得她回来后，心不在焉的。他一直怀疑是不是她看上了哪个男人，没想到那个人就是这个管辖区的队长——陆枭？然后陆枭又去了上海找她？

这一切连接在一起后，霍启像是被从头顶泼了一桶冰凉的水，让他的心也被凉透。

温弦上楼后，去了自己休息的那个房间，里面一尘不染，她的书包还放在这里，里面有她的一些换洗衣物。

上楼的时候，她看了一眼陆枭，但没有其他想法，她还没有答应跟他和好。

虽然难熬，但这是必然要经历的过程。

就在温弦冲热水澡的时候，门外出现了一道身影，走廊上的影子被微弱的夜光拉得很长。

陆枭站在门口，敲了敲门。

风水轮流转。曾几何时，温弦也在一个夜晚，在这个走廊里敲响了他的房门。不同的是，如今两个人的心境变了。

门内没反应，他食指弯起又轻轻敲了敲。里面还是没反应，而这一次，他的手落在门把手上，往下一压，门开了。

他顿时蹙眉，她竟然没锁门。

冷月高悬，一阵风吹过。转眼间，走廊上一个人都没有了，一切陷入沉寂。

陆枭进去后，便听到了门紧闭着的浴室里传来的哗啦啦的流水声，眼眸瞬间幽深了些许。

她……在洗澡。

哗啦啦的流水声不断地传来，他深吸了一口气，目光落在她床头柜上的一个背包上。

其实，他心底都清楚，她在青海的戏份拍完了，结束了，意味着她很快就要离开，以后还不知何时能再来。

他不是没考虑过两个人的未来，相反，在认定了她之后，他想了很多。

他想给她一个家。

但他们面前还存在很多问题，距离是最大的阻碍。

他缓步走到她的背包前，将手伸入自己外衣的兜里，拿出一把折叠的小匕首。匕首看着很不起眼，但容易携带，可以用来防身。一旦她离开了这里，他就会让家里派两个人过去，暗中保护她。

就在他将防身的折叠匕首塞进她的书包时，身后浴室的门开了，他下意识地回头，这一看，顿时愣住。

温弦白皙纤细的身子裹着一条白色浴巾，长发被毛巾包裹住，只有几缕散落在白皙的颈窝里，不施粉黛，浓密卷翘的羽睫上还湿漉漉的，出水芙蓉也不过如此。

只一眼，陆枭的视线再也无法移开。

温弦则被突然出现的陆枭吓了一跳，顿时攥紧了胸口的浴巾，震惊地望着他："你怎么来了？"

陆枭转身，一步步朝着她走去。

温弦一边扶着墙壁，一边脚下不自觉地往后退着，看着他高大的身躯逐渐靠近："你别再过来了，你不要耍流氓！"说着，她就要直接从他身侧迅速跑过去。

可下一秒，手腕被他攥住，身子瞬间被带着靠过去了几分。

她惊呼一声，陆枭将她白皙的手腕攥得更紧了。

他温热的气息落下，道："要流氓？不是你刚才示意我，让我晚上来找你？"

温弦羞窘得红了耳根，她挣扎着，打死都不承认："你胡说八道什么，我还没有原谅你，怎么会让你晚上来找我，出去，快出去！"

说到最后，她试图去推他。可她细白的手推了两下，他却纹丝不动，高大的身躯就像是一堵墙。

气氛变得更微妙了，两人距离近，她身上只围了一条浴巾。他扫了一眼，低沉的声音有些哑了："那如果……我不出去呢？"

"你……"

她抬头看他，结果撞入他幽深的眼中，眼底仿佛有隐隐跃动的星星之火。

温弦的呼吸紊乱了，被他盯得忍不住移开视线，拳头在他的胸膛上砸了下，轻咬唇瓣，红着脸咬牙蹦出了三个字："你浑蛋！"

陆枭眼睛一眨不眨地望着她，面不改色："嗯，我浑蛋。"看着她忍不住泛红的脸颊，他缓缓道，"别再生我的气了，好吗？"

温弦看着别处，蹦出两个字："不好。"

可话音刚落下，下颌就被他捏住了，微微抬起。

陆枭的视线落在她嫣红的唇瓣上，指腹忍不住落在上面摩挲着，力道越来越重，他不紧不慢道："温弦，你知道吗，撒谎可不好，让人想惩罚你倔强的小嘴。"

温弦顿时捂住自己的嘴，湿润的眼眸警惕地看着他。

他没再说话，只是眼睑微垂，低头在她身上某处扫了一眼。

温弦倏然浑身紧绷。

他疯了，他变了，不再是她认识的那个纯洁禁欲的大队长了。

陆枭眼皮子微抬，看着她的眼神像是含了罂粟汁，瞬间让她的心脏被击中，控制不住地要沉沦。

不行了，不行了。温弦只觉得呼吸都变得困难，再这样下去，肯定会被吃干抹净，不能就这么便宜了他。

"我听不懂你在说什么，不闹了，你快点儿离开。"

“骗子。”他淡淡道。

“我是骗子？”她蒙住。

陆枭俯身，气息落在她的耳边，喑哑的声音传来：“还记得上一次吗？你可不是这么说的。”

温弦瞪大了眼睛，白皙的肌肤上有了一层薄薄的绯红色。

他：“你明明就喜欢，不想我走。”

他的声音慵懒之中透着几分沙哑、几分蛊惑，像是深夜里缠绵的小夜曲，一点儿一点儿地扰乱了她的心。

温弦说不出任何话，再也无力反驳。

陆枭目光深深地凝望着她，轻抚着她的脸颊，随后缓缓低头，眼睑垂下，呼吸和她的交缠在一起，温柔地轻啄她的嘴角。

“你说我是不是想错了，温弦怎么会看上他呢……怎么会……”

霍启脑袋里嗡嗡作响，心跳加快，此时的他在大厅内来回踱步，抓着头发，有些怀疑人生。

坐在沙发上的萧亦行皱紧了眉头，像是再也没了耐心，不过，他漠然的眼底闪过一抹深意，转瞬即逝，快得让人难以捉摸。

下一秒，萧亦行拿着书起身离开。

霍启一看他要走，一把抓住了他手臂，脸上满是慌乱：“你到底还知道什么，能不能都告诉我？”

萧亦行低头扫了一眼霍启握住他的手臂的手，抬眸时，冷冷地蹦出两个字：“松手。”

霍启看他那么冷漠，还真的松开了手，无奈地笑了一声：“至于吗，就那么看不上我？”

萧亦行的脸色更阴沉了，他收回目光，准备上楼，不过手落在楼梯扶手上的时候，脚下还是顿住。他没有回头，声音不带丝毫情绪：“陆枭喜欢的是女人。”更准确一点儿来说，陆枭喜欢的是那个大明星。

说罢，萧亦行继续上楼。

霍启一听这话，顿时就蒙了，他刚刚说什么？怎么莫名其妙的？

霍启反应过来，连忙瞪大了眼睛，立刻叫住他：“喂！你站住！你刚刚说的是什么意思？我当然知道那个男人喜欢女人！”

萧亦行回头：“你知道，那还纠结什么。”

霍启难以置信地抬头望着他道：“哥们儿，你到底在说什么，你有没有搞错？是我跟姓陆的在争温弦啊！”

萧亦行居高临下地望着他，冷冷地蹦出几个字：“那你也争不过。”随后他转身就走，脚下再也没有停留。

霍启满脸问号，这个人怎么这么打击他，他会比不上那个姓陆的？他可是霍家二少爷。

霍启也迅速上楼了，他要去找那个姓陆的，问清楚他们之间到底是怎么回事，陆枭到底有没有逾矩。

萧亦行打开自己的房间门，准备进去的时候，余光扫到一个人出现在了走廊里。他下意识地看了过去，只见霍启此时去了走廊上第一个房间。

大家都知道那个房间是陆枭的。

霍启敲敲门后，没人回应，直接推开门进去了。

萧亦行看到这一幕，冷笑一声。大半夜的，他去陆枭的房间干什么？

萧亦行收回目光，眼底闪过一抹冷意。

现在的年轻人，可真是奇怪，在微信里发了骚扰信息后，一句解释也没有，现在又去骚扰另一个人了？

萧亦行进了自己的房间，砰的一声，关上了门。

在萧亦行关上门的那一刻，霍启从空无一人的房间里出来了。他紧皱眉头，嘀咕着：“奇怪了，他明明上来睡觉了，这人是去了哪儿……”

脑袋里不知想到了什么，下一秒，他迅速冲上了楼。温弦的房间是在三楼。

霍启一上三楼，就喘息着冲温弦的房间走去。

温弦的房间靠走廊里面一些，眼看就快到她的房间门口，霍启的脚步放慢了，视线落在那间房的门缝处，有暗淡的光从底下透出来。

她还没睡。

霍启微微眯了下眼眸，有些紧张，一颗心也提了起来，高高地悬着。他冲着那扇门，一步步走了过去。

霍启不知道现在的自己是什么样的心情，他只是希望事情不是他所想的那样……

等来到房门口的时候，他举起手想敲门，但手还是缓缓地落在了门把手上。他深吸了一口气，手往下一压，直接打开了门，房间内的画面映入他的眼帘，让他蓦然瞪大了眼睛，心脏骤然停止跳动。

霍启愣愣地看着房间内，脸上的血色一点儿一点儿地消失，全身僵硬。他没有出声，也没有了任何的动作，仿佛大脑死机了似的。

走廊里暗淡无光，让他的身影陷入黑暗之中。他握着门把手，手下的力度变得越发大。

房间里，一个穿着衣服的高大男人的后背对着门口，男人的身躯几乎将他身前的女人全部遮住，而她的脚边，还有一条白色的浴巾。

虽然没有看到温弦的模样，但是开门时她惊呼了一声，那声音，霍启再熟悉不过，正是她的声音。

陆枭将温弦挡住，手臂护住她，回头看出现在门口的霍启，忍不住怒斥："出去！"

霍启脚下一步步后退，转身迅速跑开。

他整个人变得浑浑噩噩的，不知道自己是怎么下了楼，怎么离开了那里，脑海里残存的那点儿希望彻底破灭了。

虽然，温弦一次次说对他没感觉，不喜欢他，他心底清楚是真的，但他还是坚持，希望未来有一天，她能看到自己的执着。

可如今，他知道，自己再也没有希望了。

她不是不会喜欢一个人，只是不会喜欢他罢了。

楼上，陆枭迅速脱下自己的外套裹住温弦的身子，这才帮她捡起地上的浴巾。

他脸色铁青地去关门，气得微微咬牙——这男人为什么不知道敲门！

温弦也被吓到了，打死都没想到霍启竟然直接打开门出现在了门口。她迅速从背包里拿出了干净的内衣物后，弯腰穿上，又套上睡衣睡裤，朝着门口走去。

"等等，你去干什么？"陆枭问。

温弦坦白道："我去跟他说清楚。"

本来也是要说清楚的，不过，今夜太晚了，大家又那么累，她本来想明天再和霍启说的，可谁想到计划赶不上变化，被他直接撞上了。

陆枭皱紧了眉头，一字一句道："没必要，刚才他应该看得很清楚了。另外，如果我没记错的话，他今年已经二十好几了，一个成年男子，你那么担心他？”

是，霍启是娇生惯养的富二代，他家里惯着他，社会可不会惯着他，人总要学会成长。

温弦无奈地叹息一声，事情已经变成这个样子，看来只能顺其自然了。

陆枭说得没错，霍启是个成年人，该去学会接受这一切。

虽然如此想，但温弦还是不由得担心霍启。

霍启虽然骄纵了些，但是思想单纯，没坏心眼，她也不想他受伤。

不知道过了多久，楼下大厅里，窗户开了一点儿缝隙。

冷风一吹，一阵阵酒精味不知从哪里阵阵弥漫开来。

在一楼食堂后厨的一隅。

霍启凭借之前对队员藏酒的记忆，此时正窝在角落里喝得酩酊大醉，白皙精致的脸颊上泛起了红晕，那一双桃花眼沾染上了迷离朦胧之色。

他一边喝着酒，一边神志不清地低声喃喃着什么，喃喃到激动处，他瘫坐在地上，长腿还倏然一蹬，顿时踹倒了一个喝空的啤酒罐。

咣当一声轻响，随后啤酒罐骨碌着滚开。

他周围的地上已经有好几个啤酒罐了。

啤酒喝了好几罐后，他又不知道从哪里摸出了一瓶二锅头。

他之前哪里喝过这个，打开后直接咕嘟咕嘟往嘴里灌，辛辣的液体入喉，顿时让他咳嗽了起来。

液体呛得他嗓子疼，身体一下子烧灼了起来，让他身体里的每个细胞都开始狂热地躁动。

可偏偏，他不仅将它们混在了一起，还喝了酒劲凶猛的二锅头。

不知过了多久，他迷迷糊糊的，觉得浑身燥热。他费劲地撑着墙壁站起来，甩了甩脑袋，可脑袋昏昏沉沉的。

他往外走，脚下轻飘飘的，整个人晃悠着，抓着扶手往上爬楼。

“弦，弦弦……”

上了楼后，他凭借着自己脑海里的记忆，往走廊深处的房间摇摇晃晃地走了过去。

温弦的房间在哪里？他要去找她……

可是喝得意识模糊的他，完全没注意，自己来到的根本不是温弦所在的三楼，而是二楼。

霍启单薄的身影虚晃着，最后停在一间房门前。

他的身躯靠在了门上，有些艰难地深深呼吸着，伸手握紧了门把手，随后往下一压……顿时他的身影跌跌撞撞地走了进去，还不忘记关上了门。

房间里黑漆漆的，一点儿亮光都没有。

霍启凭借着之前的记忆往床边走去。房间里太黑了，快走到床边的时候，他不知道脚下被什么绊了一下，整个人冲着前方扑了下去。

“嗯……”

床上睡觉的人顿时被重物狠狠地砸了一下，有些痛苦地发出了一声闷哼。黑夜里，萧亦行的眼眸瞬间睁开。

他只见自己身上压着一个人，很沉很沉，浑身散发着浓浓的酒气。

反应过来是有人闯进了自己的房间后，他立马要将身上的人推开，而身上的人却伸出了手臂，一把抱住了他。

“弦弦……”霍启只觉得自己抱住了温弦，对方的身上有一股沐浴过后的清冽香气，很好闻，让他忍不住紧紧抱着身下的人，死活不撒手。

而萧亦行简直要气疯了，浑身散发着入骨的寒意：“你疯了吗？你给我起来！”

萧亦行咬牙低咒着，可身上喝醉酒了的男人像是灌了铅一样承重，又如树袋熊一样紧紧地抱着他，竟让人怎么推都推不开。

霍启不管不顾，嗓音低哑：“你知不知道，我好喜欢你……”

因为霍启，温弦的情绪难免有些被影响。

陆枭下楼检查了一番，发现霍启喝了酒。

“怎么样，他还好吗？没做什么傻事吧？”温弦看陆枭进了房间，问道。

陆枭神色微凝：“你就那么在乎他？”

“我……”

这种话已经说了很多遍，她只觉得无力。

她摊摊手，不再说什么。

随后她干脆在床上躺下，盖上了被子，背对着陆枭说：“我要睡了，帮我关灯，谢谢。”

躺下后，她才发现她是真的累了，浑身一点儿力气都没有。

陆枭盯着她的背影看了一会儿，然后才抬手帮她关了灯。

房间里骤然陷入一片漆黑之中，一时间安安静静的，谁也没有发出声音。

温弦躺在床上，均匀的呼吸声隐隐传来。

陆枭随后走了过去。很快，温弦听到了窸窸窣窣脱衣服的声音，她闭眼低喃了声：“你不离开吗？”

身侧的床陷了下去，随后她的腰身就被一只修长的手臂拥住。

陆枭从她背后抱着她，炙热的身躯贴着她。

他低沉的声音叹息着：“你在这儿，我还能去哪儿。”

温弦的心脏像是被撞了一下。

她想起来，上一次她离开青海前的那个夜晚所发生的一切。她说在酒店里等他，可他在酒店安全通道的楼梯口抽了一夜的烟，用另外一种方式守了她一夜。

如此一想，她的心顿时就软了。

耳边缓缓落下他的声音：“我没有去多想你们之间有什么，是我吃醋，嫉妒他分走你的注意力，是我不对。”他说到这，又微微顿了下，“他喝了些酒，但是问题不大，已经回楼上睡觉去了。”

夜深人静，两个人躺在单人床上，陆枭身躯高大，侧着身搂着温弦。两个人将床占据得满满的。她纤细的身子被他扣在怀里，他们的身体完美地契合在一起。

他们什么都没做，只是简简单单地相拥着。

他不急不缓地解释，声音清淡动听，彻底让温弦心底的雾霾烟消云散。

她突然翻身，用力埋入他的怀里，紧紧地抱着他。

去他的矜持！她马上就走了，再也不想为这些没用的事情纠结、烦心，只想珍惜眼下的每一分每一秒，紧紧将这个她深爱的男人抱住。

陆枭的腰身被她紧紧抱住，他低头看着她柔软的发丝，忍不住在她的额头上轻吻了下，修长的手臂拥紧她，声音在夜里是难得的温柔：“睡吧，你太累了，放心，在你答应原谅我之前，别的什么都不做。”

温弦没说话，只是更紧地抱住了他。

第六章

真假有孕惹人惊

温弦早上醒来的时候，刚动弹一下，就发现身子有些沉，腰间还被人轻拥着，陆枭的手臂搭在那里。

刚醒来，睡眼惺忪，她微微一抬头，就看见陆枭坚毅的下颌，视线继续往上，是他淡粉色的唇、高挺的鼻梁。

他眉目狭长，五官极为出挑，脸部轮廓硬朗，每一处都完美得恰到好处。

哪怕是睡觉，他也是一副冷酷严肃的模样，看得她心底莫名地痒。

两个人睡在一张床上的次数一只手都数得过来，她不舍得叫醒他，只觉得一早上醒来，第一个看到的人是他，真的让她心里好满足。

那种感觉难以言喻，却给了她说不出的安全感。

就在这个时候，她的手机突然震了下。她连忙拿起来，去看发来的信息。

消息是玲姐发来的。

而这一看，她顿时愣住了。

剧组在青海的戏份杀青了，玲姐要马上去北京，顺便给温弦也订好了机票，就在今天晚上。

温弦缓缓放下手机，心头像是被一块石头压住了似的。

她缓缓抬眸，望着陆枭。

陆枭也醒了，看了她一眼，又扫了眼窗外白茫茫的天，随后抬手将被子往上拉了拉。他的嗓音带着几分沙哑："怎么，哪里不舒服吗？我看你脸色好像不大好。"

温弦脸色有些泛白。

她微微摇了摇头，刚要说"没事"，却突然觉得胃部有些不适。下一秒，她直接捂住嘴，迅速下了床，冲向了洗手间。

陆枭脸色一变，掀开被子追了过去。

……

温弦觉得自己胃部不太舒服，浑身乏力，不过没多久，她就感觉好多了。

陆枭则是担心不已，现在天气不好，担心她发烧感冒，后来看她气色好转，这才放心了些。

他下楼跟阿妈说，今天要给温弦熬一点儿白粥，养养胃。

阿妈一口应了下来，淘米的时候，突然反应过来，动作怔了下。

欸，等等。陆队说什么？小温的胃不舒服？这到底是怎么个不舒服法，难不成是……

阿妈不知想到了什么，顿时瞪大了眼睛。

早上九点，温弦已经下楼吃饭了。

此时的二楼，走廊最里面的那一间房。

霍启晕乎乎地扶着自己宿醉过后头疼欲裂的脑袋坐了起来，意识逐渐清醒，被子下滑，他赤裸着的肌肤瞬间接触到微凉的空气。

他身躯一僵，傻傻地放下了手，掀开被子，发愣地看着自己的身体。

这是什么情况？他怎么脱得就剩下一条四角短裤……

他把被子拉到胸口，连忙环顾着房间，越看，脸色越难看。

他迅速下床。

霍启虽然看着清瘦，可腰腹间还隐隐有着六块腹肌。

就在他迅速捡起地上的裤子穿上时，浴室的门突然被人从里面打开了。

霍启浑身一个激灵，眼睛唰的一下看过去，眼底满是惊恐。

怎么还有人！

看清来人后，他整个人都石化了。

一个修长的身影从浴室里面走了出来，他的下半身只围了一条浴巾，正在擦拭着漆黑的头发。那人上半身有着完美流畅的肌肉线条，腹肌结实却又不夸张，水珠顺着腹肌、人鱼线一路下滑，最后没入腰胯间的浴巾。

他没戴眼镜，比平日里少了几分斯文，却多了几分清冽、稳重。

霍启只觉得遭受了当头一棒，眼前一黑，差点儿昏厥过去。

他急急忙忙穿好裤子，再也不敢看身后的男人，迅速冲了出去。

“死了，我要死了！”他忍不住喃喃地咒骂着。

他怎么会在那个萧教授的房间里？！

他迅速跑到楼梯口，这才缓缓地停了下来。

他靠在楼梯口，扶着膝盖不停地喘气，心脏有些疼痛，不知是因为跑得太快，还是因为温弦。

想起温弦后，他脑海里关于昨天的那些记忆也逐渐恢复了。想到此，他顿时捂住了疼痛的胸口。

而此时，走廊里传来了砰的关门声。

声音很大，似乎夹杂了个人情绪在其中。

霍启探出脑袋一看，不出所料，正是萧教授的房间。

他一把捂住了脸，透过五指间的缝隙深深地吸了一口气，白皙的手指向上抓住了自己的头发，有些崩溃。

昨晚到底发生了什么？

他只是喝醉了，什么都不知道，都是酒精惹的祸。

就在霍启惊慌失措地离开后，萧亦行看着被他造成的狼藉的房间，忍不住皱紧眉头，抬手无奈地扶额，随后，脸色阴沉地去收拾了。

昨晚那个浑蛋喝多了，弄得房间里脏兮兮的，连两人衣服上都沾染了污秽，他只得给霍启脱掉。

萧亦行本想不管不顾地将他踢出去的，可是外面温度很低，无奈之下，只得收留他一晚。

萧亦行走到床边，将床上的床单以及被罩扯下来送去清洗。

他将房间里每个角落都打扫得干干净净后，这才停下来。没办法，他有洁癖。

瘫在椅子上时，他长长地叹息一声，闭上了眼睛，手指落在眉心，重重地揉捏着。他的眉宇间有几分疲倦，昨天晚上没有休息好，光照顾霍启了。

可这个浑蛋，醒来一看见他，就跟看见了鬼似的。

楼下，食堂。

陆枭已经知道了温弦马上要离开的消息。

之前她的手机屏幕没有暗下去，还停留在她和经纪人的微信聊天对话框，刚好被他看到。

看着温弦安安静静地坐在那里，低头拿着勺子在喝白粥的样子，他内心浮起一抹心疼。

她越是安静，他就越心疼。

他知道自己是一个不合格的男朋友，不能一直陪伴在她的身边。

“温弦。”

“嗯？”低头喝着白粥的她，微微怔了下。

陆枭伸出手，轻轻触碰了下她的脸。

温弦鼻尖一酸，大颗的眼泪啪嗒啪嗒地落了下来，她连忙拿手挡在额前，不想让他看到自己失控。

陆枭唇齿间弥漫上苦涩，一时间什么话都说不出来。

温弦迅速抹去眼泪，抬头冲着他微微一笑，柔声道："我今天晚上的飞机，一会儿就去机场。"

她明明很难过、很不舍，却装作轻松的口吻，他心底更不是滋味了。

他眼眸深深地凝望着她："这次你去北京，我跟爸妈打过招呼了，家里会有人去接你。"

温弦心头一颤。

随后她微微摇了摇头，低声道："现在跟着剧组拍戏，我得听他们的安排，有时间我会去看你爸妈的。"

陆枭沉默了片刻，认真道："温弦，是我们的爸妈。"

正当这时，食堂阿妈过来了，她今天熬了羊肉汤，用来滋补养生。

"小温啊，我听陆队说你身体不舒服，你喝点儿羊肉汤，驱驱寒。"

温弦抬头冲着她甜甜地笑："谢谢阿妈。"

当她低头看着漂着油花的羊肉汤，一股羊肉味往鼻子里蹿，不知怎的，她突然觉得一阵反胃，连忙扭头趴在桌边捂嘴干呕了起来。

阿妈顿时脸色一变，急忙问："小温，你这到底是怎么了，该不会是……"后面的话，她想说，又不敢说，毕竟这可不是闹着玩的事。

温弦捂着嘴干呕了两下后，脸色才逐渐缓和过来。她微微喘息着捂着胸口，缓缓道："没事，就是胃有些不太舒服。"

陆枭脸色凝重，眼底充满对她浓浓的担心："我先抱你去楼上休息，给你买一些药回来，如果今天身体不舒服，就不要走了。"

她的身体更重要。

温弦任由他抱着自己上楼，她钩着他的脖子，依赖地靠在他的怀里。

温弦休息了一会儿，脸色好多了。她还是决定离开，不耽误剧组的进程。

陆枭再三确认她的额头没有发烫，才去帮她收拾行李。

这次离开的，不仅是温弦，还有霍启。

霍启的助理来接他们两人。陆枭本来想送温弦，临时接到一个电话通知，扎西的母亲突发脑出血。

扎西的母亲是他在这个世界上唯一的亲人，他们二人相依为命，都是彼此的支柱。

陆枭和温弦分别的时候，她降下车窗，冲着他微笑，让他赶紧去忙重要的事情，不要管她，她到了会给他打电话。

因为昨天晚上下了雪，天地间一片白茫茫。他一身黑，显得越发夺目，如同雪中屹立的松柏。

陆枭没有回应她的话，望着她的车慢慢离开管辖区，逐渐消失在了他的视野之中。

他也上了越野车，却是往她相反的方向开去，两个人的距离越来越远。

前往机场的车内，温弦看着陆枭的身影彻底消失，这才缓缓收回了目光。

霍启坐在副驾驶座上，回头扫了一眼，有些看不下去了："我说，弦弦啊……"

霍启刚要对她说什么，结果在看清从她眼眶里扑簌簌掉下来的泪珠时，顿时瞪大了眼睛，哑口无言，心底百般不是滋味。

他随手抽出几张纸巾，转身递给她："快擦擦，别哭了，多大的人了，我失恋了都还没哭呢，你才分别一会儿就哭了。"

他本来想几个月都不理会她，没想到一天不到就破了功。

他还想哭呢，谁来哄哄他？

霍启越想，心里越难受。

一想到失恋的那个晚上还进错了房间，他就有些抓狂。

他没脸面对教授——希望回去之后，再也不会遇到那个姓萧的！

晚上，机场。

西部的冬季，天黑得早，温弦坐在头等舱一个靠窗户的位置，看着外面的天空，黑漆漆的，不见任何光影。

她内心怅然若失，只觉得自己比第一次离开青海的时候难受许多，整个内心都空落落的。

目光落在手机微信界面，她翻看着她和陆枭曾经的聊天记录。

她离开管辖区后，陆枭一直没有给她发信息，也不知道他那边怎么样了，她又不敢去打扰他。

空姐优雅地走过来。

“温小姐，飞机马上准备起飞了，麻烦将手机关机或者开启飞行模式。”空姐温柔的声音从旁边传来，提醒道。

温弦微微轻叹一声：“好的，我马上。”

看来，自己是等不到他的消息了。

飞机开始在跑道上滑行，温弦的手指迅速输入三个字，点击发送——信息成功发送，她这才点开飞行模式。

飞机飞上夜空，从舷窗望出去，下面的一切尽收眼底。

夜里，有两辆越野车回到了管辖区。

温弦和霍启离开后，管辖区似乎变得安静了许多。

“老大，谢谢你！医院让我交那么多的钱，如果不是你的话……”扎西正跟在陆枭的身边说着感激的话。

只是，话还没说完，扎西就被陆枭打断了，他拍了拍扎西的肩膀，道：“你母亲人没事就好，命保住了才最重要，其他的都不打紧。”

扎西内心一颤：“老大，这些钱，我会尽快还给你的。”

陆枭微微颔首：“我知道了，现在不着急，先把你阿妈照顾好了再说。”

扎西看着他们老大转身离去的背影，微微红了眼眶。

青海的雪越下越大了。

李大爷将院子里的雪扫了好几次，陆枭在门口跺了跺脚，将鞋子上的雪震落才进去。

明明早上温弦还在和他一起吃饭，可如今，她已离开……

陆枭去食堂想找点儿吃的，阿妈应该给他们都留了热乎饭。他刚走过去，就听阿妈在跟李大爷谈论着……

“哎哟，可不得了，我邻居他儿媳妇怀孕了，早上晨吐得很厉害，吃东西也很没胃口，怀孕都是这样子的……”

陆枭的身躯微微一僵，脚下定住了。

阿妈和李大爷正说着话，余光发现陆枭回来了，连忙温和地笑着走了过去。

“陆队辛苦了，怎么样，扎西的母亲还好吗？”她关心地问道。

陆枭轻抿唇瓣，点了点头。不过他像是有了心事一样，眉头微微皱着。

“那就太好了，快来吃饭，我给你们留了热乎的包子和牛杂汤。”

阿妈说着就要往后厨的方向走，身后的陆枭却叫住了她：“阿妈等一下。”

阿妈回头，诧异地问：“怎么了，陆队？”

陆枭不禁攥紧了拳，认真地问道：“阿妈，您刚才说怀孕的女人都会怎么样？”

阿妈微微愣了下，随后瞪大了眼睛：“等下，陆队长，您的意思该不会是温小姐早上不是感冒，而是怀、怀孕了吧……”她本来就怀疑，只是不敢开口说罢了，此时见陆枭主动问起，又急忙道，“小温晚上睡觉睡得好吗？早上起来有没有跑到洗手间呕吐？还有最重要的，你们这段时间……”

阿妈说到最后，陆枭内心里产生了一股猛烈而澎湃的情绪，瞬间如洪流一样涌入他的心间，让他的指尖都开始发麻、发颤。

这种感觉太难以形容了，心里陡然被占据、充满，让他的太阳穴都开始突突地跳动，呼吸几乎要停滞了。

他怎么没有往那个方面想呢？

陆枭还没从这个令他震撼的消息中缓和过来，就听阿妈在说：“哎哟，陆队长，如果小温怀孕了，那可是天大的喜事。你今年都已经二十八岁，别人这个年纪，孩子都会打酱油了。我看你们不如赶紧奉子成婚。”

李大爷走了过来，错愕地问：“谁怀孕了？陆队要结婚了？”

阿妈一听，连忙扭头急切地跟他解释：“是小温怀孕了！她今天刚走，陆队，你怎么能让她走了呢？她还怀着孩子啊！”

两人你一言我一语，每一句都在刺激着陆枭。

陆枭脑子里还去嗡嗡地响着，哪里还有心思吃饭，不停地在大厅内来回踱步。

因为李大爷和阿妈的传播，没一会儿的工夫，在管辖区的队员都知道温弦怀孕了。

哪怕这件事根本还没有确定，阿妈却一口咬定，温弦就是怀了。

陆枭无奈地扶额。

今夜在管辖区的人是扎西和噶卓等人，桑年明天值班，所以他晚上提前过来了。

桑年听到这个消息后，脑袋一片空白，反应过来后，连忙冲了过去："老大，老大，你在这儿一直走来走去干什么啊？我弦姐怀孕了！她真的怀孕了！怎么办，她今天刚走，你赶紧去找她啊！"

桑年的情绪别提多激动了。

他们老大果然速度快。

遇到弦姐前，老大还是一个二十八岁的单身汉，可是遇到了后，在一起小半年不到，女朋友马上变成老婆不说，孩子也有了。

陆枭蹙着眉，他已经在大厅里来回踱步半个小时了，没人知道他在想什么。

噶卓也过来了。他是有家室的，他望着陆枭道："队长，大家都希望你能处理好这件事，虽然咱们队里挺忙，但这么多年了，你也该为自己的终身大事好好考虑一下了。"他语气很认真地道，"大家都建议你去找温小姐，她是一个大明星，不管你们是不是选择奉子成婚，这件事情你都得给她一个交代，这同样是你的责任，不能拖。"

桑年同其他队员也连连点头："是的，结婚可是大事，必须从长计议。"

说到最后，桑年已经扭头和扎西激动地讨论是举行中式婚礼还是西式婚礼了。

他们年纪小，觉得陆枭和温弦两个人肯定会结婚。

只有噶卓轻笑了下："如果你们能结婚，我先祝贺你要当爸爸了，如果不……"

"不，我们能结婚，她已经见过我父母了，我们会结婚的。"

一定会的。

陆枭不仅在告诉噶卓，也在告诉自己。

其实，在逐渐消化了这个令他震惊的消息后，他已经开始想后面自己该怎么做了。

但同时，他也在担心一个问题。

温弦才二十四岁，那么年轻，事业顺利，如果真的怀孕了，她会想把孩子留下来吗？

他尊重她的一切想法。但同时，他心底有些懊悔。

如果她不要孩子，对她原本就虚弱的身体更是造成了伤害，而这一切，都是源于他的冲动和鲁莽。

“老大，我给你看机票了，明天白天就有去北京的飞机，不到三个小时就到了。”桑年对此格外上心。

陆枭沉默了片刻，随后道：“我明天一早就出发。”

最早的一趟航班，在很久之前，他就了解过了，因为那是最快见到她的方式。

“这就对了，先去把自己的婚姻大事解决了再说。”阿妈看他肩膀上还蹭了些灰，帮他拍了拍，认真地说道。

他之前心里只有工作，有忙不完的任务，但他总要有个属于自己的真正的小家。

今夜，大家都很兴奋和激动。

陆枭不知道他们都是什么时候睡的，反正他基本一夜没有睡。

风雪影响了手机信号，断断续续的。

当他看到温弦发来的微信时，内心猛地一颤。

微信只有三个字：我爱你。

这还是她第一次如此清晰直白地跟他说这句话，说这三个字。

翌日。

凌晨五六点的时候，陆枭迅速收拾好东西下来了。

夜里他躺在床上辗转反侧，不停地看时间，想早上赶紧到来。

阿妈有句话说得很对，他对工作负责，更得对温弦负责。

“队长！”

“老大！”

队员们起得都早，每天都需要操练，看到陆枭的身影后，纷纷跟他打招呼。

陆枭微微颔首，单独跟噶卓交代了几句，这才准备离开。

噶卓经验丰富，能力出众，相当于副队长了，他还算放心。

就在他正要离开的时候，队里突然收到了紧急通知，一个小伙子急忙地跑了过来。

陆枭脸色一变，站定脚步，问：“发生什么事情了？”

小伙子急急忙忙道：“老大，收到消息，又有人在山林里失踪了，一夜未归。”

陆枭神色一凝：“昨晚下了那么大的雪，估计这个人是滞留在了山林里。”

噶卓闻言，认真道：“陆队，你别操心那么多了，我现在带人去寻找。昨晚下了一夜的雪，如果失踪的人无处藏身的话，很可能就……”后面的话没说出来，但谁都清楚。

夜里温度有零下二三十摄氏度，那可不是闹着玩的。

其余队员也纷纷道：“是啊，老大，你赶紧出发，别误了飞机，救援这种事就交给我们。”

“老大放心，我们保证好好完成任务！”

“快去找嫂子，对她和肚子里的孩子负责！”

陆枭本来还有些犹豫，听到最后那句话，心一横，打开车门直接上了车。

山林救援，他们经验十足，他也相信队员们的能力。

他只是担心那个姓吴的男人背后的势力——到底是什么人，有什么阴谋？

陆枭开车离开了管辖区。

噶卓等人看他离开后，顿时召集队员们带好救援装备，出发救人。

当日，一架来自青海的飞机抵达了北京的首都机场。

而这次陆枭一落地，便有人来接应他。

一辆悍马在路边缓缓停靠下来，开车的男人嘴里还叼着根烟。他打开车门下来，迎面看见陆枭，嘴角微微一扯，流露出几分痞气。

二人拳头相撞了下，沈霖嘴角勾着：“真是好久不见，这次回来，我们兄弟俩好好聚聚。”

陆枭却毫不客气：“没那工夫，这次回来，我是有重要的事要办。”

沈霖闻言，微微眯了下眼睛。

有重要的事要办？

沈霖拿出烟，陆枭直接抽出一根，塞在嘴里咬住，借着沈霖手中打火机的火苗，将烟点燃。

如今踩在北京的地面上，陆枭这才感觉到真正回家了，这里的每一处都格外熟悉。

沈霖是他在部队时期的战友，也是兄弟。

二人大学的时候就在一起学习，但沈霖性格不羁，不想服从管教，所以后来从商了，为此还被他父亲狠揍过一顿。

沈霖有些商业头脑，投资生意做得风生水起。陆枭早年在他那儿入了一些股，现在不知道翻了多少倍，大抵在北京买个房是绰绰有余。

“上车，顺便跟我说说到底是什么重要的事，不可能是结婚吧。”沈霖调侃了一句。

陆枭利落地坐上了悍马的副驾驶座，系上安全带，轻吐了一口烟圈，低沉的声音平添了几分得意：“怎么就不能是结婚，我这次回来，就是要解决这件事的。”

如果他让温弦怀孕了，无论如何，他都要第一时间给她一个交代。

“你说什么，这是真的？！”

沈霖着实震惊到了，做兄弟这么多年，陆枭从来都是一门心思扑在工作上，认真得不得了，被工作占据了自己全部的人生，从来没见他对哪个女人感兴趣过。

车子启动了，往市区的方向开去。

陆枭降下车窗，手腕搭在车窗框上，弹了弹指尖燃尽的烟灰，不紧不慢地开口：“你什么时候见我开过玩笑。”

在确定陆枭没有开玩笑后，沈霖唏嘘不已：“什么女人把你拿下了，真是不得了，该不会是家里给你安排的大家闺秀，你回来相亲吧。”

陆枭眉头微挑。

大家闺秀？

你见过会半夜敲人房门、会打架、会飙车的大家闺秀吗？

可偏偏他对那种知性温柔的大家闺秀提不起任何的兴趣。

“是朵玫瑰，刺人得很。”是让他发疯的野玫瑰。

沈霖顿时轻嗤一声：“你可得了吧，我还不知道你？你这种一本正经的男人怎么也得找一个乖乖在家里相夫教子的小女人吧，这才符合你的性格啊。”

“野玫瑰”就算了。陆枭家教严苛，性格保守，自制力极强，他一直都知道自己想要的是什么，不论是学业、事业，还是家庭，他不允许自己的人生出现一点儿偏差。

这也是沈霖佩服陆枭的地方。

在这个世界里，敢一往无前，敢勇敢直面自己的内心，无所畏惧。

陆枭没再说话，也懒得说话，他不想解释太多。他将烟头在车载烟灰缸内摁灭，这才拨了一个电话出去。

在陆枭回来之前，北京东城区的一座四合院内。

陆母没别的爱好，闲来无事便和几个姐妹聚在一起打打麻将。陆父自然也不管，自己在书房看书也落得个自在。

陆母今天手气还不错，她笑容满面。

一个邻居笑着打趣道："看来陆姐是人逢喜事精神爽，说吧，是不是家里有什么好事将近了啊。"

对面也有人接上话题，啧了一声："我看啊，莫不是你们家儿子快结婚了？时间过得真快，你看我儿子跟你家陆枭一样大，现在我孙女都上幼儿园了。"

陆母闻言，瞪了她一眼："是啊，你们都抱孙子了，可我还不想，一点儿都不想！"

哪壶不开提哪壶。

她儿子好不容易有个女朋友，还是"国民女神"温弦，她已经乐得不行了。

她也想自己儿子赶紧成家，娶亲的彩礼早就准备好了。倘若温弦嫁到他们家，定不会委屈了她，自己必然将她视如己出。

陆母一想到温弦，心就痒痒，温弦的模样在她的审美线上，怎么看怎么好。

邻居姐妹又笑着道："行了，陆姐，你抱不到就说抱不到，别说你不想要。每次我家妞妞一来，不知是谁一个劲儿地想要抱抱呢。"

陆母的心仿佛被狠狠一扎，手上出错牌，顿时让对面和了牌。

陆母的太阳穴开始突突直跳起来，道："你们啊，别得意得太早，我儿子今年就能结婚，今年就能让我抱上孙子或孙女。"

邻居姐妹不客气地调侃她："还是去睡觉吧，梦里什么都有。"

就在这时，家里的座机突然响了，陆母连忙起身去接电话。

其实，儿子的女友是温弦这件事，她满意的同时，心底难免有些不安。她儿子性格、古板，简直比他爸还无聊，温弦那么好的姑娘会喜欢他多久？

她希望自己的儿子能争点儿气。

眼下，她拿起红木桌子上的电话，接了起来："喂？哪位？"

那边回答："我。"

"你是谁？"陆母刚才没注意看来电号码。

电话那边的人很无奈，深深吸了一口气，这才道："你是忘记你还有个儿子了吗，陈席莲女士。"

平日里街坊邻居都叫习惯了，老陆家的、老陆家的，所以也称陆枭的母亲为"陆姐"，其实她姓陈。

陆母立马反应过来，连忙道："儿子，原来是你啊！不早说，怎么打电话回来了，是不是出什么事了？"她说着，心陡然一沉，声音都有些急切，"什么情况，你和小温该不会是分手了吧？"

如果是那样的话，那真是太糟糕了。她宁愿打麻将一直输，也不想她儿子分手啊。

陆枭无奈的声音再次传来："陈女士，你就那么盼着我分手吗？我是想跟你说，我回北京了，现在在路上，这次回来，我有重要的事情要做。"

"什么？儿子，你回来了！你有什么重要的事要做？"陆母有生之年第一次感觉到她儿子的认真和急切。

下一秒，陆母听着话筒里传来的那一番话，整个身子缓缓僵住，眼眸都瞪大了。

听筒里，陆枭的话传来："这次回来，我想跟温弦领证，她可能怀孕了，我要尽快将她娶进门。"他顿了下，道，"她现在就在北京，刚来这里拍戏，把家里收拾收拾吧，这几天让她住过来。"

温弦不在自己的眼皮底下，他不放心。

或许他拥有的东西不多，但他会倾尽自己的所有，将她风光地娶进门。如果这还不够，婚后他还会努力给她更多、更多……

他不知道究竟怎样才算爱一个人，他只想给她一切，给多少都不够，想让她成为这个世界上最幸福的女人。

这个三番五次不顾性命安危来找他的女人，每次都让他胆战心惊，可也让他的心彻彻底底地系在她一个人身上。

陆枭没再多说，电话挂断之后，陆母还傻傻地愣着，手中拿着座机的话筒，难以从震撼中缓过来。

温弦来北京了。

她儿子回北京了，是为了和温弦结婚，因为……温弦怀孕了，怀了她儿子的孩子，怀了他们陆家的孩子。

“天……”这太令她震撼了。

前一刻还被那些打麻将的姐妹调侃，自己儿子快三十岁了还没结婚，没过几分钟，她儿子就跟她说温弦怀孕了，二人要赶紧结婚。

那边的姐妹们还在打麻将，看她接了个电话后就魂不附体了，连忙问道：“这是怎么了，没事吧？”

陆母缓缓转过身，神情激动不已，她来回踱了两步，最后走到麻将桌前，一拍桌子，扬眉吐气地落下一句话：“你们都听好了，我也要当奶奶了！”

娶，不能再等了，立刻把人娶进门！

孩子都有了，这事已经板上钉钉，她也无须再隐瞒。

陆母本来就抱孙心切。这个消息让她激动得不行，她根本按捺不住，连忙去找自己的丈夫了。

陆父正在书房和朋友喝茶，看自己妻子连门都忘了敲，急急忙忙地进来，顿时有些诧异。

当她走到他身边耳语几句后，他整个人浑身一震，眼瞳骤然一缩。

他一时之间都不知该说什么了，最后忍不住低低地咒骂了声：“这个浑小子，竟然在婚前就……”

“哎呀，当务之急，是要赶紧操办婚事！一定不能委屈了我们家小温，要把她风风光光地娶进门。”

其实，在陆母看来，人若是以真心相待，这世间哪里还有那么多婆媳问题，无非是过多的算计让人寒了心。

当年她嫁给陆枭他爸的时候，她的婆婆也是待她极好，不仅不插手他们夫妻之间的事，还非常关心她。

将心比心，她自然也把婆婆当成亲妈看待。

她和陆枭他爸结婚这么多年来，生活一直很和谐幸福，只是生了个沉默寡言的“闷葫芦”儿子，她还觉得匪夷所思。

一叶茶苑商务会馆，一辆轿车缓缓在门前停下。

侍应生上来将车门打开，从里面下来了一个长发女人。她戴着墨镜、鸭舌帽，裹着大衣，踩着皮靴，直接走了进去。

身边和她一起的，还有导演李寻等人。他们大多是剧组的扛把子，不过没有程东原，青海的工作还在收尾，他负责最后的监管，确认无误后，再和其他人一起离开青海。

“温弦，他们是广电总局的人，大多是熟人，这是京圈，来了总要见见的。”李寻走在温弦的身边说道。

看温弦脸色不是很好，他有些担心她是不想出席这种场合。

温弦微微颔首，淡淡地道：“我都懂的。”

她和这些人经常打招呼，也知道什么该说，什么不该说，虽然每个圈子都有人并非善类。

这里环境清雅，是商务会谈的首选。包厢难订，来者多是名流或者重要人士。

就在他们一行人浩浩荡荡地进去后不久，又有几辆车子缓缓驶出竹林中的小路。

第一辆车子停下后，开车的男人立刻下来，为后面的两位人士打开车门。

“陆先生，我们到了，陆夫人，您慢点儿。”

从后座下来的是一对中年男女，男人一身正装，女人则穿了一件素雅的旗袍，外面裹着严实的风衣。

今日他们出现在这里，正是和亲朋好友到此一聚，商谈他们家陆枭的婚姻大事。

而这时，一叶茶苑商务会馆内有一个男人急忙走了出来，正是会馆的老板。老板见到二人后，顿时笑着迎了上去：“陆先生，陆太太，快请进，还是老位置，给你们留好了。”显然陆父和陆母是这里的常客。

陆父笑道：“近来可好？看附近停着的车，阮老板的生意倒是不错。”

阮老板闻言，大笑：“哪里哪里，还不是借您的光。”

从后面几辆车上下来的则是他们陆家的几位亲朋好友。许久没有见面，叙叙旧的同时，他们还要商量一下陆枭的婚事。

老陆家的背景深不可测，陆枭是家中独子，陆家自然对他的婚事尤为看重。

在里间偌大的茶室内，立着素雅的梅花屏风，茶室的角落放着一个细颈青瓷花瓶，一枝梅花盛开，点缀其间，墙壁上挂着清丽脱俗的画作，室内处处清雅、别致。

众人相对而坐，侃侃而谈。

在座的都是京城影视圈的人，温弦还算熟悉，只是今天来的人里有一个让她格外不喜的。

“李大导演，这部电影主题很好，就是这个题材，还是稍微敏感了点儿，内容太现实，有的地方太直白，怕是不太好过审啊……”

说话的人姓吕，叫吕涛，三十来岁，是审核部门那边的人。不过，这不是重点，重点是他的舅舅是北京戏曲界的老戏骨，人称曾老。

曾老是国家一级戏曲演员，很有人脉、背景，所以这个姓吕的在影视圈混得如鱼得水。

吕涛的话一说完，李寻等人微微一怔。

随后，李寻回道：“吕老师说笑了，拍摄前，咱们这边定然是对剧本内容进行了仔细打磨，之前你们说尺度完全没有问题，审核这个事……”

“之前是之前，现在是现在啊。李导演，政策有变，可不是为难你们啊，我们也没办法。”说着，吕涛的视线转移到了李寻身边的女人身上，他望着温弦美艳精致的容貌，唇边流露出些许笑意，“温大明星说说看，是不是这么回事，这不能怪我们。”

温弦缓缓抬起眼皮，对上他的视线，嘴角似笑非笑：“吕老师，您见识广，审核了很多部电影，我们这部电影的立意，您不是也清楚吗？”

这话看似恭维，实则暗讽。

吕涛卡着进度为难人，得了便宜还卖乖。

今天来的这些人里，温弦最讨厌的就是这个姓吕的，他表面看着人模狗样，背地里却是极为好色。

刚刚一进门，这个男人的视线就频频落在她的身上，起初还知道收敛，随后目光直白，越发大胆了。

李寻笑着跟着帮腔：“咱们也知道事情比较棘手，所以特意请老师们帮帮忙，大家都是朋友，有什么事都好商量。”

李寻表面笑眯眯的，心底忍不住骂人了。这个姓吕的真不是个好东西，左一句“为难”，右一句“难办”，不就是想要从他们这里捞点儿好处。

他们这部电影不是流量大片，即便有国民女神温弦出演，但受题材的影响，受众很小，所以根本不考虑能赚多少钱。

吕涛看向温弦："温大明星，刚到北京吧，酒店订好了吗？你人生地不熟，用不用我帮你订酒店？"

在座的人大都身躯一震，只有跪在一旁的蒲垫上，身材窈窕的茶艺师继续动作优雅地烫杯，沏茶，像是什么都没有听到。

李寻的脸色变得难看极了。吕涛着实过分，根本不把温弦和他们放在眼里。

一时之间，包厢里的气氛极为凝重，众人的视线时不时地投向温弦。

而后者不怒不恼，反而嘴角一扯，笑了。

温弦从茶艺师的手中接过茶壶和茶杯，她细白的手指拿着青玉色的茶杯，画面极为好看。

她熟练地将茶倒入茶海中，再不急不缓地倒入青玉色的茶杯里，最后微微起身，一副淡然奉茶的样子："吕老师，谢谢您的关心，我在这边还是有些亲人的，就不劳您费心了。"

她这一番话，明眼人都看得出来，她是为了大局给吕涛台阶下了。

可偏偏，吕涛意味深长地说："家人？什么家人？据我所知，温大明星有个好赌的父亲吧，什么时候搬来北京了？"他又微笑着问道，"还是说……你指的是你那个绯闻男友，青海的穷小子？"

这话说完，他才去接温弦手中的茶杯，手故意在她的手指上碰了下。

下一秒——

"啊！"

滚烫的茶水直接被温弦顺势打翻，茶水飞溅到吕涛的脸上、身上，顿时让他大喊一声，皱眉，骤然起身，不断擦拭茶水。

他看向温弦，面容扭曲："你疯了？知不知道你在做什么？"

温弦脸色阴沉，要不是李寻拦着她，她都想直接冲上去揍吕涛一顿。关于她的家庭，媒体知道的信息极少，玲姐一直在做公关。

她是有一个好赌的父亲，可圈里知道的人并不多。

吕涛故意提起她父亲，没想到还提起了陆枭，是剧组里有人私下爆料给他？

李寻也没想到吕涛此时竟然会提起这些事。

"哎，别这样，大家有话好好说，还谈不谈正事了？"有人出来打圆场，不过言语之间流露出对吕涛的维护。

吕涛盯住温弦，冷笑一声："你以为你是当红大明星就了不起了？"他讽刺道，"还以为你有多清高，听说拍戏的时候和当地的一个男人关系不错，怪不得程制片和你分……"

啪！

温弦不顾阻拦，茶杯砸到了吕涛的额头上："别拦着我！今天我非要撕烂他的嘴！"她说着就要冲破李寻的劝阻。

"你敢！你看你们这部戏今年还能不能过审？！"吕涛拿纸巾痛苦地捂着额头，咬牙道。

有工作人员推开包厢进来了，看见他们剑拔弩张的模样，顿时愣住。她端着普洱生茶，一时间进也不是，退也不是。

就在这时，敞开的门外有一行人经过。阮老板亲自引路，带着他们从走廊走过。

走在最前面的人是一个中年男子，穿着一身笔挺的西服，看起来五十多岁的样子，却气质不凡，一看便是大人物。他的身侧是一个穿着素色旗袍的婉约女人，手上拿着一件风衣，气质温柔、淡雅。

这一行人个个看起来都不一般。

那个穿素色旗袍的中年女人听见什么声音，下意识地往旁边的包厢一瞥。她收回视线后，没走两步，顿时身子僵住了。

等等……刚刚她匆匆一瞥，看见了谁？

陆母立刻返回，走了几步，看向包厢内，果然是温弦！

瞬间被巨大的喜悦包围的她根本没注意包厢里面正发生着什么，连忙在门口唤温弦，随后走进包厢："闺女，你怎么在这儿啊？"

陆父一行人看见陆母突然的举动，纷纷定住了脚步。

第七章

陆家为她挺身出

茶室包厢内。

温弦正怒不可遏，见到突然出现的陆母，眼睛都瞪大了，有些错愕，没想到在这里能见到陆枭的妈妈。

“伯、伯母……”

“你这孩子，还不叫妈，都什么时候了！”陆母忍不住低头看了一眼温弦的腹部。

陆母这时才察觉到包厢内的氛围有些不太对劲，连忙问：“这是怎么了？闺女，我怎么看你好像在生气啊？”陆母再看向旁人的时候，下意识地护在了温弦的身前，皱紧了眉头，“你们这是……”

吕涛捂着额头刚要说话，却冷不丁地看见了门口的人，顿时愣了下：“舅舅？”

随后，他不管不顾地直接冲了出去，满脸堆笑地对门口的一行人点头致意，最后看向一个穿着中山装的精神矍铄的老头儿，敬重道：“舅舅，真巧，竟然在这里遇见了您！近来可还好？”

这位穿着中山装、六十来岁的老头，正是老戏骨——国家一级戏曲演员曾老。他在影视圈里有着响当当的名号，认识的人多是非等闲之辈，不是高官，就是商业巨贾。

吕涛注意到他舅舅旁边的一个中年男人，身着一身笔挺的西装，身材高大，眉目犀利深邃，气质不凡。凭借多年的经验，他一下子就看出来这不是个简单的人物。

此时那个中年男人正望着他。

曾老见状，顾不上其他，连忙道：“小涛，你还愣着干什么，快跟陆先生打个招呼。”接着，他还跟吕涛耳语了几句，道出了“陆先生”的身份。

听完后，吕涛瞪大了眼睛，连忙伸出手，激动地道：“陆先生，您好、您好，曾老是我舅舅，鄙人姓吕，单字一个涛……”

吕涛介绍完，陆父却迟迟没有伸出手，只是淡淡地看了他一眼，随后视线又落在了包厢里自己的妻子身上，嘴上回复：“吕先生年轻有为，不过，你们现在这是……”

陆父虽然淡淡地笑着，却不失威严，始终没有和吕涛握手，态度疏离而漠然。

他经验老到，一眼就能看出眼前这个男人有一肚子的花花肠子。

吕涛的手一直停在半空中，着实尴尬。

吕涛顺着陆父的视线看向茶室包厢，那个穿着旗袍的妇人刚刚叫温弦……闺女？这位妇人显然是跟着舅舅一行人来的。

他眼皮子猛地跳了下，内心骤然生出一股极为不好的预感。

她是温弦的母亲？

不过很快，他便打消了这个想法。

他讪讪地笑着道："没什么，我们不过就是在谈部电影罢了，说能不能过审的事。"他似乎想刻意显摆，于是故作叹息，"现在片子不好过审，上面审查得严格，我这任务量都增加了不少，得好好地仔细审查。"

言外之意，他可是掌握着重要权力之人。

温弦倏然冷笑着开口："吕老师为了审查得清清楚楚、明明白白，还想订个酒店，约我好好给他讲讲呢！还说我给他讲清楚了，他一开心，说不定就能通过。"

现场一片死寂，大家都不是傻子，知道话里有话。

陆母素来温柔的面容上浮现了一抹愠怒之色，陆父唇边的那抹笑也逐渐敛去。

"呵、呵呵，温大明星可真会开玩笑，饭能乱吃，话可不能乱说，我可是兢兢业业……"

"吕老师，那您看我们这部电影，是能过还是不能过呢？"李寻连忙趁机询问。

他猜这群人的身份不简单，显然，温弦和这个妇人的关系不错。

吕涛顿时面色有些难看，故作为难："这根本不是我能做主的，得看上面……"

"够了，不要再来那套说辞，让人听着作呕！"温弦对陆母倾诉委屈，"妈，我刚才就是和他起了争执，这人侮辱我就算了，还骂陆枭。他各种暗示，不开心就不给我们的片子过审。"

吕涛立马狡辩："你胡说什么！"

此时，曾老的脸色已经很难看了，万万没想到会发生这样的事情。

这个女明星叫陆夫人为"妈妈"，他无比清楚，这意味着什么。

陆母怒道："过分，简直是太过分了，连我们陆家的儿媳妇都敢欺负，真是太目中无人了！”

吕涛一愣，瞬间脸色发白。

随后，众人就见那个穿着旗袍的妇人拉着温弦走到陆先生身边：“老公，骂咱们儿子，我忍了，可这人竟然对咱们闺女怀有歹意，今天这事不给我一个交代，我忍不了！”

这人的嘴脸和做派简直是肮脏、丑陋。

吕涛似乎石化了一般，僵在那儿，一动不敢动。陆父身边的人也惊住了。

吕涛脸上血色全无，陆先生的儿媳妇……那岂不是说，她找的青海的那个男朋友，所有人都以为是个青铜，可实际上，人家是王者中的王者。

曾老到底是忍不住了，一巴掌狠狠地冲着吕涛的脑袋拍了过去，怒骂：“你个浑蛋，还真是不知道天高地厚，竟然做出这种事！”

被狠狠拍了几巴掌，吕涛脸色涨得通红，颜面尽失。

他知道，他这次算是完了。

陆父目光凌厉地望着这一幕，不紧不慢道：“曾老，今天您这外甥着实让我刮目相看。”

曾老后背一寒，一想到他们私下聊起，陆先生的儿媳妇还怀孕了。再一想外甥的所作所为，他更是气不打一处来，一脚狠狠地踹了下吕涛的膝盖：“还不快给温小姐道歉！你知道陆先生的儿子是什么人吗，人家之前可是特种部队的大队长！”

曾老被气得血压飙升。

平日里，他这个外甥油嘴滑舌，伪装得人模人样，他现在才看清外甥的为人，真是要被气吐血。

茶室内的众人都没想到，温弦的男朋友来头不小。

吕涛转向温弦，脸色难看至极，他唇瓣嚅动了下：“对、对不起，我不该说出那种话。”

温弦目睹着这一幕，虽然的确狠狠出了一口恶气，但她还是忍不住感到悲哀。

倘若陆枭只是一个普通人，岂不是会白白遭到这些人恶意满满的攻击？

这是她最无法忍受的，难道有钱有势就可以为非作歹？

陆枭当初在执行任务时遇到爆炸，导致一只耳朵失聪，还有更多奋斗在一线的人付出了自己宝贵的生命，他们如此拼死拼活……

她无法接受吕涛的道歉。

温弦的语气很冷漠：“即便是在青海，也没人知道我男人和他的队员付出了多少，如果他只是普通人，是不是还要被你这种人羞辱至死？所以，无论你说多少句道歉，我都不会替他们原谅你。”

陆父、陆母内心一震。

曾老感到极为丢脸，顿时对吕涛怒骂道：“以后你和我没有半分关系，我没你这么丢人、无耻的外甥。”

随后，李寻等人纷纷出来打招呼，曾老道：“你们那部电影，我听东原说过，是一部好片子，放心，吕涛不会为难你们的。”

有了曾老的保证，李寻顿时感激不已，握住曾老的手连连道谢。

陆母则拉着温弦转身离开：“走，我们不管那些，让他们男人去操心。你来北京也不跟妈妈说，今天就跟我回家住。”

虽然温弦对陆枭的妈妈非常喜欢，可是，这才第二次见家长，她已经叫人家妈妈了……会不会太早？

北京，东城区。

北京的胡同尤为出名，处处透着人间烟火的气息。

眼下，在一座坐北朝南的四合院附近，有一辆轿车缓缓停了下来。

“弦弦啊，到家了，这里不太好找，拐来拐去的，你可得先认认路，别以后找不到地方了。”陆母下了车，跟身边的温弦说道。

温弦看着这一片的老北京四合院，不远处，还能看到巍峨的故宫，周围的街头人头攒动，车水马龙，就在他们家旁边，仅隔了几条大街。

即便温弦之前看过陆枭身份证上的具体地址，现在跟着陆母穿过一条条胡同来到他们的家时，她的内心多少还是有些震撼。

她虽站在高处，名利双收，闪闪发光，可她只有一个人，形单影只，一旦她倒下，她所获得的便不复存在。

陆枭不一样，今日在会馆茶室亲身经历了那一切后，温弦算是更加直观地感受到了陆枭他们家族在北京深厚的根基。

吕涛那个人素来仗着自己有背景而为非作歹，可他所依仗的曾老也要看陆父的脸色。

在外人看来，陆枭只是一个普普通通的西部某管辖区队长，和她相比，他各个方面似乎都不及她，可事实上，他的背景、身份才是让人望尘莫及的。

她素来不太在意这些，因为她也不差。

就像她喜欢陆枭，倘若她拘泥于那些世俗的条条框框，那他们根本不可能走到一起。

“弦弦，你最近拍戏太累了，一定要注意休息，一会儿你先在陆枭的房间里休息一下，我去厨房，和阿姨一起给你做好吃的，补补身体。”

她刚怀孕，需要注意的地方可多了，营养必须跟上。

说话间，他们已经来到了四合院的门口。黑色的大门打开后，正对着的是照壁，照壁东侧是屏门，入了屏门才是内院。

内院里有一座小假山，还有一棵不知活了几百年的银杏树，抄手游廊的柱子上雕刻着精美繁复的花纹。

因为下了雪，四合院内的假山、树都覆盖了一层厚厚的白雪。

陆母小心地盯着温弦的脚下：“你可慢点儿啊，别走得那么快。”说着，手还挽住了温弦的手臂，生怕她摔了似的。

温弦有些哭笑不得。

她又不是小孩子，没有那么夸张吧。

进了正厅，陆母赶紧让她去陆枭的房间里洗个热水澡，好好休息。

陆枭住在东厢房。

温弦面对过于热情的陆母，显然是有些招架不住。

“小弦，妈就不打扰你了，快进去好好休息，我给你做好吃的去。”

陆母离开后，温弦终于松了一口气，关上了门，然后揉了揉笑得有些发僵的嘴角。

天哪，她怎么越来越觉得哪里不太对劲。

今天离开会馆茶室后，她跟着陆父和陆母去了另外一个包厢。

坐下来后，大家都对她热情极了，并且已经开始商讨起了婚事，让素来厚脸皮的她真是又窘又羞的。他们甚至还说起了孩子，让她顿时坐不住了，赶紧出去透透气。

说实话，她虽然爱着陆枭，也想以后跟他结婚生子，但这一切是不是发展得太快了？

陆枭知道吗？

想起陆枭，温弦缓缓转身，看着房间里的一切，内心再次浮现微妙的感觉。

房间很宽敞，冬暖夏凉。

从外面看这座四合院，很有年代感，里面翻新过，现代感和年代感结合得恰到好处。

地上是深色系的地板，一张原木大床，床上铺了薄垫子和床单，被子叠得整整齐齐。

除了床，就只有衣柜、桌子、椅子，简约低调。

温弦在看向桌子时，目光瞬间被吸引了，一步步走过去。

只见桌子上摆放着几张全家福照片，他们家是标准的三口之家。

其中一张照片上是一个穿着军装的年轻男人，旁边站着一个温婉美丽的年轻女人，女人怀里抱着一个可爱的小男孩。

小男孩大概两三岁的样子，穿着背带裤，戴着一顶英伦风的格子小贝雷帽，五官精致，可爱极了。

温弦看到那张照片的时候，心都要化了。

她一眼就认出来，这就是小时候的陆枭，一点儿都看不出来长大以后竟然会成为一个冷酷严厉的大队长。

温弦的指尖忍不住轻抚照片，想着她以后生出来的孩子会不会和他很像……

这个念头闪过，温弦反应过来后，微微有些愣住。

对于“怀孕”，她曾经一直很抗拒，直到遇到陆枭后，才觉得或许没那么糟糕。

毕竟她的原生家庭给她带来了深深的创伤，她不知道她会不会成为一个好母亲。

温弦将照片偷偷拍了下来，脑海里已经控制不住地在想，陆枭此时在哪里，又在做什么，管辖区那边的任务会不会棘手？

他一切……还好吗？

就在她对陆枭的思念如洪水般滚滚袭来，越发猛烈的时候——

在北京一个繁华的街头，一个身材高大的男人正在拿着手机打电话。他像是刚忙完，另一只手中还拿着一个小盒子。

“妈，怎么样，她现在在做什么？”

说话的人正是陆枭。

手机里很快传来陆母的声音：“我看她太累，今天在回来的车上她就昏昏欲睡的，让她先去你房间休息了。儿子，我认真跟你讲，她这样下去可不行，身体第一，更别说还怀了身孕。”

陆枭低头看了一眼手中的红色小盒子，唇瓣轻抿了下：“她怀孕的事情可能她自己还不知道。”

陆母顿时吃惊，随后叹息一声：“我说呢……这么大的事，你都不跟小弦说，她第一次，没有经验的。”

“等我，我很快就到家了，我跟她说。”

陆枭挂断电话，不远处，沈霖的那辆悍马还在路边停着。

陆枭低头又看一眼红色绒面的精致盒子，随后朝车子的方向走去。他将小盒子揣入兜里，手微微攥紧。

是的，他刚刚是去一家珠宝店买了一枚戒指。

一切都太突然了，昨天知道温弦可能怀孕，他要赶紧筹备一切事宜，眼下只能匆匆买一枚戒指。

他的大部分资产在和沈霖一起投资的产业中，股票套现还是需要些时间。

他平常花钱的地方少，所以卡里不放多少钱。

回北京之前，他给扎西的母亲看病花了一笔钱，又偷偷留下了几万块钱放在她的枕头下用来后续疗养，导致现在卡里的钱不多，都没能给温弦买钻戒，只买了一枚素雅的铂金戒指。

虽然没花多少钱，但买完这枚戒指后，他卡里目前所有余额，只剩几十块钱了。

他有生以来还是第一次感到手头紧，看来，为了能养自己的女人、孩子，他真的需要好好赚钱了。

温弦洗了个澡，顺手拿过浴巾裹着出来的时候，陆母刚好来敲门，给她送一些换洗衣服。

陆母进来后，冷不丁扫过温弦那白嫩又玲珑有致的身体，顿时忍不住脸一红，连忙放下了衣服。

离开的时候，陆母的心跳都加快了，忍不住自言自语地咕哝道："不愧是大美人啊，身材那么好！"

她算是明白了，她家儿子一个闷葫芦是怎么动心的了，温弦那身段、那脸蛋，哪个能不爱？

温弦却没注意那么多，还裹着浴巾。

她换完衣服后，就先在陆枭的床上躺下了，没忍住给他发了一张照片过去——正是他两三岁时候的照片，粉雕玉琢的，真是怎么看怎么可爱。

她看着，唇边流露出温柔的笑。

温弦拿着手机还想等他回复，只是一躺下后，便有困意袭来，纤长的睫毛缓缓地扇动了下，最终陷入梦境之中，沉沉地睡去。

……

外面的天色一点儿一点儿黑了下来，不知过了多久，四合院的大门被人推开。

北房顿时热闹起来，有男人亲切热络地和长辈打招呼。

来人正是陆枭和沈霖，两人都是当过兵的人，均是器宇不凡。

尤其是陆枭，那一米八八的高大身材往门口一站，几乎挡住了外面的天光。

陆母刚煲好汤，此时走出来，看见这两人，顿时热情地迎了上去："哎呀，小沈也来了，快、快，进来坐。"

沈霖能说会道，将手中拎着的东西递给她："阿姨，您怎么还越长越年轻了，气色真好，冷不丁一看，我还寻思是陆枭的姐姐呢。我这送的燕窝都快没用处了。"

陆母一听，顿时笑得合不拢嘴："我们小沈就是嘴甜，你来就来了，还带什么礼物。"

她嘴上这么说着，陆枭却眼睁睁地看着她开心地接了下来。

陆母让两人赶紧进来，都没跟陆枭说上什么话，都是沈霖在那儿叽叽喳喳，哄得陆母开心得不行。

到底谁才是亲儿子？

陆枭收回视线，他也不太在意这些，简单地打了个招呼后，直接就奔着某个女人所在之处去了。

听他妈之前说，她累坏了，还在睡觉。

陆枭一想到她，难免心疼，那颗素来冷硬的心软得一塌糊涂。

穿过游廊，刚到东厢房门口的时候，他的手机突然响了起来。

看到来电显示，他一怔，随后走到离门口远一些的地方接通了电话。

“喂，陆队。”

那边说话的人是噶卓。

陆枭蹙眉，神色认真：“情况如何，人救出来了吗？”

他说的这件事，正是走之前突发的失踪事件。

噶卓那边则忍不住低声咒骂了句，随后道：“我们让人给耍了，我们赶过去后，那里根本就没有人需要救援，之前打电话的人也联系不上了，事情没那么简单，我们还发现了其他端倪。”

陆枭顿时眼底一暗。

而那边的噶卓顿了下，继续道：“我们有个队员掉入一个陷阱，被扎伤了大腿，这是人为设计的，如果是猎户弄的也就算了，可偏偏处于我们要去救援的位置，你说巧不巧？

“除此之外，我还在附近发现了一帮人留下的脚印，雪太大了，他们的痕迹没藏住……”

就在噶卓说着那一切的时候，陆枭的脸色越来越沉，心底骤然生出些许不好的感觉。

如果这一切的确如噶卓所说，那么，看来这次救援根本就没那么简单。

打电话的人说走失的分明就只有一个人，可救援地附近有陷阱、多人脚印，这意味着什么？

他的脑海里瞬间就浮现了一道人影，就是那次他们运送文物时，逃走的那个姓吴的男人。

如果这是一场阴谋的话，那十有八九就是那个人在暗中设计！

陆枭再开口的时候，深吸了一口气，道：“我们的人都回去了吗，受伤的队员情况如何？务必第一时间医治，这件事我会好好调查的，很可能就是一场阴谋。”

噶卓那边犹豫再三，还是忍不住缓缓开口：“陆队，说实话，我也是这么想的，可既然是一场阴谋，可除了那个陷阱，想害我们的人为什么没有对我们进行攻击？那里的地势对他们很有利。”

这话落下，两人都是一阵沉默。

可沉默之中，像有什么答案呼之欲出。

不知噶卓想到了什么，呼吸顿时一滞，随后有些难以置信般缓缓道：“难不成……”

陆枭眼底映着雪夜，浑身的寒意更重了。

他淡淡地嗯了一声：“你想得没错，他们没有动手的话，那说明今天去的人中，没有他们的目标。”

而他们的目标会是谁？

陆枭如此一想，再清楚不过。

“陆队，他们是奔着你来的。”噶卓说出了答案，在意识到这一点后，他忍不住愤怒了起来，咬牙骂道，“这帮畜生！是不是那个姓吴的指使的？他们在这里肆意横行，而我们是他们最强大的劲敌，他们这样设计，只怕是专门奔着你的命来的。”

的确，看来这就是事实。

因为就算对他们管辖队的其他人动手，也无足轻重；因为管辖区一直会有人坚守工作岗位，打击和那些违法犯罪的人抗衡。

可陆队不一样。

他这几年在无人区一带赫赫有名，让违法作乱的人闻风丧胆，同时也得罪了很多人。

如果那些人想方设法让陆队出了事……

陆枭沉默片刻，随后声音再冷静不过地道：“他们只针对我一个人，我倒是放心了，你先保护好队里的人，后面的，我会处理。”

噶卓一听，还想说什么，陆枭却抢先道：“放心，我不会让他们得逞。”

这次因为他临时来了北京，那些人没有得逞，可即便是他去救援了，他们也未必会得逞，还真当他是吃素的。

……

电话挂断后，陆枭这才看向了游廊前方的房间，内心一时之间不知是何种情感想，眼底变得更加幽深。

这就是他——随时可能被人盯上、被设计谋害的他。

她真的……不怕吗？

温弦睡得沉沉的，躺在陆枭从小睡到大的床上，虽然床硬了一点儿，但她睡得很香。

只是，不知何时，她突然感觉到哪里有些痒，仿佛有温热的气息落下来，有人在温柔地亲着她……

那温热的呼吸着实让她太痒，忍不住哼了一声，偏着脑袋避开。

可随后，她似乎就感觉那呼吸落在了自己的脖子上、颈窝里，让她更加受不了了。

那气息好熟悉，很像……很像陆枭身上的味道，清冽的，带着点儿松木和烟草的味道，让她舍不得推开，还有些贪恋。

这是在做梦吗？

这种感觉越来越清晰，越来越真实了。

窗户外，立着一棵树。

那棵树高大，上面积着厚厚的雪，风一吹，雪花纷纷随着夜风飘落。

游廊里挂着小夜灯，光线透过窗户照射进来，在室内白色的墙壁上投下了两道微微重叠的影子。

温暖的被子，似被人掀起了些许。

睡得迷迷糊糊的温弦在不知感受到了什么后，细白的手搭在了眉眼上，白皙的脸颊微微泛起了一丝潮红。

“陆枭……”

她以为是在梦中，下意识地轻唤了他一声。

好真实。

她似乎都能感受到梦里身边之人的身体微微顿了下。

随后，她隐约听到了清浅的两个字。

“我在。”

我在……

在耳边切实落下的声音像是一股电流蹿过似的，顿时让她头皮一麻，脑海里瞬间变得清醒了起来。她迷迷糊糊地挪开手，睁开了眼眸。

而她这一看，果真看到了他的容颜在她的眼前。

漆黑狭长的眼，高挺的鼻梁，就在自己眼前呈现。

温弦的脸颊还微微泛红着，她就那么望着他，愣住了。

陆枭……他、他回来了？

真的不是还处在睡梦之中吗，他不是还在遥远的青海处理扎西阿妈的事情吗？

怎么自己睡了一觉醒来后，他就在眼前？

或许是睡得有些昏沉的缘故，她真的一时间分不清是现实还是梦境了。

就在这时，陆枭的手倏然从被子里抽了出来。

他的手指在她的脸颊上轻轻流连，低沉动听的男人声音传来："怎么，醒来反而不认识我了？"明明她在睡梦里还在叫着他的名字。

陆枭嘴角轻扯，隐带笑意，似乎对自己看到的这一幕感到非常满意。

"嗯……"

温弦撑着手臂坐起来，揉了揉眼睛，一副迷糊、惹人怜爱的娇憨模样。

"你真的回来了。"她声音沙哑。

而她起身的时候没注意，宽松的领口顿时大敞，露出了一侧白皙圆润的肩，让人看得心底禁不住一顿。

陆枭手中拉过被子，直接拉上去帮她盖住，对她道："不是我，还是谁，我从青海回来了。"

说着，他忍不住又低头在她的耳边小声低语了一句。

温弦想着他刚才从被子里抽出来的手，顿时微微红了脸。

陆大队长是真的学坏了。

不过，他出现在自己的面前，真的让她感觉像是在做梦一样。

她整个人顺势依恋地钻进他的怀里，紧紧地钩住了他的脖子。

"陆枭，我好想你，好想……"

刚刚睡醒的她看见他的出现，格外黏人，脑袋不停地在他怀里蹭着。

温弦以为会很久见不到他，突然见到，不知内心有多么惊喜。

她的声音还有些哑，却温温软软的："你怎么回来了，那边不是很忙吗？"

靠坐在床头的他垂眸迅速在她的身上扫过一眼，缓缓开口："那边还有噶卓看着，我回来是有更重要的事。"

他保护人民群众的生命和财产安全，而她，也是人民群众，不仅如此，她的肚子里可能还有一个。

所以，她是他要重点保护的对象。

“嗯？是什么事？”

温弦眼眸柔软而明亮，眼底满是他的影子。

到底是什么能让这个一心为别人付出的陆大队长，突然一声不吭地回来了？

陆枭倚靠在床头，温弦则趴在他的怀里，柔软的发丝垂下来，有几分凌乱的美感。

昏黄的灯光映得她的皮肤更加白皙、娇嫩，魅惑的眼眸就那么望着他，每一处都散发着摄人魂魄的气息。

陆枭的眼眸越发幽深、炽热，性感的喉结微微动了下。

沈霖说他未来找的老婆不是乖乖女就是知书达理的名门闺秀，可他偏偏找了一个勾人心魂的小妖精。

他回来还能有什么事，无非就是想把这个妖精娶回家，给他生孩子，宠她一辈子。

再开口的时候，陆枭望着她，缓缓道：“我这次回来是要对一些人、一些事负责，怪我之前做得不够好，现在上帝让我来对这一切负责。”

温弦愣住，一些人，一些事？负责？

他之前做了什么坏事？

她怎么更蒙了？

“温弦，你最近是不是很困？”

陆枭抬手轻抚过她的眉宇，她还有些倦色，似乎是没有休息好。

他揉捏得太舒服了，让温弦忍不住娇憨地打了个哈欠，轻轻合眼，又趴在了他的胸口，手臂紧紧地搂着他。她点点头，含糊道：“最近是很困，好像怎么睡都睡不够。”

拍戏让她经常睡得颠三倒四，沾床就能睡着。

陆枭闻言，心头一颤，看着趴在怀里的她。

他轻抚着她的发丝，沉声道：“我这次回来的时候，看见和我一样大的邻居的女儿都上幼儿园了，小女孩扎着两个小辫子，看着还怪可爱的。”说着，他顿了下，又道，“你呢，你喜欢男孩还是女孩？”

他没问喜不喜欢孩子，而是问喜欢男孩还是女孩。

温弦挑眉，认真地反问："问这个问题干吗，男孩女孩，我都可以的。你没听有人说过，孩子都是天上的天使吗？他们也是万里挑一，选中了我们成为他们的父母，所以……我们应该为他们能选择我们当父母而感到荣幸，而不是……"挑三拣四。

温弦不再开口了，她的话没有说完，只是因为她知道陆枭没有别的意思，更不是那种人，那种……和她父母一样的人。

陆枭敏感地察觉到她的想法，心尖微微一颤，漫上来一抹说不出的酸涩。

他还记得，温弦说她父亲重男轻女，经常一回到家，就拿她妈妈和她来撒气。

陆枭心头闷得慌，忍不住将她往怀里抱得更紧一些，轻抚着她的发："你放心，如果我们有孩子了，不管是男孩还是女孩，一定都会快乐幸福地成长。"

温弦趴在他的怀里，抬起一只手，手指忍不住在他的胸膛缓慢地画圈，意味深长地看着他："你怎么突然和我提起孩子了，陆大队长，你是想当爸爸了吗？"

这话一出，尤其是那两个字眼落下，简直就是在往他的胸口狠狠一撞。

他望着她，唇瓣动了动，刚想说什么，却见她嘴角的笑意渐渐变淡了些。她贴着他的胸膛，认真地道："可是我还不想。"

陆枭顿时呼吸一滞，身躯都有些僵住了。

一秒，两秒过后——

陆枭的声音不紧不慢地落下："嗯，我能理解的，你还年轻，工作也忙碌，的确不用这么快就要孩子。"这是事实。

岂料，这话落下后，温弦有些涩然地笑了下，道："不是因为这个，而是我怕自己无法成为一个合格的母亲。"

她的母亲或许是爱她的，但是，母亲很软弱，母亲也给了弟弟更多的爱。

是的，她还有个比她小七岁的弟弟。

或许连她母亲都觉得女人是比不上男人的，儿子就是比女儿重要的。

那些世俗的观念深深地刻在那些女性的脑海里，她在害怕，以她曾经的经历，她会怎么抚养自己的孩子？

她没有接受过太多的父母的爱，所以她又该如何去爱自己的孩子？

这一刻，陆枭听着她说出这样的话，心狠狠颤了下。

温弦隐隐察觉到他的情绪似乎有些变化，忍不住挑眉，带着开玩笑的语气道：“怎么，该不会是对我失望了吧。”她虽是笑着，心却微微悬了起来。

陆枭却深吸了一口气：“没有，你很好，是我的问题。”

温弦说的话一点儿问题都没有，是他想得太简单了。

如果现在有了孩子，而他还有一堆事情要处理，经常早出晚归，可能还会常常遇到危险，那孩子怎么办？他能给孩子更多的陪伴吗？

这一切不能让温弦一个人来承担，在他面前，她自己都还是个黏人的孩子，更不用说糟糕的原生家庭还给她留下了心理阴影。

如此一想，他内心甚是懊悔，沉重不已。

他太纠结了，希望她怀孕，又害怕她怀孕，怕他不能给她更多的陪伴。

温弦以为他真的是做了什么坏事：“嗯？你哪里有问题？”

陆枭望着她，叹息一声，倏然将她的身子捞了上来，在她耳边低声坦白：“怪我之前没有做好安全措施。”

温弦蒙：“啊？”

正诧异不解着，她就看见陆枭的视线转而落在她的腹部，再一想他提起的孩子……

温弦的眼皮子突然猛跳了两下，脑子里仿佛轰的一声炸开了，耳根瞬间发烫：“不是吧……陆枭，你该不会以为我……怀孕了吧？”

别告诉她，他正是因为这个，才不顾一切地来找她的。

可是，怀孕……这怎么可能啊！

她不想在没有准备好的时候生孩子，这对孩子也不负责。

陆枭闻言，皱紧眉头，语气认真：“我们要去好好做个检查，看看是不是真的有了。”

温弦叹气，根本就没有怀孕好不好？！

只是不知怎的，她看着陆枭匆匆飞回来，还一脸紧张的样子，到嘴边的话却说不出来了。

如果跟他说，没有怀上孩子，他会不会……很失望？

不知她又想到了什么，整个人倏然身子一僵，等等——

之前陆母一口一个让她叫“妈妈”，走路的时候还小心地挽着她，生怕她会摔倒似的，难不成……

“你把这件事跟你妈说了？”温弦瞪圆了眼睛，问道。

陆枭看着温弦神色变得很微妙，突然沉默了，不敢说话。

不说话就等于是默认了。

温弦顿时一巴掌拍在了自己的脑门上，心态有些崩。

他们都以为她这是怀孕了，可是根本就没有怀孕，如果知道真相，他们会不会很遗憾？尤其是那么紧张、激动的……陆母。

“温弦，对不起，都怪我之前没有……”

陆枭的话还没说完，嘴巴突然被一根白嫩的手指堵住了。

温弦望着他，缓缓凑近他，在他耳边小声说：“这不怪你，也是我想跟你毫无保留地接触……”

她越是这样，他心底越是惭愧了。

“无论如何，我们还是去检查下身体。”

不管她到底有没有孩子，他已经回来了，想解决下人生大事。

温弦又缠着陆枭腻歪了一会儿，让他浑身燥热。

直到听到院里沈霖那小子的声音传来，他才拦住她，声音低哑地说：“晚上再说，该去吃饭了，你先起来收拾下。”

温弦听见房间外男人的声音，微微挑眉：“你朋友？来的人多不多？”

“今天来的就他一个人，是我大学同学，曾经在一个部队里待过。”

当初他跟沈霖相熟，一是因为沈霖身手还不错，当年也是一个好战士；二是沈霖虽然整天吊儿郎当的，但实际上很重感情。

至于沈霖感情方面的事情，陆枭就不太了解了，以前见面看到过他的女朋友，只不过每一次见面，女朋友都不一样罢了。

温弦先起来去洗手间收拾，陆枭则整理好自己的衣领，这才出门。

他出门时，沈霖正在院子里点火抽烟，倚靠着游廊上的红漆柱子，指间夹着根烟，悠闲懒散地吞云吐雾。

沈霖看见他出来后，走了过来，眼睛往门口扫了一眼：“行啊，这一回来就往房间跑，看来是上心得很。我现在真的好奇，到底是什么样的女人能把你迷得神魂颠倒。”

陆枭也不是没有女孩子追过。上大学那会儿，年级里有一个长得相当漂亮的女孩，说是女神也不为过，沈霖挺喜欢，但那女孩就偏偏死心眼地喜欢陆枭。

陆枭不仅外表冷酷，内心也是一座冰山，根本没人能融化得了。

陆枭瞥了他一眼，也没想瞒他，等会儿温弦出来，他就会看见。

陆枭淡声道：“温弦，知道吧。”他以前对温弦有所耳闻，毕竟她的名字家喻户晓，但他没有过多去关注这些罢了。

沈霖顿时愣了下，随后把烟从唇齿间移开，语气里带着几分诧异：“不是吧，你找的是像温弦那样的女朋友？真的假的，那是相当不错啊，温弦可是许多男人的梦中情人、心中的红玫瑰啊。”

陆枭眼眸微微眯起，语气带着几分凉意：“那这么说，她也是你的梦中情人、心中的红玫瑰？”

他说话时，眼睛紧紧地盯着沈霖。

沈霖哪里注意那么多，笑着道：“那当然，我大学那会儿就特别喜欢她，墙壁上贴的都是她的海报。”

沈霖又忍不住轻笑了声：“当年我还经常在你耳边提起她，你根本不放在心上，现在打脸了吧，不还是找了一个像她那样的女朋友？”不过，他很好奇，温弦是独一无二的，还有谁能像她。

他说完就见陆枭脸色阴沉沉的，盯着他的眼睛都有些冷冷的：“干、干吗？怎么突然这么看着我？”

下一秒，陆枭口中一字一句地蹦出：“不好意思，我女朋友不是像温弦，她就是温弦。”

不是像，他女朋友就是温弦。

沈霖正吸入的一口烟都忘记吐出，被呛了好几下。他咳嗽得耳根都涨得通红，艰难地问：“什么？”

到底是谁疯了。他该不会是听错了吧，又或者说，只是同名同姓，实际上是不同的人……

他越想越觉得有可能，也这么问了出来：“你这个女朋友的名字是哪个温，哪个弦？该不会是和人家明星的名字一——”

最后那个字还没说完，下一秒，只见陆枭身后的那一扇房门突然被人从里面打开了，走出来一个女人。

那女人身材高挑纤细，柔软的长发微卷。

她穿着一件米白色高领紧身毛衣，外面套着一件咖啡色风衣，腰间的系带收腰，勾勒出盈盈一握的腰肢，脚上踩着一双黑色的及膝长皮靴。

她微微抬手，将自己散在耳际的发丝别到耳后，抬眸看过来时，眼眸明媚、清亮，嘴角勾起一抹笑意，瞬间让天地间的万物都为之失色。

沈霖望着走出来的温弦，一阵风吹来，吹得他风中凌乱。

他指间还夹着那根烟，眼一眨不眨地看着温弦，可他整个人像是瞬间石化了一般，一动不能动。

这时，温弦走过来后，自然而然地挽住陆枭的手臂，亲昵地站在他的身边，再看向对面的沈霖。她伸出一只手，温柔礼貌，笑眯眯地道："你好，你就是我们家陆枭的好朋友沈先生吧，我是温弦，陆枭的女朋友。"

沈霖嘴角隐隐抽动了两下，反应过来，干笑着："温小姐，你好……"说着，他下意识地伸出手，想要握住对方的手。

他刚将手伸过去，就听见对面那个男人重重地咳嗽了一声，充满了威胁，瞬间让他刚伸出手的手在空中直接抬了起来，转而抓了抓自己的碎发，哈哈地笑着道："没想到他还在你面前提起过我，太够意思了。"

温弦低下头，嘴角的笑意加深。

陆枭的确没有，也不会在她面前提起别的男人。

陆枭却一脸镇定："时间不早了，别让她饿肚子了，先过去吃饭。"说罢，他直接朝着北房的方向走过去。

沈霖望着他们走在一起的背影，心底依旧震惊。

说实话，陆枭家世显赫，又多次立下大功，哪怕现在不能再执行任务，不能当一位特种兵，但是当一位指挥官还是绰绰有余的，至少仕途一片明朗。可他偏偏选择去了西部无人区。

即便如此，在那种人迹罕至的地方，他竟然找到了女朋友，还是无数男人的梦中情人。

哦，不，不仅仅是女朋友了，他这次回来，是打算结婚的。

餐厅。

一道道菜从厨房里端上来，温弦去厨房帮忙，陆母立刻哎哟了一声："你呀，快去坐下，折腾什么，这里都弄好了，不用你帮忙，等着吃就好了。"说着，陆母视线扫了下她的腹部，轻叹一声，“是不是饿坏了？你今天中午就没怎么吃。”

温弦面上一窘，这次是真的脸红了，她现在是彻底明白了陆母为什么那么紧张她。

怎么办，她有些心虚和慌乱。

她回到座位的时候，陆枭给她拉开椅子，陆父刚给自己泡了一壶大红袍，此时也刚刚在主位坐下。

这位威严的陆父，此时看起来心情似乎不错，面色温和，嘴角还隐隐带着笑意。

温弦坐下来，拽了下陆枭的袖子，瞪着他，无声地问：“现在该怎么办啊！”

大家都以为她怀孕了，连陆枭都这么以为，这可真是一个世纪大乌龙。

虽然之前闹分手，她确实有些卑鄙地想过假装怀孕，逼迫他回头，让他对自己负责。

可谁知道，如今，她没有实施那个计划，却被人误以为怀孕了，让她备受他们的关注，小心对待。

这简直让她想找个地洞钻进去。

陆枭闻言，低声说：“怕什么，万一你真的怀孕了呢？”

而且，他现在的重点不在于此，无论她怀孕与否，他都想解决人生大事。

她的前男友制片人程东原，追求者富二代霍启，他的哥们儿沈霖……这一个个的，让他再也沉不住气了。

他是不关注明星，以后可能也不会。

但他爱她，跟她是什么身份无关，只是爱她这个人，可她的确是被太多人惦记了，这一次，着实轮到他着急了。

无论如何，他都要给她“盖个章”。

以前他的眼底没有别的女人，以后也不会有别的女人，这辈子只有她；也只有她，像是一粒罂粟种子，在他的心里生根发芽，让他深深地沉迷。

陆父和陆枭都不是会多说话的人，得亏了沈霖，跟陆父聊着天，带动着气氛。

温弦大抵是心虚，没敢多说话，生怕被问到什么。

她落落大方地为陆父倒了一杯茶。

陆父笑着说了声谢谢，随后看向温弦，温和地说道：“最近拍戏是不是很忙？听陆枭说，你也刚从青海回来，在那边拍戏可是很辛苦。”他顿了下，又道，“现在来了北京，就方便很多，这段时间可以回家住，拍戏的时候会派车接送你。”

温弦一时脸热，看了一眼陆枭，一副听话的小女人姿态：“谢谢伯父，不过陆枭回来了，我就听他的，他在哪儿，我就在哪儿。”

陆枭嘴角轻勾了下，心底像是被什么填补得满满的。

沈霖露出一个尴尬又不失礼貌的笑——请问他做错了什么，让他遭受到这样的暴击？

说话间的工夫，菜都齐了，陆母也坐下了，一边挨着的是陆父，另一边挨着的是温弦。

陆母看着自己高大帅气的儿子，再看看漂亮聪明的儿媳妇，简直心底都要乐开花了，美滋滋的，怎么看怎么觉得好，她连忙给温弦夹菜。

一旁的陆父开口了：“都是自家人，就不要客气，你伯母她很少下厨，一年难得几回，这次就多吃一点儿。”

“哎呀，说这个干吗，小弦想吃，我可以天天给她做。”她是真的很喜欢温弦，经常和那些姐妹看温弦演的电视剧。

温弦漂亮、聪明、优秀，在娱乐圈那种鱼龙混杂的地方，自始至终都独善其身，保持冷静理智的头脑，出淤泥而不染——这是非常难得的。

毕竟婚姻不是儿戏，难道还真的允许他们儿子在大街上随意找个就结婚吗？

陆母觉得自己很幸运，儿子喜欢温弦，她也喜欢温弦。

偌大的四合院内，游廊上挂着夜灯，树枝上和房顶的青瓦上都积着厚厚的白雪，外面的温度已经快零下二十摄氏度了。

而房子里其乐融融，充满了温馨和欢乐的气氛。

温弦原本还有些拘束，没多久就放开了些。

在外，尤其是陆父，他看着严肃冷厉，但在此刻，他们都是很随和的人。

时间一点一滴地流逝，一顿饭快结束的时候，温弦已经吃不下了，陆母却还想给她夹鸡腿，下意识地说：“再吃点儿，你不能因为要拍戏就吃那么少啊，不然营养跟不上，你这肚子里的孩子……”

话还没说完，餐桌上瞬间鸦雀无声。

沈霖正卷着衬衫的袖子跟陆枭说话，听到陆母的话后，也傻眼了。

什么？肚子里的孩子？

唰的一下，他的视线投了过去。

如今，女神成了嫂子，他自然不会多想，只是再次震惊，陆枭下手也太快了。

温弦唇边的笑变得牵强。

“啊……肚子里的孩子，这……呵、呵呵……”她干笑了起来，尴尬地缓缓转移视线，投向陆枭。

而陆大队长偏开了目光，淡定地跟沈霖继续谈论着，隐约提到了股份等字眼。

她怎么越看越觉得不太对劲呢，他看起来分明就是故意的，故意把她晾在这里。

再回头，她看着陆母殷切关怀的目光，还是努力地挤出了一抹微笑，艰难地蹦出了几个字：“好，我吃。”

说罢，她拿起那只鸡腿，开始缓慢地吃了起来。

“怎么样，炖了一下午呢，味道如何？”陆母温柔地问。

温弦竭力保持一个专业演员的素养，笑：“真香。”

她表面上笑得有多甜，背地里就有多想哭。

没办法，陆母那么温柔，待她那么用心，又那么认真地以为她怀孕了，这让她在众人的面前，根本就没法……拒绝这只鸡腿啊。现在她也没法告诉陆母，自己没有怀孕。

她可能就是感冒了，肠胃有些不好，让大家误会了。

而在温弦和这只鸡腿做斗争的时候，陆母突然起身离开了，等再回来的时候，手中拿着一个盒子。

她坐下来，看向温弦的时候，语气无比认真：“小弦啊，其实你怀孕这件事，是陆枭做得不对，但无论如何，你也要相信，我和陆枭他爸早就把你当成家人了。”

温弦似乎缓缓意识到了什么，微微怔住。

而眼下，陆母打开了那个墨色的锦盒，那锦盒看起来很贵重，里面的东西也定非普通之物。

果然，在温弦看到那盒子里的东西时，心都颤了下。

锦盒里竟然是一个血玉手镯，看着成色极好。

她也买过一些珠宝用来收藏，但是血玉手镯还是不常见，之前香港有个收藏家的血玉镯拿出来拍卖，瞬间被人以五百七十万元人民币买走。

而这个镯子的质量看着比那个还要好。

陆母将镯子从盒子里拿出来，然后又拉过温弦的左手。

温弦心头一跳，意识到什么，连忙道：“不行，阿姨，这个太贵重了。”说着，她就要抽回自己的手。

陆母却在她的手上轻拍了下：“干什么，这个是咱们家祖传的，你不要的话，难道让我给别的女人吗？这个，你戴好。”血玉手镯极为罕见，价值连城，但她不会去说。

温弦被陆母的话堵得哑口无言，不得已看向陆枭，却发现他正望着她，眼底是温柔的，也蓄满了深情，显然是对他母亲这样的举动没有任何的异议。

这是他即将要娶的妻子，不给她，还能给谁。

她的心底仿佛涌上一股暖流，流淌在她的四肢百骸。

血玉手镯戴在她纤细的手腕上，越发衬得她皮肤白皙，也让她的内心一下子变得宁静了许多。这一刻，她意识到，她是真的要嫁人了，真的成为陆家的儿媳妇了。

“好了，如今这镯子戴在你的手上，想摘也不能摘下来了。”陆母想着温弦没有否认孩子的事，便顺水推舟，温柔地笑着道，“现在咱们尽快把结婚的日子定下来吧。”

除了这个传家宝之外，结婚该有的房子、彩礼都不会少，不会因为温弦自己有，他们就不给，那是不可能的。

这和钱无关，而是婆家的态度问题。

他们家不喜欢嘴上说得天花乱坠，踏踏实实做到实处才是最重要的。

看到他们现在温馨的一幕，再看到自己好兄弟眼底的深情，沈霖只觉得自己内心像是被重击了下。

他有过很多女朋友，怎么感觉陆枭比他幸福多了，人生简直完美。

陆枭上过战场，保家卫国，叱咤风云、意气风发过，转业后又娶得让人人艳羡的美娇妻，连孩子都要有了，家庭更是温馨幸福。

人生赢家也不过如此吧。

再对比一下自己，他虽然事业上一帆风顺，有过多任女朋友，可始终没有遇上一个让他真正走心的。

陆母正开心着，冷不丁看向沈霖这边，顿时没忍住，笑着道：“小沈啊，你说你年纪也不小了，什么时候也考虑下人生大事，现在有没有女朋友啊？”

沈霖一听，顿时半开玩笑地道：“阿姨，我也想啊，不过我没陆枭那么幸运，结婚不是儿戏，可遇而不可求。”

一顿饭结束后，沈霖又和陆父陆母聊了几句，便要离开。

陆枭去送他，两人一边抽着烟，往路边的停车处走，一边在说着什么。

沈霖吐出烟圈，眯了眯眼，认真道：“这件事，你交给我，我去帮你查这个人的信息。北京的商业圈子，我还是很熟的，有什么蛛丝马迹，我立刻给你打电话。”

陆枭指间夹着烟，另一只手拿出手机给他发消息：“这是这个账号的信息，能一次打款五十万元，还是会引起注意的，很可能是用的别人的身份信息。”

陆枭跟沈霖说的这件事，正是关于那个姓吴的男人。

那个人一定会有大额的金钱交易，而他的卡都被冻结，然后他们查到他妹妹的卡上出现了不明大额资金转账，而汇款方是北京一家小型饮食公司。

这其中显然有猫腻。

陆枭真正追查的人，是那个背后操控一切的黑手。

那个人或许以为陆枭在明，他自己隐身在暗。

在别人眼中，陆枭只是一个普普通通的救援队队长，没钱没势，无法手眼遮天，实际上，他会不惜动用自己的一切力量，将幕后之人揪出，永绝后患。

沈霖上了车，启动车子的时候，降下车窗，嘴角轻扬：“快回去吧，别让我嫂子等着急了，你也该好好考虑考虑自己的人生大事。什么时候从西部回来？可别让她婚后独守空房。”

陆枭淡淡地瞥了他一眼：“你还是管好你自己吧，你连个结婚对象都没有。”

悍马发出了一声轰鸣，像是在宣泄着自己强烈的不满。

沈霖自嘲着摇了摇头，收回视线，升上了车窗。

他真是不想跟陆枭说话了。

以前沈霖觉得没玩够，不过眼看自己也快三十岁了，陆枭一家又这么和和美美，着实让他心底羡慕。

但这是可遇而不可求的，难不成为了结婚而结婚，最后弄得鸡飞狗跳，像他的父母一样，在他十几岁的时候就已离婚？

想起这些，沈霖顿时又对婚姻失去了兴趣。

夜里，整个四合院沉浸在了夜色之中，冷冷的月华洒下来，铺上了一层银光。

东厢房内，浴室里有哗啦啦的水流声传来。

洗漱完的温弦靠坐在床边，听着那声音，有点儿心猿意马。

水流的声音一停，她有意无意地扯了扯自己的领子，让领口开得更大一些。

她拿了陆枭衣柜里的一件T恤，这件衣服对于她来说很大，完全遮住了大腿根。

她手里拿着一本书，假装认真地看着。这时，浴室的门打开了——

温弦下意识地抬眸一瞥，顿时心底有些乱了，呼吸也跟着停滞。

下午的时候，他说不行，那么晚上……

虽然不是第一次看见他沐浴过后的样子，但此刻依然让她心跳加快。

他的下半身围着浴巾走出来，手臂微微抬起，用毛巾随意地擦着发，宽肩窄腰，一身结实的肌肉，八块腹肌，人鱼线，让她看着眼热，眼神一下都移不开了。

陆枭不是那种专门在健身房练出来的身材，而是常年接受严格的训练，在外面风吹雨淋，去执行一个个任务所锻炼出来的身材。他身手矫健，结实的身躯每一处都像是蓄满了力量，爆发力极强。

这一点，温弦再清楚不过了。

“我说……”

话刚说出口，嘴角顿时一湿，温弦连忙用手背抵住了唇。

陆枭抬眸看了过来，淡淡地问：“嗯？你说什么？”

说话间，他冲着她不紧不慢地走了过去，看着她用手背挡住嘴，他不禁微微蹙眉：“怎么了，挡住嘴干什么，哪里不舒服吗？”

温弦连忙躲开视线，手背不着痕迹地迅速蹭了下嘴角，视线有些许闪烁地道：“没有啦，只是、只是时间不早了，快点儿上床睡觉吧。”说着，她身子往里面挪了挪，赶紧把地方给他让出来。

太尴尬了，竟然差点儿流口水了，她还能不能争点儿气。

陆枭看着她耳根微微泛红，眼底幽深了些许，这个小女人，肯定脑袋里又在想着什么。

温弦穿着他的T恤，松松垮垮的，一侧圆润的肩膀都快露了出来，带着几分慵懒的媚，勾人得很。

温弦手里还拿着一本书，在那儿装模作样，根本一个字都无法入目啊，又不好直白地去看他赤着的上半身。

就在这时，迫人的男性气息突然笼罩下来，还带着一股子刚沐浴过后的清冽气息。

陆枭俯身过来，攥着毛巾的大手撑在大床上，一只手则捏住了她的下颌，她的视线和他相撞。

“啊……”

温弦惊呼一声，看着近在咫尺的帅气容颜，呼吸都不顺畅了。

他这是做什么……

陆枭就那么盯着她，后背微弓着，浑身的肌肉线条流畅又完美，腹部的八块腹肌显得更结实了。

就在温弦被他盯得身体忍不住发热的时候，他扫了一眼她怀里的书：“我进去之前，你看的是第十八页，我出来之后，你才看到第二十页，怎么，温弦同学，你小学没有毕业？”

他不客气地将那本《战争与和平》从她手中抽出，希望托尔斯泰如果知道自己的书对她如此没有吸引力而不要怪她。

毕竟，她的心思根本不在看书这件事上。

温弦一听这话，顿时面红耳赤：“你，你……”

他怎么能这样直接揭穿她，她不要面子的吗？

“嗯？我怎么？”

陆枭在自己的身上扫了一眼。

他其实没过多关注自己的身材，不论是以前当特种兵的时候，还是现在在无人区救援队里，他只知道让自己的身体保持最佳、最强悍的状态，才能在面对各种危机的时候，不惧怕。

可眼下，他往自己身上看了一眼，意味深长。

温弦羞红着脸，想着他早晚都得上床睡觉，干脆傲娇地一把打开他，通红着脸愤愤地咬牙哼了声：“你爱干吗干吗，书拿走就拿走，反正我也看得困了，我要睡觉！”

她的身子滑下去，钻进被窝里，背对着他，裹住了自己。

陆大队长有能耐了，她看书看不进去，还不是因为他让她思绪不宁吗，还好意思说上她了。

他才小学没毕业呢！

陆枭看着这一幕，微微挑眉，随后起身："嗯，你先睡，我去找睡衣穿上。"

说罢，他就从床边离开，岂料下一秒，温大明星倏然转身从被子里撑起了身子，着急地大喊一声："不行，不能穿！"

陆枭怔了下，脚步也定住，随后缓缓转身。

不能穿？

温弦反应过来自己的所作所为后，脸顿时更红了。

既然如此，她干脆硬着头皮，面对陆队长幽深的眼神，支支吾吾道："就、就这样上来就行了，不要多此一举。"

是的，多此一举。

有一瞬间，陆大队长再一次产生了深深的怀疑，她到底……是为了什么跟他在一起？

温弦一只手捏着被子挡在胸口，一只手拍了拍身旁："还站着干什么，快过来呀！"

陆枭望着床铺深吸了一口气，太阳穴突突直跳，干脆走到门口关了灯。

顿时，房间里陷入一片漆黑之中。他直接掀开被子，上床，床上的女人突然忍不住发出了一声闷哼。

"怎么了，压到了吗？痛不痛？"

男人连忙就要去开床头灯，女人柔若无骨的手却拦住了他的手臂。

她在他怀里要命地钻着，声音又娇又软："痛也没关系的……"

夜色漫漫，天空一片漆黑，如墨汁被打翻，几颗星星点缀其间。万家灯火，绵延千里。

这座城市也在夜晚沉睡，可依然有许多地方灯火通明，悠久历史和现代文明完美融合。

温弦以前来过北京，多是赶通告、参加活动等，住也是住在酒店，从来没有单独、放松地多待过几天。

北京虽然繁华，却让她没有归属感。

可如今一切都不一样了。

她此时睡在陆枭的家里，睡在他的房间，她的心，是前所未有过的安定、踏实。

她彻底明白了，陆枭就是她的根。

“温弦。”

“嗯？”

陆枭伸展开手臂，顿时她的脑袋就贴了过来，枕在他结实有力的手臂上。

两人侧着身，面对面相拥。距离很近，彼此的呼吸都纠缠在了一起。

温弦觉得这种感觉太好了，他们俩总是聚少离多，如今就只是这样躺在床上，彼此静静地看着对方，都让她心满意足。

“叫我干什么？”她问。

陆枭不说话，只是望着她，眼底蓄着柔情。

他现在似乎真的感受到了阿妈曾经说过的“老婆孩子热炕头”是什么滋味。

她就在床上等着他，将他的位置焐热了，又移到更里面去，将热乎的位置给他。可他一个大男人怎么会怕冷，只是被她关怀着、放在心尖上的感觉很好。

温弦跟八爪鱼一样缠着他，她也不知道这男人怎么那么热，都要将她烤化了似的。

她难得想分开些许，陆枭却扣住了她的腰身，让她紧贴着自己。

温弦察觉到他的举动，心底跟灌了蜜一般甜：“陆枭，你知道吗，其实今天你去送沈霖的时候，妈妈私下偷偷跟我说，如果按照老祖宗的规矩，我今天是不能跟你睡在一起的。”

陆枭心尖颤了下，什么？

温弦继续道：“你不要多想，妈妈只是怕这样会对我有什么影响，毕竟我们还没有结婚，她是为我考虑。但她又说，她觉得我们在一起太辛苦了，好不容易能见一面，不忍心让我们再分开睡。”

这一番话落下，陆枭的心底一时间不知是什么滋味。

的确，他们见一面真的很难。如今回来，他也不知道又会因为什么任务而随时离开。

而她的这一番话，让他想到了沈霖今天晚上说过的话。沈霖提醒他，要结婚了，就从西部无人区回来吧。

说实话，以他曾经的资历，他可以去做一名合格的指挥官，就是再不能去执行任务。

他的一只耳朵基底膜撕裂，完全失聪，别人或许觉得他是为了逃避才去西部无人区，可也只有他清楚，他只是想在危险发生的时候，第一时间去救助。他以前是和那些危险的歹徒斗争，现在是跟盗贼等人斗争或是救助陷入困境的人。

本质上，它们还是没有区别的，都是在拯救生命。

可如今，他要成家了，但是这两者该如何平衡？

对于他来说，爱情和事业都是非常重要的。

温弦看他眉头微微蹙着，凑了过去，迅速在他的下巴上亲了下。

陆枭一怔，下一秒就听她道："不要多想，很多时候看似是个死胡同，但往往柳暗花明又一村，会有转机的。"

是的，身边的一切都是在不断地变化的，或许到了未来的某个时刻，一切问题都会迎刃而解。

陆枭抱着她的手臂又收紧了些，忍不住凑过去，在她眉宇间落下温柔的吻："你不让我穿衣服，那你要不要公平点儿？"

反应过来他说的话，温弦忍不住耳根发烫。

温弦红着脸，忍不住微微咬牙，小声道："陆队长，没想到你是这种人……"

陆枭眼眸深处像是瞬间燃起了火苗："不喜欢吗？"

庭院里起风了，吹得青瓦上的雪飘飘洒洒地落下来，在空中缱绻飞舞。

庭院里贴着墙根的地方还种了一些花，明明是冬日，却绽放着瑰丽的花朵，美得惊心动魄。

明明它们该是无比脆弱的，却任由风雪袭击，毅然不倒，反而在经历过风雪后，会在清晨日出之际，更加摄人心魂。

时间在一点一滴地流逝，大抵是在天际泛起了鱼肚白的时候，她额前的发丝都被汗水打湿了。

她脸颊潮红，贴着他宽阔而结实的胸膛，沉沉地睡去了。

男人修长的手臂拥着她，柔弱纤细的她和高大结实的他形成了鲜明的对比。

第八章

京都风月乱人心

一晃，温弦在陆枭家里休息了几天。

陆枭回来后也比较忙，虽然她也不知道他在忙什么，但看起来都是在忙比较重要的事，常常晚上的时候她会看见他在院子里神色认真地和谁在打电话，再加之她也忙着去拍戏，就没有多问。

不过，这几天陆枭都会送她去剧组拍最后的戏份。

眼下快到双休了，大部分的学生要放假了。

这天是周五，剧组收工早，下午四五点就结束了，路边一辆奥迪 A6 停在那儿。

温弦迅速换完衣服，把自己裹得严严实实的，为了避免跟踪的狗仔，从小门出来了。

她一路小跑到车边，急忙打开后车门上去了。

陆枭从后视镜看了她一眼，手下将温度调高一点儿的同时，认真地道："着什么急，这里地滑，摔了该怎么办。"

要不是她每次都警告他，不能下车，怕被狗仔看见有麻烦，他就下去了。

温弦上了车，这才摘下自己的帽子、围巾、口罩、墨镜，脱下拍戏休息时专用的厚厚的笨重的大衣，微微喘息着道："不会啊，再说，我又没怀孕，摔一下也不会怎样的。"

"你敢。"陆枭顿时不客气地威胁。

话说回来，之前她"早孕"的反应看起来还挺强烈，但这两天又恢复正常了，让他忍不住想，她是不是真的没怀孕？

预约的医生已经安排上了，她拍戏太忙，他也有些重要的事情要处理，所以检查一拖再拖。

温弦穿着高领白色毛衣，将一侧的长发别在耳后，这才倏然从后面凑上前，迅速在他侧脸上亲了一下，低低地笑着来了句："我有什么不敢的。"

陆枭突然被亲，被亲的那一处开始泛起了薄薄的绯红。

陆大队长微微偏了一下脸，避开她的视线，她则是坐回座椅上，笑得灿烂。

调戏陆大队长，怎么那么令她开心呢。

温弦注意到车子没往回家的道路上开去，于是问："我们这是要去哪里？"

陆枭低头扫了一眼手表，再开口时，淡淡道："双休，大学生也都放假了，妈让我顺便把小君接回来。"

这丫头小他好几岁，大学快毕业了，只有双休才回来住，平时都住在学校的宿舍。

“小君，你说的是在君？”温弦眼里亮了。

这个小表妹，可是非常对她的胃口，虽然看着大大咧咧的，却非常搞笑、机灵，主要是这个小表妹还是她的小迷妹。

陆枭一边开着车，一边淡淡地嗯了声，随后道：“她挺喜欢你的。她还不知道我们去接她，不过，有个事还是要跟你提前说下。”

“啊？什么事？”温弦问。

陆枭轻咳了一声，语气认真道：“她要是说晚上想跟你睡，不许同意。”

温弦怔住，随后没忍住，嘴角微微上扬了一下，再开口，道：“为什么啊，她好不容易放假回来，跟我一起睡怎么了？”

陆枭不说话了。

陆大队长不高兴了。

但他不说。

温弦故意逗弄着他，他也不回应。

他就说一句“不舍得你，想跟你一起睡”，有那么难的吗？

虽然他黏她黏得很，她半夜起来上个洗手间，他都会醒来，然后给她床头放杯温热的水。

温弦格外享受这种生活，内心被填补得满满的。但她也知道，这段难得的相处时间非常短暂，不知道哪一天，他就要离开。

所以她也很珍惜，不管拍戏多忙，都坚持回到他身边。

至于是否怀孕……等检查完再说。

这让她又气又急又羞，就差告诉他，当时她吃药了，是不会怀孕的，但她又不敢告诉他。

她现在就像哑巴吃黄连——有苦说不出。

几十分钟后，车子开到了国内一所知名的大学门口。

李在君上的是R大，她性格不拘小节，是个很聪明的人。

“她的父母都是军医，早年牺牲后，她就住在我们家了。小丫头当年经常因为没了父母被人欺负。

“但她很倔，每次找我去给她撑腰的时候，眼泪挂在眼眶里就是不掉下来。看到我给她报仇了之后，她立刻就开心地笑了起来，一抹眼睛，还冲上去趁机踹人家几脚。”陆枭缓缓说着。

儿时的记忆模糊了，再长大一些，他上了初中后就不住在家里，高中再回来，她也长大了，养成了有些泼辣的性格，不再被人欺负。

温弦听着，难免有些心疼。

不过，现在看着李在君性格开朗，倒也是难得。

陆母昨天吃饭的时候，还多次提起她，虽然是侄女，但能看出来陆母和陆父还是很疼爱她的。

不知温弦又想到了什么，转而问起其他的事：“对了，这几天你在忙什么，这都不在无人区了，看你还是闲不住。”

陆枭闻言，沉默了下，最后道：“你会知道的。”

这几天他除了在查那个幕后之人的信息，其他的事情也被提上了日程，比如——买房。

他看中了一套房，距离这里也不是很远，复式的，上下两层共两百多平方米，总价不菲，虽然比不上她在上海陆家嘴的上亿元的顶级豪宅，但他会在力所能及的范围内，给她最好的，以后还会比现在好。

房子已经付了定金，现在就等后续的文件准备好，他带她去签字，写下她的名字。

早年和沈霖一起投资的产业，买下的商铺，如今随着北京的迅速发展，价值已经翻了无数倍。

虽然他家里早就给他准备好了房子，但那是他还年少时就买好的，最重要的是，房产证上写的不是她的名字。

温弦对他神神秘秘的样子发出了一声不满的嗤笑，也不再理会他，而是趴在车窗处，看着有没有小表妹的身影。

只是，此时的温弦，还不知陆枭都做了些什么，也同样不知道，原来早在她迷迷糊糊的时候，她未来的人生都已被他安排得明明白白。

快六点，正是下课的时候。

不知温弦看到了谁，顿时瞪圆了眼睛：“欸，我好像看见她了！那个短头发、穿着白色羽绒服、棕色雪地靴的是不是她？”说着，她又忍不住蹙眉，“不过她旁边的男生是谁，怎么两人好像在吵架？”

他们吵得还挺激烈。

随着车子缓缓靠近，陆枭的视线也投了过去。

温弦眉头微微蹙起，将车窗降下来。

李在君并没有看到他们，而是在和那个男生推推搡搡。

那个男生的长相不差，他只是拦着她，和她拉扯着，不让她走。

“到底是什么情况，她该不会是被人纠缠了吧？”

看那个样子，李在君白净的小脸都气得发红了。

而陆枭眉头也是紧皱，沉声道：“或许是情侣间的吵架。”

温弦一愣。

陆枭则继续道：“我听妈说，她在学校谈了一个男朋友，是他们年级的。”

温弦闻言，内心顿时纠结不已。

如果是被无赖纠缠，她还能二话不说就冲上去，可如果是他们小情侣之间的事情，她该怎么插这个手？

就在这个时候，突然发生了一件令所有人都没有想到的事情。

李在君再次要从男生身边离开，那男生强硬地拦住她，她彻底被逼急了似的，一巴掌就狠狠地冲着他的脸颊打了过去……

伴随着啪的一声，李在君红着眼睛大骂道：“早晚都会有这么一遭的？你还早晚都会死呢！”

这句话直接清晰地传入陆枭他们的耳朵，就连路过的学生都忍不住纷纷看向李在君。

李在君蓦地撞开男生的肩膀，迅速离开。而这一次，那男生似乎又恼又羞，站在原地没再拦她。

因为这里人多，路边也不能停车，所以车子一路跟着李在君。

直到她拐了个弯，来到了另外一个路口后，陆枭才面色严肃地摁响了车喇叭。

温弦内心格外复杂。

谁能想到今天第一次来学校接李在君，就遇到了这种事情，而且她又要强，肯定不希望这一幕被他们看见。

但事实就是看见了，就算温弦不说不问，陆枭也会问的。

他可能不理解小女生的心理，他最在乎的是他的家人不能被欺负。

李在君拐个弯之后就没忍住，哭了。她一边走，一边低头抹着眼泪，肩膀还微微颤抖着，似乎难受得不行。

而在这时，身侧的街道上突然响起了喇叭声，一声声在她的耳边响着。

她赶紧快走两步，却发现那车一直跟着她，一直在响着喇叭。

她急了，抹去眼泪看过去，刚要骂人的时候，结果一看见开车的人，顿时怔住了，要骂出来的话也硬生生地卡在了嗓子眼里。

只见她哥正面色冷肃地看着她。

李在君收回视线，忍不住咬牙骂了一句。

她怎么那么背时。

喇叭声再次响起，李在君将自己的眼泪抹干净，吸了吸发红的小鼻子，不情不愿地上了车。

她知道她哥的脾性，不达目的不罢休。

她一打开车门，就直接坐上了副驾驶座，眼睛压根没往后看。

一屁股坐下后，她关上了车门，坐在副驾驶座抱着自己的书包，一言不发。

陆枭扫了她一眼，确认安全带系好了，这才再次启动车子，沉声严肃道："发生了什么事？"

李在君低头不吭声。

她留的是露耳短发，低着头露出一截白皙的脖子。

"李在君！"

温弦看他有些严厉了，刚要出声劝阻，就见李在君情绪有些激动。她声音沙哑地大声道："不要你管我！我不想说话！"

陆枭一听，太阳穴隐隐跳动，他深吸了一口气，道："你就不能好好说话？后面还坐着你嫂子，没看见吗？"

"后面坐着我嫂子，我也——"冲动的话说了一半，她才反应过来她哥说了什么。

随后，她立马回头，泛红的大眼睛看到了温弦关心的眼。

一秒，两秒对视之后——

李在君突然哇的一声大哭了起来，泪汪汪地哭着道：“嫂子……”

在看到温弦的那一刻，李在君内心某些压抑的痛苦情绪再也绷不住了。

她直接把书包丢在一边，解开了安全带。

她哥还开着车，她却不管不顾，起身从两个座位的中间钻了过去，扑到了温弦的怀里。

温弦连连安抚，看她哭，自己的心也跟着疼了起来。

“快别哭了，你不想说就不说，不值得啊，不值得，好男人千千万，不行，咱就换。”

陆枭心想：这话怎么听着有些耳熟？

他本来还想说李在君不遵守交通规则，可看她在温弦怀里哭得一抽一抽的，那么可怜，还是先忍下去了，无奈地叹息一声。

李在君趴在温弦的怀里，一边哭，一边眼泪汪汪地道：“不，我就说！那个浑蛋，我再也不要跟他在一起了，他让我觉得恶心！”

温弦心一颤，她对他们两个人之间的感情不了解，所以不能去随意地评判，只能道：“跟随心走，不想在一起就别委屈自己。”

不过，她刚才可是隐约听到了……“发生关系”等字眼。

果然，下一秒，李在君红着眼睛咬牙愤愤道：“他跟我在一起两年了，他一直都想带我去宾馆，可是我觉得还太早，就拒绝了。他说他会尊重我，我一开始还觉得他是个好人。”

“可他倒好，恋爱期间，他一直都在‘劈腿’，这次学妹把他们两人的合照都发到我手机里来了。”说着，她又忍不住了，眼泪大颗地掉下来，“他真是让我恶心，想吐！现在被我发现，我去质问，他竟然还有脸说是我的错，还说他是爱我的。”

简直是无耻至极，她只觉得自己的真心简直是喂了狗。

亏她还想着，毕业后，两人一起奋斗，争取和他在北京有个自己的家。

温弦被震撼到了：“他竟然那么无耻？”她忍不住低低咒骂了一声，咬牙看着车窗外，“我刚才就应该下去暴打他一顿的。”

陆枭也是脸色阴沉，一直沉默的他终于忍不住开口道：“其实你早点儿发现他的真面目还是好的，总比跟他牵扯太多后，再分开要好。”

的确，越早看清渣男，自己能及时抽身越好。

温弦也道：“是的，这话你哥说得没错，不过，这口气，你能咽下去，我可咽不下去啊。以后见他一次，揍他一次！”

李在君抽噎着：“我也咽不下这口气！”

在前面认真开车的男人重重地咳了声，当着他的面，温弦说要去揍人？

其实，李在君还有一些话实在是没脸说出口。

她男朋友是学生会的会长，他是很聪明，但家庭条件不好，所以他经常去做兼职。他们就是在外面快餐店做兼职的时候认识的，虽然姑父和姑姑给了她足够的钱，但她还是想靠自己的双手来补贴一些。

所以，遇到他的时候，她觉得他聪明、能干又肯吃苦，是个很靠谱的人。她情窦初开，暗许芳心，后来面对他的追求，她直接就答应了。

再后来，他活动多，兼职也不做了，但他常常说活动经费不够，所以她经常把自己赚来的钱交给他，让他在外面不要太委屈自己。

毕竟他在学生会，有时候需要体面一些。

可那些钱呢，真的用在学生会的开支上了吗？

越想，她越觉得自己以前简直是太蠢了，蠢得可笑。

她太憋屈了。

“好了，好了，有什么，我们回去再说，你偷偷跟我说。我们先擦擦眼泪，不哭了啊。”说着，温弦从包里翻出纸巾，帮她温柔地擦拭着。

李在君顿时内心一股热流涌上来，她扑到温弦的怀里紧紧地抱住了温弦，委屈得像小孩子，哽咽着道：“嫂子，你真好，你太好了，我晚上想跟你一起睡。”

正在开车的陆枭透过后视镜，看了温弦一眼。

李在君还抽抽搭搭着：“不，不行吗，嫂子？”

温弦顿时干咳了一声，这要她怎么说。

其实之前陆枭跟她提醒的时候，她内心想的是还会跟他睡，不能冷落了他。

可如今，看小表妹哭得这么委屈的样子……

温弦避开陆枭的视线，轻轻拍了拍李在君的肩膀，温柔道：“行啊，怎么不行……”只是，她不敢再去看陆枭此时的表情而已。

她也可以半夜等李在君睡着后，再偷偷溜回去找他。不然，她还真是怕他打翻了醋坛子。

李在君一听，顿时在温弦的怀里蹭啊蹭的，依赖地道：“嫂子，你真好。”

温弦摸着她柔软的发，嘴角弯了弯，冷不丁抬头，视线却刚好撞上陆枭的目光。

她嘴角的笑就有些许尴尬了。

陆枭则是无奈地摇摇头，轻轻叹息一声。

他还能怎么办，只能依着她了。

晚上回到家，原本还在车上哭号的小表妹，一下车，已经基本看不出之前哭过的样子了。

她抱着书包直接飞奔了进去，大喊着：“姑姑，姑父，我和嫂子回来啦！”

跟在后面、辛苦开了一路车的陆枭很无语。

温弦忍不住笑出声，陆枭的视线扫向她，淡淡道：“笑什么？”

温弦挽住他的手臂，亲昵地在他的侧脸上亲了下，半是安抚、半是撒娇地道：“不要吃醋嘛，等晚上我再偷偷跑回来找你，跟你睡，绝对不让我的心肝宝贝独守空房。”

陆枭轻咳了一声，声音低沉道：“我自己又不是没一个人睡过，主要是怕你跟别人睡不习惯。”他顿了下，又似有意无意地来了句，“晚上我不锁门。”随后他先一步离开。

温弦望着他的背影，双臂环抱，嘴角露出微笑。

这个心口不一的男人。

李在君回来后，在陆父陆母面前像个没事人似的，如同什么都没发生一样。

温弦看到那一幕的时候，心底一时间感觉有些复杂。

如果不是今天目睹她在学校门口发生的那一幕，温弦他们恐怕永远不会知道她受到了多大的委屈。

因为她隐藏得太好了，不会让任何人看到她的悲伤和失意，在陆父陆母面前，永远都是大大咧咧、嘻嘻哈哈的样子，像个长不大的孩子。

可实际上呢，相处了那么久的男友，她为他付出了时间、精力、金钱，还有感情，却遭受到如此的背叛。

她怎么能不难受，只是再难受，恐怕也是自己一个人承受。

果然，晚上温弦去西厢房陪李在君睡觉的时候，两人躺在床上，提起这件事，没一会儿李在君就忍不住哭了起来。

只是，这一次她不是号啕大哭，而是靠在温弦的怀里默默地流泪。那种无声的泪流，或许才是最让人觉得绝望和心碎的吧。

她嗓音沙哑，带着浓浓的鼻音，缓缓道："……我一直在努力赚钱，憧憬着和他的未来，他就算买不起房，也无所谓，只要有一颗上进又努力的心就好。

"可我没想到，他却把我当个傻子一样……"

她这个男朋友知道她父母去世了，住在亲人家里，或许也正因为如此，他才敢这样肆无忌惮地伤害她，觉得她天真、缺爱、好骗、好哄。

温弦一只手轻轻拍着她的肩膀，另一只手温柔地帮她拭去眼泪，轻声道："别难受了，为那种人流泪不值得，你放心，嫂子会给你报仇的。"

李在君哽咽了下，泪眼婆娑："其实我不想跟他再有纠葛了，我只是觉得很累，我觉得爱情不适合我，我也不想再为谁那么伤心了。男人都是大猪蹄子，他们都不值得。"

温弦的内心微微一颤。

或许很多女孩子在情感受到伤害的时候，都是这么想的，但是，无论是什么事情，都不是一概而论的。

她仔细想了下，缓缓道："君君，其实我们每个人经历每一件事的意义都不同，有时候也是在引导你。你是吃了亏，但你也有了经验，在后面的感情里不会重蹈覆辙。"她顿了下，道，"曾经我也对任何人都提不起兴趣和激情，直到遇见了你哥，虽然我曾经的经历也很坎坷，但我依然想对你哥释放我所有的爱和热情。因为我知道他是值得的，而我遭遇到的不幸，也不是他带来的，他不该背负那些，我还是会全心全意地将我的真心捧给他。"

前提是，他值得，而她也付出了真心。

倘若她真的只是玩弄他的感情，他们两个人便不会有现在。

李在君懵懵懂懂，她在感情这一方面本来就单纯，虽然觉得她嫂子的话说得没错，可还是觉得天底下没有好男人，或许只有她哥是个例外。

只是，她是小孩性子，偏执倔强得不想再对谁付出真心。

温弦看她白净清秀的小脸，柔软的短发，哭得发红的小鼻尖，心底怜惜，没有拒绝她的依赖，轻拍着她睡觉。

这时，李在君在温弦的怀里蹭了蹭，突然咕哝："嫂子，你身材真好，怪不得我哥那座‘冰山’都被你迷住了。”

温弦猝不及防，拍了下李在君的手。

“不要多想，真正爱你的人，不管你如何，都会爱你，再说，你也不差啊。”温弦说着瞟了她一眼。

李在君低头看了一眼自己的胸脯，随后又忍不住哭哭啼啼地道：“人家只是‘小笼包’啦。”

温弦哭笑不得，赶紧让她好好睡觉。

李在君哭了一会儿，心情好多了，现在也有些犯困，在温弦的怀里蹭了蹭，睡觉了。

温弦看了一眼床头柜上的闹钟，二十三点二十七分。她也有些困了，却不敢睡过去，担心自己睁开眼，就天亮了。

那就要轮到她哭哭啼啼了。

心底揣着事，她睡得迷迷糊糊，时间一点一滴地过去。不知过了多久，就在她觉得要陷入深度睡眠的时候，突然感觉身子像是从高处掉下来了似的，惊得她瞬间醒来。

她看了一眼时间，还好是在后半夜。

她裹着衣服，小心翼翼地出去了，月光洒满庭院，她穿过游廊，走到东厢房。

她迅速来到陆枭的房间门口，一推，果然门是没有锁的。

房间里竟然还亮着灯，直到她进去连忙关上了门，反锁之后，她那颗有些慌乱的心才逐渐安定下来。

房间里，床头还留着一盏昏黄的夜灯，床上安安静静地睡着一个人。

温弦看着陆枭的身影，心底的不安全感才彻底消散。她动作极轻地关了灯，随后上了床。

只是，这一次，看着穿着一身男式休闲睡衣、遮得严严实实的他，她直接钻进了被窝里。

有点儿风吹草动就醒了的男人，感受着怀里突然钻进来的身子，指尖触到一片嫩滑的肌肤时，身体僵住了……

第二天，温弦也休息，剧组给她放假一天。

她赖在床上睡了好久的懒觉，纤细白嫩的手臂、脚踝，隐隐从深灰色的被子下露出来，说不出有多么诱人。

直到中午，要吃午饭了，陆枭才把她叫醒。

午后，陆枭说要带她出去一趟，她也不知道他要带自己去哪里，只是依赖地跟着他，坐上了副驾驶座。

车子启动后，逐渐汇入北京的车水马龙之中。

温弦今天没有看到小表妹，随口问道："在君呢，她跑哪里去了？"

陆枭闻言，淡淡道："一早接了个电话就出去了，好像有朋友找她，还说今晚会晚点儿回来。"

温弦却微微蹙眉，朋友找她？是什么朋友？晚点儿回来，是去哪里？

不是温弦多想，而是李在君刚经历了那么伤心难过的事情，温弦怕她会一时冲动做出什么事。毕竟，她是一个极为重感情的女孩子。

话说回来，自己再怎么敏感地多想，李在君都是一个成年人了，她肯定清楚自己是在做什么。

温弦微微叹息了一声，不再去多想。

下午街上有一些拥堵，好在陆枭带她去的地方不是很远。

车子开了将近一个小时后，温弦看着陆枭带她来到的地方，微微愣住了。

因为这里是一个高档的新楼盘，也是在北京中心地带，从这条街道拐个弯上坡后，人就少了。过了保安的检查，车子继续往里面开着。

陆枭语气轻柔道："这里是这一带绿化最好的地方，从刚才坡道下去的另外一个岔口，直通一个高尔夫球场，附近有学校、医院、商场、健身房、酒吧等，几乎一应俱全。"

不得不说，本来看着这里的一切，她就觉得哪里有些不对劲。当陆枭说出那些话后，她内心就更是这么觉得了。

她将视线缓缓收回，有些错愕地看着他："这，这是……"

陆枭一边开着车，一边看了她一眼，眼底流露出一抹柔和的深意，却没有回应她的话。

直到在里面一个区域停下车后，车外有一个穿着西装的男子，拿着一个公文包，似乎已经等候多时，看见他们的车子一停下来，就热情地迎上来打开车门。

车内，温弦已经戴上了口罩和墨镜。

“陆先生，你们好，一切都准备好了。”

那男人笑着说着话，视线时不时地投向戴着口罩、墨镜的女人，心底微微咯噔了下。

这女人怎么看着好眼熟啊。

不过，他没敢再多看，在前面给他们二人带路，领着他们来到一间办公室内。他伸出手指着椅子：“二位请坐，所有的资料都已经给你们准备好了，你们先休息下，我给你们倒两杯茶水。”

温弦心底还是有些慌。直到这一刻，陆枭还是没有告诉她，他们这是来做什么。

陆枭突然开口：“你带身份证了吧。”

温弦点点头：“这是要干吗？”

她正问着，之前那男人笑眯眯地端着两杯茶水过来了，小心地给他们放在桌子上，随后才拿出一个文件夹，呈现在她眼前的，赫然是一份……购房合同。

温弦看到这一幕，顿时愣住了，随后有些难以置信地看向了陆枭。

那男人脸上笑得都快出褶子了，对温弦道：“这位小姐，请您出示一下身份证。”

温弦蒙了：“到底是什么情况……”说话间，她还是下意识地从自己包包里翻出了身份证。

那男人伸手拿过身份证，满眼笑意地望着她，道：“您未婚夫对您可真好，这是他为您在北京购置的一套房产，价值三千两百万元，已经付完全款，现在需要您在这几张纸上签个名字。”

看着她顿时怔住的样子，那男人嘴角的笑意就没停下来过，摇摇头，惊叹道：“小姐，这里没外人，您要不要摘下口罩和眼镜，这样子憋得慌。我看小姐您啊，不愧是陆先生的未婚妻，长得可真漂亮，和一个大明星有点儿……”

后面的字还没有说出来，他的视线就落在了手中身份证上面的头像和名字上，顿时硬生生地憋了回去。

这，这——

他就那么看着那身份证，眼底满是震惊，再抬头的时候，只见大明星温弦已经摘下了口罩，就坐在他的面前。

他拿着笔，神色极为微妙、复杂。

随后，他见她突然抬头看向他，冲着他笑了下：“您好，能不能麻烦您先出去片刻，我有些话想单独跟他说。”

那男人一听，连连道：“好、好、好，你们慢慢说，说多久都可以，我给你们把着门望风，绝对不让任何人知道你们在这儿。”

京城陆家，陆家少爷的女朋友，竟然是大明星温弦？

这可是惊天爆料。

他肯定不会说出去的，除非他是不想干了。

而在他离开关上门后，温弦顿时啪的一声，把手中的笔拍在了桌子上。

她眼睛一眨不眨地望着陆枭：“这是什么？”

她指的是什么，他再清楚不过。

陆枭的视线却淡淡地扫了一眼那购房合同，不紧不慢地道：“别嫌弃，这是我为你购置的婚房，是我们婚后的一个家。”话说到这，他顿了下，又道，“我尊重你的选择，以后你想住在上海，还是北京，都依着你。”

到了这一刻，听着他这样的一番话，温弦内心里不知是什么感觉。

一时间仿佛有无数的情绪翻江倒海地涌上来，让她内心五味杂陈，鼻尖都跟着有些发酸、发涩。

说实话，说不感动是假的，但相比这个，她更在乎的，还是其他的……

“陆大队长，你一个小小的大队长，一个月四五千的工资，你告诉我，你是怎么买的这个房子？啃老了，还是赚黑钱了？”

她当然没有别的意思，自己也很清楚陆枭家在北京的势力，可她跟他在一起，根本就和他有没有钱无关。

她看中的是这个男人身上的品质，是他有责任、有担当、有能力，以及带给她的安全感，这一切不是用钱可以衡量的。

陆枭轻笑了声，无奈地摇了摇头，最后食指微弯，在桌面上轻轻敲了敲，再开口时，沉声道：“温小姐，你知不知道什么叫副业？”

温弦一愣，她从无人区挖来的男人，还有什么是她不知道的？

陆枭起身走到她的身后，将笔塞到她的手中，一只手撑在桌面上，另一只大手握住了她的手。

他拿过购房合同，笔尖对着需要签名的地方。

他握着她的小手，一边一笔一画地写着她的名字，一边淡淡地道："温弦，这不算什么，或许我给不了你世上最好的，但我会把我最好的都给你。"

以后他不再是一个人，他要养老婆、养孩子，还要再多赚些钱。

温弦的背后是他炙热而宽阔的胸膛，她就那么看着她的名字，落在那纸上，呼吸微微屏住，睫毛轻颤着，内心的某些情绪达至极点。

要知道，北京的一套房是普通人辛苦工作几辈子都换不来的。

这些钱对于他来说肯定不是一笔小数目，可他把他最好的都给了她。

名字签完了，陆枭眼眸微垂，看着她些许复杂的神色，倏然捏住了她的下颌，轻抬，在她的嘴角亲了下，低沉的声音多了些许柔和："不要多想，这些钱，我还是有的。"

他虽然不是啃老的人，但不得不说，他家大业大，又是独生子，家族的一切早晚都是他来接下。

温弦再也忍不住地转身紧紧地搂住了他的腰身。其实女人有时候很简单，她要的只是爱和一个态度。

有些男人恋爱谈了那么多年，宁愿把几十万、百万元的彩礼给相亲对象，都不想给自己恋爱多年的女友，理由是觉得金钱玷污了纯洁的爱情。可对自己未来的爱人以爱情的名义来捆绑，什么都不付出，自己的态度和真心又何在呢？

这种说法简直让人啼笑皆非。

她从底层一路爬上来，见过太多人性的贪婪和自私。真挚的爱，在如今的社会，真的弥足珍贵。

温弦在他怀里闷闷地道："陆枭，钱是赚不完的，我们已经过得很好了，我不想你太累，只要你平安，就是给我最大的幸福。"

她知足了，真的已经知足，陆枭以前是特种兵，现在是一个管辖区队长，未来，或许还会做其他的事。但无论如何，她都知道他永远不会忘记为人民和国家付出。

这对于他来说，是他的使命。

他永远都是她最崇拜的人，是她的骄傲。

陆枭给她买的房子是复式的，处于二十多层，还没有装修。她一进去就喜欢上了这里的格局，尤其是客厅连着一个宽敞的大阳台，以后可以坐在躺椅上晒晒太阳、喝喝茶、看看书，惬意、安然。

楼下则是一个高尔夫球场，环境极好，再远处，高楼林立。

房子南北通透，从另外一侧可以俯瞰楼下的车水马龙。

温弦像个新婚小女人一样，在房子里笑着跟他说，以后这里用来做什么，那里放置什么，甚至是小孩子的房间和布置都被她安排得明明白白。

陆枭则是跟在她的身边，看着她憧憬着未来的模样，心底被一股暖流充满。

这一刻，他似乎深切地知道了什么是幸福，什么是家。

可越是这么美好，这么期待的时刻，他心底越是有些说不上来的不安，或许是因为他知道自己有了弱点。

二人来到卧室的区域，温弦站在明亮干净的落地窗前，望着楼下的车流。随着傍晚的来临，远处逐渐亮起的灯海，她指尖轻触在窗户上，眼底映出了熠熠的光芒。

她唇瓣轻启："陆枭，谢谢你。"

她是真的谢谢他，是他给了她未来，给了她新的人生，让她知道，原来她的人生还可以这么美好。

身后男人的手从她细软的腰间穿过，他埋头在她的脖子上，亲着她的耳根，低哑的声音落在她的耳边："永远不要说谢，温弦，你是我的人，是被我全心全意地爱着的人，你可以大胆地去做任何的事情。"

他不是容易动情的人，一旦动情，将她放在心上，便是一辈子。

温弦听着他的话，心一颤，柔软得不行，化成了一汪水。

有什么话，会比这还能令她安心。

她微微偏头望着他，视线相触，下一秒，唇瓣贴在了一起。

远处，一幢幢林立的高楼亮起了灯，街道上的路灯、车灯也都一一亮了起来。那光芒映着他们的身影，隐隐投在了地上。

女人细白的手指落在他放在腰间的大手上，在万家灯火下，偏头和爱的人深吻……

天上清冷的月光和人间的灯光交织在一起，如此缠绵、缱绻。

二人晚上本来是要回四合院的，结果在路上陆枭突然接到了一个电话。

在听到电话里的内容时，他的脸色顿时变得严肃起来。

嗯了几声后，他说道："等着我，我马上过去。"

"怎么了，出什么事情了吗？"温弦看他神色发生些许变化，心情也跟着紧张了些，连忙问道。

陆枭看了眼手机，认真道："一会儿我把车停在路边，你下车去打辆车回家，我去处理一些事情，别担心，不要紧。"

是沈霖给他打来的电话，说找到了给那个吴姓犯罪嫌疑人的妹妹打钱的人。

温弦不说话，这个时候，她想也不用想，如果自己要跟上去，他肯定不会允许。

陆枭看她沉默，蹙眉道："别担心，没事的，你先回家，我晚上会回来的。另外，你应该相信我，也应该知道什么事情不该做。"

如果再像上一次那样插手他的任务，他肯定不会饶了她。

温弦心尖一颤，刚涌上来的心思就那么被他掐灭，她也无法忘记上一次她插手了他的事，付出了多么大的代价。

这一次，她深吸了一口气，然后蹦出了两个字："等你。"

这不是可可西里，而是北京，应该不会发生什么危险的事情的。她也应该相信他的能力，不给他添麻烦。

陆枭将车停在路边，她下了车。

她再三嘱咐了几声后，看着他的车子逐渐汇入车流里，才微微叹息一声，准备在路边拦一辆的士。

就在她等待时，蓦地，手机猝不及防地响了起来。

温弦一看，顿时挑眉，来电显示是小君君。

只看了一眼，她连忙接通："喂，你跑哪里去了，怎么……"

她的话还没说完，就听见电话里传来了非常嘈杂的声音，伴随着激烈的音乐，有尖叫，有争吵，好像还有瓶子被摔碎的声音。

温弦一听，顿时眉头紧皱了起来。

"喂，在君，你在哪儿？在哪儿？"

就在她着急询问着的时候，李在君的声音从话筒里急切地传来："嫂、嫂子，对不起，我和同学在一起喝酒，有人要带走我们……啊！"

不知那边发生了什么，电话里倏然传来李在君的一声尖叫，随后便是她带着哭腔大喊了句："我们在 ×× 酒吧。"

话音落下后，手机里便再也没了动静，温弦一看，电话已经挂断了。

听完这通电话，她直接低低咒骂了一声，随后赶紧拦下了一辆的士，报上了地名，让车子开了过去。

她开始不受控制地多想了起来。

李在君出去一天，是跑出去和同学喝酒？

果然，她这个傻子想不出别的办法放松了。

那酒吧很大，里面鱼龙混杂，什么人都有。到了晚上，这里便是很多年轻人放松的地方。

车子一停，温弦匆匆付了车款之后，便赶紧下车了。

只是，着急忙慌进去的她，没有注意到酒吧外停的车辆中，有一辆她熟悉的奥迪 A6。

温弦一进去，便被这里的吵闹镇住了。她捂住了耳朵，视线透过拥挤的人群和舞池里扭动的身影，寻找李在君的身影。

她打了一遍又一遍李在君的电话，发现已经无法打通了。

伴随着动感的音乐，酒吧里无数人在乱舞，五光十色的光线交织在一起，空气中也似弥漫着一层氤氲的雾气。

这里和她偶尔会去的 VIP 会馆不同，她去的会馆，一般人进不去，而这里，什么人都可以进来。

温弦寻找着李在君的身影，她的视线冷不丁地扫过一个角落，再想去其他地方找的时候，脑海里不知想到了什么，顿时愣住了。

下一秒，她的视线唰的一下再次投了过去。

只见在酒吧的一个角落里，几个人堵在那里，其中有一个人在对一个女孩子动手动脚。

光线迅速闪过，温弦看见了李在君，她短发凌乱，在不停地尖叫，厮打着面前的人。

温弦看到这一幕，顿时瞪大了眼眸，随后迅速地挤开人群，冲了过去。

而在那个角落里，被打的男子似乎被李在君惹怒了，竟一巴掌打在了她的脸上，白净清秀的脸蛋上立刻出现了一个红色的手掌印。

温弦瞬间内心燃起了一股子怒火。

她挤开人群过去的时候，路过散台，直接顺手拿了上面的酒瓶子，紧紧地握在手中。而与此同时，她也认出了那个对李在君动手的人，脸色瞬间更难看了。

这人不是别人，竟然就是李在君的男朋友，那个欺骗了李在君的感情、金钱，还“劈腿”的浑蛋！

“竟然是你这个渣男！你今天死定了！”温弦咬牙。

而围观的人中，一个女生正在拿着手机笑着拍照、录像，对准了被欺负的李在君。

下一秒，那女生手中的手机蓦然被人夺走。伴随着她的一声尖叫，还不等她反应过来，就看见一个人操着一个酒瓶子直接狠狠地砸在了桌上。

瞬间，瓶子破裂，还没喝完的酒液也跟着炸开，飞溅开来。

“啊！”

尖叫声四起，围在那儿的几个人迅速散开，整理着衣服：“谁啊？！”

他们看过去后，顿时傻眼了。

只见不知从哪里冲出来的一个戴着口罩的女人，正抓着学生会会长的头发。会长被扇了一巴掌，吓蒙了的他根本没有一点儿反击之力。

会长的鼻子下赫然已经有两股鲜血流了出来，他的脑袋也被揍了几拳。

“今天不打得你妈都不认识你，我不姓温！”

语毕，温弦一个过肩摔，那个男生整个人顿时撞在了他们的人身上。

温弦本来就想狠狠揍一顿这个“渣男”，给李在君报仇。

“喂！你是谁啊！你少在这里多管闲事！”一个年轻的黄毛男大喊道，气势汹汹地叫嚣着。

而温弦冷冷地看了他一眼，随后看向角落里衣服、头发凌乱的李在君，二话不说地将自己的外衣脱下，走上去裹住了她的身子。

她蹦出了句：“给我躲到洗手间里去。”随后，她再转身看向他们几个人。

她上半身穿着黑色高领紧身毛衣，下半身穿着墨蓝色紧身牛仔裤，脚踩一双黑色皮靴，她转了转脖子，活动几下手腕，冷艳的眼眸迸射出犀利、凌厉的光。

“别以为你是个女人，我就不敢打……啊！”

就在那黄毛男大骂一声拿着酒瓶子冲上来的时候，温弦也冲了过去，直接顺势扣住他的肩，狠狠一个过肩摔，让他痛苦凄厉地惨叫一声，躺在地上哀号打滚。

温弦的动作又快又狠，顿时让他们几个小年轻都傻了，不由得有些泄气。

狼狈地躺在地上的会长抹了一把鼻子下的鲜血，顿时羞恼地大喊一声："还愣着干什么，给我上啊！"

这话音落下后，又有几个小年轻号了一嗓子，不管不顾地一起冲了上去。

温弦刚好怒火没处发泄，一拳狠狠地砸向对面人的眼眶。

侧面有人冲上来，她直接避开，一脚踹向他的后背，让他直接撞在卡台的桌子上。

最后一个是拿着酒瓶子过来的，她一把扣住他的手腕，一拳一拳狠狠地揍在他的腹部，打得他后背弓起，酸水都要吐出来。

她随后一脚横踢，直接踹在了他的太阳穴上，让这人脑子嗡的一声，直接就昏倒了。

还剩下一个女生颤巍巍地站在那儿看着这一幕，眼里满是惊恐，脚下连连后退着。

温弦的手中还握着夺来的酒瓶子，目光犀利的眼睛直勾勾地盯着她："是不是你骗她来这里喝酒，在背后和这些人串通好的？"

否则，那个单纯的小丫头片子，怎么会来这里？

那长发女生脸色一白："我，我不知道你在说什么。"说着，她就迅速转身要跑。

可没跑几步，她倏然感觉头皮一痛，疼得尖叫一声。

温弦松开长发女生的头发，揪住她的衣领不让她逃走："知不知道你们找她的麻烦是什么下场？她不是你们能惹得起的人！"

她狠狠地威胁着，吓得长发女生抖若筛糠，把一切都说了出来，连连道歉："对，对不起，我错了，我再也不敢了。我不该听会长的话，把她叫出来喝酒，不该往她的酒里加东西，不该拿手机拍——"

"什么？！"温弦顿时眼瞳一缩，她的脑袋仿佛轰的一声，炸了。

那女生颤抖着，只觉得脖子一凉，顿时吓得快晕过去了，艰难地蹦出了个药名。

女生一说完，温弦直接狠狠地怒骂了一声，一下把她推了出去，连忙去找李在君。

温弦刚才让李在君去洗手间躲起来，她是不是已经进去了？

温弦迅速离开的时候，酒吧里的保安听到有人举报打架，这才赶过来。

而温弦来到女洗手间，直接一扇扇门推开，急切地大喊着：“李在君！李在君？”

隔间的门被推开，里面除了马桶，其他什么都没有。

一连几个隔间都是如此，她来到最后一个隔间前敲门的时候，里面传来其他女人的声音。

温弦顿时忍不住了，气得一脚狠狠地踹在了铁皮垃圾桶上，脸色难看极了。

她人呢？不是让她去洗手间里躲起来等着吗？！

温弦实在是没办法了，找不到人，心底的预感越来越不好，最后决定去找酒吧保安调监控。

李在君可不能有事，千万不能！只是，在这种地方，她一个意识不清的女孩子，很容易被坏人盯上……

就在温弦急忙去调监控的时候，一个身影在拥挤的人群中与她擦肩而过。

身材修长的男人，咬牙捂着手臂往男洗手间的方向走。

而他手下死死捂住的地方，正有鲜血汩汩流出。

真是出师不利，刚才好不容易抓住那人，结果差点儿被狡猾的他逃脱了，自己一个不防备，还被那人用匕首划了一刀。

他推开洗手间的门，脸色阴沉地走了进去。

好在陆枭将那个人抓住并制服，否则他就白受伤了。

他打开水龙头，冲洗着流到手掌上的血迹，伤口有些长，却不是很深，但鲜血依然流了不少。

他卷起袖子，修长的手指利落地去处理伤口。

镜子里的男子，乌黑的短发，眼眸略长，眉宇间透着一股淡淡的痞气，正是和陆枭一起来抓人的沈霖。

那个幕后之人今夜下班后，来这里消遣，沈霖打听到后，立刻通知了陆枭。

一切都进行得很顺利，都在计划之中，除了这意外的一刀。

而这时，洗手间又有男人进来了。

那男人喝了酒，脚步有些许虚浮，当他蓦地推开一扇门的时候，顿时发现里面有个昏迷的女孩。

短发女孩正昏迷着，偏着脑袋，洗手间的灯光照射在她白净的脖子上、带着红晕的脸颊上，顿时让打开门的男人看得直了眼睛，随后眼底逐渐流露出猥琐的光，整个人都清醒了些，赶紧进去就要关上门。

虽然在酒吧里经常能看到喝醉的女人，但眼前这个，脸蛋真好看。

就在他迫不及待要关上门的时候，蓦地，他发现这门竟然关不上，好像被什么东西抵住了。就在他皱眉，想再用力关门的时候……

砰！

门竟直接被人踹开了，直接拍在了他的头上，顿时让他直接后退几步，撞在了墙壁上。

“是谁！想找死吗！”

被人如此粗暴地打断好事，他骤然恼怒地看向门外。

只见隔间门口站着一个穿着黑色夹克衫的男人，此刻正一眨不眨地盯着他。

沈霖嘴角微勾，就那么盯着他，似笑非笑，倏然来了句：“哥们儿，这可是个小女孩啊。”

他一听，脸色青了又白，白了又青，恼怒道：“关你屁事！少多管闲事，这是我先看到的。”说着，他粗鲁地一把扯起地上的短发女孩子的手臂，要离开这里。

可沈霖堵在那儿一动不动，他扫了一眼女孩子被凌乱的发掩住的脸颊，隐隐觉得有些熟悉，可眼下又来不及多想。

只是，再看向那个男人的时候，沈霖嘴角的弧度越发大了些，随后低低地笑了起来。

那男人被他笑得有些毛了，顿时恼羞成怒，一拳冲着他的面门打了过去。

还不等碰到沈霖，男人倏然发出一声惨叫，随后立刻丢开手中的女孩，伸手捂着小腹，脸色铁青，身体扭曲地缓缓跪了下去。

沈霖收回穿着皮鞋的脚。在男人松开女孩的瞬间，女孩子的身子顿时不受控制地向前跌倒。

沈霖顺势一接，直接将昏迷的女孩轻轻揽在了怀里。

落入怀里的身子单薄、柔软，乌黑的短发十分顺滑，露出的耳朵小巧白皙，脸颊上和耳根上有一层薄薄的绯红。

女孩子看着干净、清秀，沈霖看着，都怀疑她未成年。

沈霖没有多想，闻着她身上浓重的酒气，只觉得她八成是喝醉了。

另一只手臂还受伤的他，干脆把小姑娘一把抱了起来，扛在肩上离开。

李在君不知自己趴在了谁的肩膀上，只觉得整个人摇摇晃晃的，让她的头更加眩晕了，胃里也很不适，好想吐。

她的手开始下意识地推着他的肩膀，唇齿间喃喃着："不、不要碰我，离我远点儿……"

好难受。

她意识模糊，身体也开始变烫，仿佛有小虫子在身体里爬来爬去、啃噬，让她难受极了。那种感觉极为陌生，前所未有。

沈霖推开洗手间的门直接往外走的时候，肩膀上的女孩子却挣扎得越来越厉害，引得身边不断有人将视线投过来。

他无奈，干脆一巴掌拍在了她的小屁股上，一脸生气地故意骂道："叫你不好好上学，跑来这种地方瞎混，看我回家怎么收拾你！"

周围有人听见这话，这才收回视线，毕竟那个一米八几的大男人，肩膀上扛着个身材娇小的女孩子，就跟家长来这里抓人似的。

而迷迷糊糊的李在君屁股上被打，又听到这种训斥，顿时内心里产生了难以言状的莫大的委屈。

她呜的一声，趴在他的肩膀上哭了起来，小肩膀一抽一抽的，眼泪都浸湿了他肩膀处的衣衫。

沈霖感受着被打湿的衣衫，她微微轻颤的身子，他倏然轻嗤一声，无可奈何地摇了摇头。

从哪里冒出来的小丫头，就这点儿胆量，还敢来这种地方。如果他今天不把她从这个地方带走，那她就死定了，丢了小命都有可能。

来这里玩的都是什么人啊！那些男人一个个都藏着歪心思，可她倒好，竟然跑进男洗手间的隔间里，这不是把自己送进狼窝吗？

他要是不把她带走，对一个女孩子来说，将面对的会是想象不到的恐怖后果。

他一出酒吧，顿时冬日的寒冷就侵袭过来，肩上的女孩子禁不住缩了起来，紧紧地搂住了他的脖子。

“小东西力气还不小，想把我勒断气吗！”

沈霖松了松她的手腕，深吸了一口气，这才冲着自己的豪华宾利走去。

北京的夜里，寒风凛冽。

身材修长的男人就那么肩膀上扛着细胳膊细腿的小丫头，沿着马路走。路边车水马龙，川流不息，昏黄的灯光映着他的脸。

北京很大，两千多万人，大部分人可能一辈子也碰不到一起。可此时此刻，繁华的大都市里，他和她在一起，虽然是他扛着她。

沈霖的车子就停泊在旁边，一两分钟，他就走到了。他直接打开后座的车门，将这个醉醺醺、不省人事的小丫头小心地放了进去，随后才绕过车头，自己坐上了驾驶座。

他刚一上车，手机就响了起来。

他启动车子，扫了一眼在后车座上缩成一团的小丫头，不动声色地打开了空调，这才接听了电话。

“喂，现在情况怎么样？问出来了吗？”沈霖扯了扯自己的领带，问道。

电话那头的人正是陆枭。

陆枭来的时候带了手铐，在他们确认目标之后，就立刻出动了，如今他应该把那人带到了一间仓库里。

这是沈霖给陆枭提供的地方，毕竟他做生意，手底下的仓库多的是，现在专门找一间腾出来，让陆枭解决那些棘手的问题。

“这小子嘴硬，不让他尝点儿厉害的，他是不会说的。你先回去，人多容易引起注意。”

陆枭低沉的声音传来，他现在就要从这个小子口中得知，是谁让其打款五十万元给那个姓吴的人的妹妹。因为，给钱的人，可能就是幕后的主谋。

沈霖听陆枭这么说，这才放心道：“行，你有什么事情，第一时间通知我，我会立刻赶来。”

如今他虽然已经从商，但到底是经受过军校里严苛教育的人，他的骨子里还是有一股正义之气的，更别提现在还是在帮他最好的哥们儿。

挂断电话后，沈霖这才放下手刹，一脚油门踩了下去。

车子从停车区离开，迅速地融进车河之中。

他的车子往市中心开去。他在北京有一套价值不菲的豪华公寓，平时只有他一个人住，就连他的那些所谓的女朋友都不能在他家里过夜。因为他不喜欢自己的生活被人打乱。

开了一半的路后，他突然听到后面车座那里传来了女孩子难以忍耐的哼哼声。

他的身躯微微一僵，这才蓦然意识到，自己开往的是自己公寓所在的方向。

看着前面出现的十字路口，他准备拐个弯，去附近的酒店。不过，这时，身后又传来了她低低的、难以忍耐的声音。

他受伤的手臂抬起，将车内后视镜调整了下，让自己能看到后面。

岂料，他这一看，顿时愣住了。

只见在后面车座上的她脸颊绯红，正在撕扯着自己的衣服。

看到这一幕的沈霖，眼瞳微微一缩。

原本准备拐个弯去酒店的他，硬是错过了变道的机会，只能直直地往前开了。

过了红绿灯后，他再看向那个小丫头，脸色严肃了些。

到底是什么情况？

他以为她只是喝醉了，可如今看来，似乎不是他想的那么简单，于是心底隐隐生出了一种不太好的预感。

眼看着她在后面折腾着，他顿时收回了视线。

目视前方时，他心底无奈至极，看来只能先将她带回自己的家里了。

十几分钟后，车子停在了地下停车场。

沈霖打开车门前，先将自己的夹克衫脱了下来，随后再次深吸了一口气，打开车门……

只是，哪怕是有所准备，看到这一幕，他还是不禁屏住了呼吸。

她真的像只小野猫，快把他的真皮座椅给抓破了。

沈霖迅速用夹克衫裹住她的身子，把她紧紧地搂在怀里，不让她动弹，锁了车子之后，往电梯走去。

这短短的几分钟路程，竟如此漫长，沈霖躲避不及，脖子上被她抓伤了几道。

他脸色都有些阴沉了，咬牙低低咒骂着，却又拿她一点儿办法都没有。

这究竟是什么孽缘，如果不管她，他一身轻。可他到底是见不得好好的一个女孩子被人糟蹋。

所以……现在“被糟蹋”的就是他。

李在君只觉得自己身体里仿佛有火在烧，让她呼吸都变得滚烫，难受得不行，她隐约知道自己身边有一个男人。

“该死，真是见鬼了。”

沈霖的手穿过碎发，在房间里来回踱步。

最后，他干脆抱着她往浴室走去。

还能怎么办，只能给她物理降温……

翌日。

李在君被刺眼的光晃了下，缓缓睁开眼的时候，只觉得自己身体酸痛难忍，脑袋也晕晕沉沉的。

她甩了甩脑袋，半撑着身子坐起来。

然而，她坐起来后，才发现自己身上穿着的衣服松松垮垮，赫然是男人的衣服。

她反应过来什么的时候，瞬间瞪大了眼睛。等下，这是怎么回事，她身上怎么会穿着男人的衣服？

并且……当她的手缓缓拉开那松垮的T恤，看到里面时，顿时——

“啊！”

女孩子的尖叫声骤然在房间里响起。

看到T恤里面什么都没穿，她的尖叫彻底打破了这间房子的平静。

李在君小脸惨白，麻木感从指尖一点儿一点儿地弥漫开来，她脑子里嗡的一声，整个人都有些崩溃了。

她不得不去多想。

昨夜破碎的画面和模糊的记忆逐渐涌上来，那些失去意识前的一幕幕，似乎都是如此糟糕、凌乱、不堪。

所以，她身上发生了什么……

不。

不会是那样的。

她的手指轻颤着，缓缓拉开了被子。

还没有来得及看向自己的腿，突然她被白色床单上一抹醒目的红色给吸引了目光。

她眼瞳骤然一缩，看着那床单上的一抹红色，一口气没上来，脸上瞬间血色全无，浓密的睫毛都在微微地颤抖。

如果说……之前自己还抱有一丝希望的话，可此时看到这一幕，她心里残存的那点儿希望彻底破灭了。

她死死地攥着被子，纤细的手指都绷得很紧，指节隐隐泛白。她短发凌乱，清秀漂亮的大眼睛里，有眼泪在打转。

她咬住唇瓣，整个人都陷入某种绝望之中。

她知道昨晚她嫂子来救她了，可是再后来，她跌跌撞撞离开了后就不知道自己跑到了哪里。她只隐约记得，她身边似乎一直有个男人。

那男人是谁？

李在君的眼泪还是忍不住扑簌簌地落了下来。她以为昨天经历了被朋友下套，差点儿被那个浑蛋前男友糟蹋这种事情已经很糟糕了，可她没想到，后面还有更糟糕的事情等着她。

她的清白就这样被一个陌生的男人夺走了。

她根本记不清昨晚到底发生了什么，但是现在眼前的画面证明了一切。

她倔强地死死咬着唇瓣，手背抵住眼睛去抹泪。

同一时刻，房间的浴室里，盥洗池边上摆放着一个药箱，里面纱布、碘酒等等，应有尽有。

男子修长的手臂上，有一处被划开了一道口子。

虽然昨天已经处理过了，但他昨天一晚上为了照顾女孩，折腾得鲜血又渗了出来，就连床单上都沾染了些许。

她太不安分。

沈霖手上利落地给自己包扎着，都收拾好后，才捏了捏有些疲乏的眉心，打开门走了出去。

咔嗒……

伴随着门被打开的一声响，正在下床的李在君顿时僵住了身子。

她缓缓抬眸，看着从浴室里走出来、身上穿着一件白色睡袍的男人。

他赤着脚，脖子上还挂着一条烟灰色的毛巾，而他的碎发还有些湿漉漉的，显然是刚洗过澡的样子。

沈霖出来后，一眼就看见了正要下床的小丫头，瞬间二人视线相撞。

下一秒，卧室里再一次爆发出女孩子的尖叫声……

远离这一带的区域，在一座四合院里。

温弦一夜没睡，东厢房的房门一开，陆枭的身影出现后，她连忙起身，急切地问："怎么样了，有她的消息了吗？"这话一出，他的神色也有点儿复杂。

他没有想到，一个看似普通的夜里，竟然发生了那么多的事情。

他昨夜审问完那个男人，半夜才回来，结果回来后，就看见温弦一直没有睡。

仔细了解了经过之后，他才发现李在君那个小丫头失踪了。

"我已经找人去查昨晚的交通记录了，如果在附近的车里发现了她的身影，会第一时间告诉我。"

昨夜刚好酒吧里的监控系统出现了问题，在维修中，所以监控不起作用，只能看酒吧外面的交通监控，才能发现她的踪迹。

温弦又是一阵沉默，情绪低落，胸口闷得慌，有些难以喘息。

如果李在君发生了什么，那可怎么办？已经一夜过去了。

陆枭轻轻抚了抚她的发丝，低声道："这不怪你，你也只是一个女人，也帮她收拾了那帮坏人，这些本不该由你插手的，你已经做得很好了，不要再多想。"

温弦紧紧地抓住他的袖子，呼吸都有些紊乱，埋头在他的怀里，情绪有些崩溃。她真的有在责怪自己，最后还是没能找到李在君。

就在这时，庭院里突然传来了一些动静，陆枭敏锐地察觉到，顿时透过窗户看了过去。

这一看，只见一个小小的人影出现在了视线之中，他的眼眸倏然睁大，那不是失踪一夜的李在君，还能是谁！

"温弦，她回来了！"

说着，他立刻冲了出去，温弦内心一颤，急忙跟着出去了。

李在君刚进院子没走几步，就看见从东厢房冲出来的两个身影，正急切而认真地看着她。

她内心里涌上难以言喻的复杂情绪，睫毛颤了颤，小脸都苍白了几分。看着他们担心的样子，她嘴角有些牵强地扯了下，随后就低头匆匆往自己的房间走去。

陆枭刚要上前，温弦就拉住了他，摇了摇头，随后还是她自己跟了上去。

看李在君的样子，昨天很可能发生了不好的事情。这种事，她一个人处理不好，也不是对谁都能说出口。

李在君进去的时候，顺手要关上门，温弦抵住，柔声问："我可以进来吗？"

李在君犹豫了一下，还是轻轻点了点头。

温弦听李在君说了昨夜的事情后，整个人都绷得更紧了。

"我早上起来的时候，床单上有血，我应该……"说到这，她似乎有些难堪，说不下去了。

她哽咽了一下，又道："另外，我手臂上有针眼，我怀疑……"

李在君说着这一切，眼眶里隐隐有水珠要掉下来。

那个男人虽然看着人模狗样的，做了事还想狡辩，但她又不傻。她狠狠踹了他一脚，才跑出来的。

温弦的手指忍不住揪扯着头发，头皮发麻。

在地上走来走去，最后她深吸了一口气，认真地道："我们先去医院吧，后面再选择要不要报警。"

李在君却小脸一白："我，我不想让别人知道。"尤其是姑姑、姑父……

温弦走到她面前，看着她似乎越发尖的小下巴，摸了摸她的头发："放心，除了我和你哥知道这件事，你身边的人中再不会有人知道的。"

温弦明白李在君内心的想法，可她也不能放过昨夜那个坏人。

温弦出去后，将这件事和陆枭说了。他听了勃然大怒，浑身都透着阴沉的戾气，很想要将那个人千刀万剐。

就在这个时候，陆枭接到了交通局一个朋友的电话，说找到了监控记录，李在君昨夜是被一个男人带走的。

陆枭本来怒不可遏，竭力地压制着怒火，可当他亲眼看到那朋友发来的视频时，怔住了。

因为他一眼就认出来了，将她带走的男人是谁，他真是做梦都想不到，竟然会是……沈霖！

怎么会是他？

他昨夜一开始明明和自己一起去抓了那个坏人，后来他受伤，两人分开，就是在这段时间，他带走了李在君？

陆枭的脑海里迅速地将这一切画面连接起来。

看到沈霖的时候，陆枭的内心是难以置信的。

陆枭知道沈霖风流，但他不下流，并且绝对不会乘人之危，对一个女孩子做出那种事。

陆枭整个人陷入深深的沉思之中。温弦看他那般，顿时蹙眉问："什么情况？"

她怎么觉得陆枭的脸色有些不太对劲？

果然，陆枭再开口的时候，眼眸幽深了几分，沉声道："事情或许有出入，你先让她好好休息，我出去一趟。"

他要好好问问沈霖！

温弦蒙了，有出入？难道事情不是李在君所说的那样？

陆枭的胸膛明显地起伏了下，再看向她的时候，轻抚着她的发，低头在她的眉眼间落下一吻，声音缓和了些："没事的，你一夜没睡，好好休息，等我回来。"

其实，他这次回北京，是想跟她把关系彻底定下来。

怎么定下来？自然是去把证领了。可是他没想到，在北京依然有棘手的事情等着他去处理。

陆枭说完就离开了，温弦自己回到房间里待了一会儿。

虽然很疲乏，但她怎么都睡不着，这时她收到了玲姐发来的信息，说今天有戏要赶一下，让她去剧组。

温弦干脆起身准备去剧组，走之前还特意去李在君的房间看了一下，见她躺在床上睡着了，这才给她掩了下被角，离开。

一切都会好的，会没事的。

第九章

忠于国家忠于你

一辆车子疾驰在路上，抵达目的地后，戴着蓝牙耳机的陆枭嘴里蹦出了几个字：“在那儿等着我。”说罢，他便挂断了电话。

沈霖今天没有去公司，手臂受伤，做什么都不太方便，所以干脆在自己的公寓里拿着电话处理文件。

陆枭打电话说要过来的时候，沈霖还以为是他追查那人的事情有进展了。

门铃声响起，沈霖从书房起身去开门。

他的公寓是个大平层，书房、健身房等，应有尽有，公寓的风格也是黑白灰的简约风。

陆枭站在门外，冷峻的容颜非常严肃，眉头微蹙，唇瓣轻抿。

沈霖是他的好兄弟，倘若沈霖真的做出什么伤害他表妹的事情，那也就不能怪他手下无情了。

但他还是在努力说服自己——沈霖不会那么做。

眼下，门倏然被人从里面打开。沈霖在家里工作，没穿正装，整个人比较随意，穿着睡袍，系带系在腰间。

他一看见陆枭，顿时嘴角轻扯了下，大门敞开，自己转身先走回去：“你随意。怎么样，那人都招了吗？”

陆枭一进来后就紧紧地盯着沈霖，随后又开始环顾他公寓里的每一处，似乎想看看有没有什么可疑的地方。

陆枭没有回答沈霖的问题，而是沉声淡淡地来了句：“昨晚你后来又去了哪里？”

沈霖从酒柜上取下一瓶酒，嘣的一声，开瓶，哗啦啦地往杯子里倒酒。

倒了两杯，他走过来的时候，将一杯递给陆枭：“那么严肃干什么？喝一杯，昨晚我都受伤了，还能去哪里，当然是回家了。”说罢，他先轻抿了一口。

冰凉的液体瞬间让他清醒，不禁活动了下浑身的筋骨。

昨天回家是回家了，不过其间发生了一些意外罢了。

捡了一个麻烦，折腾死他了，早上他跟她解释的时候，还被狠踹了一脚。要不是他身手敏捷的话，估计都要被她踹坏了。

陆枭接过酒，仔细地盯着沈霖，问：“昨夜你跟谁在一起？”

这话够直接了，他也没想跟沈霖绕弯子。

沈霖一听，却笑了，调侃道：“不是吧，我们的陆大队长什么时候来了心思过问我的私人生活？”他说着，手指蹭了蹭鼻尖，半真半假地来了句，“还能干什么，你知道，我从来不缺女人。”

他昨晚的确是跟女人在一起，就是那个看起来像未成年的小丫头，他没对她做什么过分的事，反而跟个老妈子似的辛苦伺候了她一夜。

陆枭周身的气息骤然冷了些，目光都变得有些许凛冽，他的手不禁握紧了杯子：“你们昨晚发生了什么？”

沈霖隐隐觉得哪里有些不太对劲，只觉得陆枭过于关注他的隐私。只是他像个老妈子一样的经历，哪里值得谈论？

于是，他随口来了句：“孤男寡女的，还能干什么，当然是做该做的事。”

岂料，这话一落，一个酒杯瞬间直接冲着他砸了过来。

沈霖出于条件反射，迅速避开，酒杯直接砸在了旁边的桌子上，瞬间摔得粉碎。

沈霖反应过来后，视线唰地一下就投向了他，眼底满是错愕：“你，你这是干什么？”

可陆枭哪里还会再给他机会，面色阴沉地直接拎起手边一张凳子就冲着他砸了过去。

沈霖在公寓里狼狈地逃窜着，不断地大喊着：“喂！你有话说清楚，干什么动手！”

陆枭怒骂：“你昨晚带走的人是我妹妹！她被人下药了，你把她领走了是不是！监控都拍了下来，你别想撒谎！”

沈霖一听这话，瞬间整个人就蒙了，简直难以置信。

这是什么情况！

“你说什么，你说那个泼辣的短发女孩子是你妹？”

沈霖和陆枭是上大学时认识的，基本没从他口中听说过，他还有个妹妹，还是后来去他家里的时候，偶然听陆父陆母提起过，但印象中没怎么见过面。

陆枭怒不可遏：“她不是那种随便的女人，你若是真的对她做了那种事……”

威胁的话还没说完，沈霖就连忙解释道：“不是……陆枭，你相信我，我昨晚是带她回家了，但我根本就没碰她！”

陆枭冷笑一声：“刚才是谁说做了男女之间该做的事。”

沈霖闻言，简直想抽自己一巴掌了。

这破嘴，说什么胡话。

沈霖躲在沙发后面，深吸了一口气，认真道："我发誓，我真的没有碰她，我照顾了她一晚上，再说，她根本不是我喜欢的类型好不好！"他眼里有着满满的求生欲。

陆枭死死地盯着他。

沈霖又连忙认真地道："如果我真的那样做了，又和害她的人有什么区别！"

陆枭这才竭力让自己的怒火平息下来，冷冷地问："床单上的血是怎么回事？"

沈霖简直想撞墙了。

他一只手插入碎发中，无可至极地道："我若是知道你今天是来揍我的，我昨晚就不救她了！那血不是她的，那是我的。我昨天和你去抓那小子，被他在我手臂上来了一刀，你忘了吗。再说，是她一直在折腾我，根本不消停，我只能给她吃了点儿助眠药。"

陆枭这才走到吧台前，给自己倒了一杯酒，仰头喝尽，随后扫了一眼公寓里的一片狼藉，也没道歉，只是淡淡地来了句："自己收拾吧。"

沈霖：孽缘，绝对是孽缘！

还好昨夜没真的对她做什么，不然，陆枭不得把他和他的家都给拆了。

陆枭得知所有事情的真相后，便第一时间告诉了温弦，好让她放下心来，毕竟她一直在自责。

温弦收到这个消息，听他解释完一切后，心上压着的一块巨石顿时消失了，嘴角勾起，只觉得这简直是不幸中的万幸。

她也没想到，带走在君的竟然是他的朋友。

果然，和陆枭成为兄弟的人，人品也差不到哪里去，还是有自己的原则的。

陆枭发信息说晚上要来接她。

可偏偏这个时候导演让她去准备拍戏了，手机已经交给了玲姐，她没有看到这条信息。

下午陆枭去了仓库。

仓库大门一开，里面有个人正坐在椅子上把玩着打火机抽烟，他一看见陆枭，立刻从椅子上站起来："陆队！"

陆枭扫了他一眼，接着视线落在了他对面那个被捆绑在椅子上的男人身上。

这小子已经被揍得鼻青脸肿，正是给姓吴的那个男人的妹妹打钱的人。

陆枭问："现在是什么情况，问出来一些东西了吗？"

"问出来了一些，这小子嘴硬，估计是收了不少好处费。据他说，让他干这事的是北京一家上市公司的总裁助理，但这种犯法的事怎么会是一个助理敢做的，肯定是那个助理背后的总裁干的。"说着，他这才将关键的信息说出来，"好像是个新能源公司，公司的负责人姓李。他说，其他的事情，他也就不知道了。"

眼下说话的人叫陈海，是曾经服过兵役的人，后来没有回老家，留在了北京，给陆枭的父亲当保镖。

这番话落下，陆枭的眉头微蹙。

他盯着那被打得鼻青脸肿的小子，随后对陈海蹦出几个字："把桶里的水接满。"

"是。"

陈海立刻走到仓库里的水龙头处，拿起长长的蓄水管开始放水。

那被捆绑在椅子的男人却死死地盯着陆枭，腮帮子还肿得很高，一副"死猪不怕开水烫"的倔强模样。

陆枭也不废话，站在那儿低头默默地抽了根烟，等水接得差不多的时候，直接走过去抓住他的头发。

在他惊恐的哀号中，陆枭松开了绳子，直接摁着他的脑袋扎进桶内，水顿时没过他的脖子，冬日的水，冰凉刺骨。

那男人顿时拼命地挣扎着，水里不断冒出气泡。

陆枭算着时间，再将他从桶内揪着头发扯起来的时候，他剧烈地咳嗽着，浑身都在发抖，脸色发紫。

可身边的男人微微俯身，一口烟徐徐地吐出，喷了他满面。

陆枭再开口时，声音依然淡淡的，却每一个字里都透着浓浓的威胁："嗯？那是个什么公司，负责人是谁？"

那人浑身战栗着，彻底意识到，陆枭真的是一个狠角色，冻得发颤地将一切和盘托出。

随后，陈海看向了陆枭。

“陆队。”

陆枭脸色冷肃，眼眸幽深难测，让人难以洞悉他脑中所想。

其实他早就猜到幕后的人是纵横商场的，只是在确认后，心底还是忍不住咒骂一声——败类。

他一把放开了那个男人，淡淡地蹦出了几个字：“把他放了吧。”这话落下后，他就转身要走。

那个男人却想要阻止他似的，不小心摔倒在地。他伸着脖子艰难地喘息着道：“求你，能不能别说是我说的！”

陆枭脚步停了下，却没有回头。

随后，他继续走，身后的那人却有些惶恐地大喊着：“那男人是魔鬼，他会杀了我，会杀了我的！”

陆枭没回应。

不管他说不说，做了丧尽天良之事的人，早晚都会遭到报应。

风卷云涌。

晚上，因为他们回来得比较晚了，在君已早早地睡了，所以温弦也没有去打扰她。

因为她知道这丫头其实一切都还好，也就算放心了。

晚上吃了点儿东西后，她就准备洗漱了。

陆枭已经洗好了，换了睡衣靠坐在床头，只是不知是谁打来的电话，他这次没出去，在房间里接的电话。

打电话的人大抵是管辖队那边的人。

陆枭在询问着那边的状况，看看有没有什么棘手的事情，另外，又询问了下扎西阿妈的情况。

陆枭走之前，她突发脑出血，现在他得知人一切都好后，也算是在这边安心了一些。

现在是冬季，青海处于天寒地冻之中，发生的事故通常情况下会比其他季节少一些。

因为这种天气，大多数当地人不会跑到林子里去，来旅游的人也少，没有人乱跑就没有太多问题。只是，一旦发生点儿什么，救援难度也会很大。

温弦刚洗好，围着浴巾出来，看陆枭在认真地打电话，看了她一眼便移开了目光。

她眼眸微微闪烁了下，直接走到床的另外一侧，缓缓上了床，还有些潮湿的长发散落下来，妩媚地半卷着，贴着她白嫩的脸颊。

她凑过去，靠在他的肩膀上，细白的手指落在他的腿上。

陆枭还在打电话，语气认真地说着什么，可她越是看着他这般样子，心底就越是忍不住有些痒，想看他……为她上头的样子。

于是，她的指尖在缓慢地游走着。

只是，这一次，不是在餐厅里有那么多人的时候了，面对她的举动，他没有阻拦，而是继续在电话里说着什么，视线落在她的一举一动上，随后又移开。

温弦的嘴角微微挑起，看着自己似乎不能把他如何的样子，干脆……

"桑年，你把我刚才跟你说的话转达给——"陆枭话说了一半，蓦然就卡住了。

他们老大突然就没了声音，电话那头的桑年顿时蒙了："喂，老大，怎么没声了，让我把那些话转达给谁？"

桑年也不知道他们老大是怎么回事，难不成信号不好，怎么没了声。

只是，他刚刚这么想，就从电话听筒里听到了男人的呼吸声，还有些粗重？

桑年不明所以："老大？"

他又叫了两声。

过了片刻后，他只听电话那边的队长深吸了一口气，随后终于继续开口道："没事，转达给你噶卓叔，我还有事，就先挂了。"

"欸，等等，老大，老大……"桑年还想说什么，却不等他问完，那边竟然就挂断了电话。

远在青海的桑年看着手中的手机，无奈地摇了摇头。他还想问问，老大什么时候回来，老大和弦姐的事情怎么样了。

眼看着快过年了，也不知道他们有没有决定在哪里过年。

不过，这大晚上的，难道还能出了什么事吗，他们老大怎么那么急着挂电话？

说最后那句话时，老大的声音似乎还有些……哑？

第十章

爱有很多种，坚定最温柔

东城区的街道上，车辆来来往往。

周末人极多，沈霖很费劲才找到停车位。

陆枭已经在巷口等着他了，看见他后，两人这才往里面走。

沈霖拿出一份资料递给陆枭："我知道你不想我插手，但你的担心，我觉得有些多余。北京商圈，我熟得很，不会被人发现。"他说的是事实，再说他们是兄弟，讲其他的，就太见外了。

陆枭也不多言，拿过资料后打开一看，里面都是有关那个幕后黑手的信息，从个人到公司从事的业务范围都有。不过，这公司经营的业务，基本是能摆在明面上的。

眼下，沈霖光顾着和陆枭谈事了，等走到四合院门口的时候，才猛然定住了脚步。他一只手把在了门框上，瞪圆了眼睛看着陆枭，突然就结结巴巴地问："等，等下，今天是周几？"

学生应该都去上学了吧，不在家吧……

陆枭收好资料，看了他一眼："周末，怎么了？"

沈霖一手扶额，揉了揉眉心，无语地问："你妹在家吗？"

陆枭扫了一眼从游廊往正厅走的身影，正是温弦。

陆大队长的眼里只有自己媳妇儿，他道："不知道。"

沈霖正想着还是不进去了，这会儿胡同里几道身影出现了。

陆母跟邻居姐妹们买完菜回来，此时冷不丁看见门口这两人，顿时眉眼弯弯。

"哎呀，小沈来了，快进来，刚好阿姨今天买了好多吃的，你看看想吃什么，阿姨给你做。"

邻居家的几个姐妹看见这两个帅气的小伙子，一个个眼里直放光。

沈霖面对如此热情的陆母，一时间进也不是，不进也不是。

一向嘴巴抹了蜜的沈大少爷第一次这么尴尬、为难。

而陆母身边的邻居看着两人，上上下下打量了一番，笑眯眯地道："陆姐，这两个小伙子可真好看，太俊了，有没有女朋友啊，我表哥家有一个女儿……"

"欸、欸、欸，你们快打住，我儿子和小沈都有女朋友了，我家的那可都成儿媳妇了，你们就别惦记了。"

说话的那个姐妹闻言，顿时不以为意地笑笑，道："可得了吧，我说陆姐，这话你可都说八百遍了，但是人呢？我们可连个人影都没见到！”

“就是，就是，陆姐，你还说你孙子都快有了呢，天天在这儿骗我们，儿媳妇长啥样，真有的话，你给我们瞧瞧。”

邻居家的几个姐妹说着，一个个越发来劲了。

毕竟这两个小伙子的条件都这么好，谁不想给自家亲戚朋友介绍介绍。

陆母一听，顿时无奈地叹息了一声：“我说你们怎么那么八卦啊，我儿媳妇就在我家里住着呢，只不过，我都说了，不方便让我家儿媳妇见你们。她的身份比较特殊，不能露面。”

她的这些姐妹可都跟她一样，都是温弦的“阿姨粉”，只不过她现在真的成“妈妈粉”了而已。

她知道这些姐妹一个比一个八卦，如果让她们知道了，那还得了，肯定会给传开的。

小弦现在对媒体还没有公开这个事，虽然陆母不太懂娱乐圈的那些规矩，但也知道曝光后，可能对她会有影响。

那些姐妹一听这话，顿时不乐意了：“陆姐，你这可就不够意思了，你儿媳妇到底是谁，难不成还是哪个大明星，还偷偷摸摸的，不让说出去。”

陆枭沉默了下，沈霖的眼角也隐隐有些抽动。

猜得还挺准。

陆母真是要被她们缠死了，她深吸了一口气，咬牙道：“真是拿你们没办法，就是大明星行了吧，还是温弦呢。这回你们可满意了吧。行了，你们现在知道了，就赶紧回去做饭吧。”说着，她就要轰走她们。

“欸、欸，你这么敷衍我们这帮姐妹有意思吗，大明星就算了，还温弦呢，撒谎都不会撒，当我们都是傻瓜吗。要真是温弦，你把她叫出来给我看看。”一个姐妹对着大门道。

“是啊，是啊，之前也不知道是谁说想要她的签名，如果是你儿媳妇，你怎么还没有她的签名？”另外一个也不甘示弱。

素来温婉的陆母被气得脸一阵红一阵白的，不堪一“激”，微颤着手指，道：“如果，如果真的是她怎么办？”

家里孙女都会打酱油的邻居姐妹立刻道：“以后打麻将，我再也不赢你的钱了！”

另一个姐妹道："我请我们姐妹团去莫斯科大剧院看歌剧！"

还有一个姐妹一时间想不起来要怎么说，想着反正也不可能，干脆扬言道："还有我，你要是能让人家温弦从这个门里迈出来，你让我做什么都……"

"欸？大家在说什么，谁在叫我的名字？"

伴随着一道温柔、疑惑的声音，一个纤细高挑、美艳又温柔的人儿出现在门口。

那个姐妹剩下的话就那么堵在了嗓子眼里，卡得她没了声音，目瞪口呆。

不光是她，在温弦出现的那一刻，几个叽叽喳喳，还有些聒噪的女人瞬间就沉默下来，一个个瞪圆了眼睛，难以置信地盯着温弦。

陆母也傻眼了，因为她没想让她们见到温弦的。

在那些姐妹眼中，总是出现在电视上的国民女神，此刻就这么站在陆家的四合院门口。

温弦穿着一件高领的森系打底衫，米白色的宽松针织外套，下面是一条墨绿色的百褶裙，脚上还穿着一双棉拖鞋，微卷的长发随意地散落下来，看着随性、温柔、美丽，要多迷人，有多迷人。

不知怎的，陆枭看着自己妈妈那几个朋友的眼神，似乎突然就有了一些变化。

果然，下一秒，那几个阿姨就扑了上来："温弦！温弦给阿姨签个名吧，我可是你婆婆最好的闺密了。"

"去、去，我才是！给我签，给我签！我可是你的忠实粉丝！"

陆母赶紧拦住了她们："喂、喂、喂，控制点儿，控制点儿，别激动，别伤到我家儿媳妇了。"

温弦看到这一幕，再看了一眼陆枭，嘴角轻扯，忍不住笑了起来，随后温柔地对她们道："叫什么阿姨啊，明明是姐姐。不急不急的，姐姐们想要签名还是合照，我都可以的。"

陆母一听，顿时哎呀了一声："不行，弦弦，你可别惯着她们。"

然后，她就看见温弦竟不知从哪儿摸出了一支笔，去给她们签名了，顿时有些吃味地道："再说了，我都还没有你的签名呢。"

温弦一听，着实是没忍住，笑了，随后对陆母眨眨眼："我都是您闺女了，想要什么不行。"

这话一出，陆母那边的姐妹们一个个羡慕得不行："太过分了，太过分了，酸死我们得了。"

陆母则是脸上一红，心底美得直冒泡。

陆母的姐妹团跟温弦又是签名又是合照的，气氛热烈，最后才在陆母不客气的催促下离开了。

陆枭和沈霖早已先进了门，毕竟外面已经成了她们女人的天下。

李在君这会儿的确没在家里，沈霖没看见她的身影，舒了一口气，只想着那短发小丫头应该是在学校。

保姆在厨房做饭，陆母也亲自下厨了，温弦去帮忙。

但陆母什么也不让她干，只是跟她说："难得你们都在，君君那丫头明天去学校，今天在家里住最后一晚，这小沈也来了，妈妈就和你陈姨一起多做几个菜。"

陈姨便是家里的保姆阿姨。

温弦听到陆母的话，一下子就想到了什么。

等等……君君，小沈……

顿时，她的脸色有些微妙了。

坏了，她还没有将之前在君经历的那一夜的真相告诉在君呢！谁知道那丫头又跑哪里去了。

倘若在君一回来，撞上沈霖，那岂不是——砰的一声，火星撞地球。

天色越来越黑了，冬日的天空灰蒙蒙的，还透着点儿说不出的蓝，像是水墨画。

到了这个时候，空中飘起了小雪花，随着风轻轻舞动。

李在君收到吃饭的消息回来的时候，雪下得正大。

大地一片白茫茫的，归于沉寂。

她走到门口的时候，呼了一口气，顿时白色的哈气散开。

一推大门进入后，她往正厅走去。

今天家里似乎来客人了，格外热闹，她甚至听见了姑姑的笑声。

她不想扫兴的，之前一直躲着，避开大家，想自己一个人待着，如果今晚还这样的话，姑姑和姑父肯定会起疑的。

走到正厅门口时，李在君摘下帽子，抓了抓自己有些凌乱的碎发，脚上也沾上了一层雪。她稍微跺了两下脚，整理了下衣服，随后推门而入。

姑父、姑姑、嫂子、哥哥，大家都在，除了他们以外，还有一个人——那人背对着她，身躯挺拔。

她的视线匆匆掠过，没有心思去看那个不认识的人。

门一打开，顿时大家的视线纷纷投了过来。

陆母看她回来，顿时嗔怪道："你这丫头跑哪里去了，要开饭了，就差你了。"

温弦看见她过来，顿时帮她把自己身边的椅子拉开，笑着道："先去把外衣脱了，洗个手，过来吃饭。"

李在君将外套脱下，围巾一圈一圈地摘下来，搭在衣架上，半开玩笑地道："你们怎么没有先吃，给我留口饭就行了。"

温弦挑眉："今天陈姨和你姑姑可是专门给你做了好吃的，说你总是在学校食堂里吃，换换口味，吃点儿好的。"

陆母也道："就是，这不是看你这两天没胃口吗，看着那小下巴都尖了很多。"

陆父也不紧不慢地开口："是不是快到期末了，学业紧不紧？"

这一句句话落下，不知怎的，让正在挂衣服的在君有些发愣。

她低着头，额前的发丝微微遮挡住她的眉眼，让她顿时就忍不住用小手攥紧了衣服袖子，小鼻尖也跟着有些酸涩。

其实，他们所有人都很在乎她，一直都是。

可越是这样，她心底就越不是滋味，仿佛带了一分说不出的负罪感。他们一直以为她是个让他们放心的孩子。

可事实上，她跟着朋友去了酒吧那种地方喝酒，结果落入了他们提前设计好的圈套，最后失了清白。

她如何不后悔，如何不害怕。

她真的恨，恨那些伤害她的人。

李在君竭力调整好情绪后，转过身，来到她嫂子的身边准备坐下。

她刚挨着椅子坐下来，下意识地往对面看了一眼，立马收回了目光。

她的身子蓦地僵住了，仿佛浑身的血液都在那一刻彻底凝固。

她刚刚看见了谁……

她再缓缓地抬起头看过去，清晰地看到餐桌对面的那个男人。

李在君的呼吸有些紊乱，艰难地咽了咽口水，而对面的沈霖也同样望着她。

只不过，相对于她的紧张，他则是对她温和地笑了下，整个人还是很坦荡的。

那一晚是他救了她，她也应该知道那一晚他什么都没有对她做，他虽然不是多好的人，但也绝对不是坏人。

可李在君看到他，整个人差点儿崩溃了，小拳头紧紧地攥着，要不是因为姑姑、姑父在这里，她就要直接掀了这张桌子。

温弦察觉到了她的不对劲，看到她的眼睛盯着沈霖，顿时心道不好，正想着怎么把她拉到洗手间，把那件事情说清楚。

这个时候，陆母给在君夹菜，顺便看了一眼她的表情，问道："怎么了，君君，你脸色好像不太好，哪里不舒服吗？"说着，陆母放下筷子，用手背贴了下她的额头。

李在君却低下了头，小手拿起了筷子，竭力克制着自己的手不发颤，低声来了句："没事，可能有些感冒，胃里不太舒服。"

"是不是晚上睡觉踢被子了，你总是这样，睡觉不老实，我给你盛一碗鱼汤驱驱寒。晚上睡前，我给你找点儿药吃。"说着，陆母去盛汤了。

李在君没吱声，一直低着头不说话。

陆父一直没有说话，只是不动声色地看着这一幕，最后视线突然就缓缓地投向了沈霖。

他端起茶杯，望着沈霖，嘴角似带着一抹若有若无的笑，道："小沈，你和你女朋友现在关系可还好？"

李在君的身子又是一僵，似乎被这话再一次震惊了。

她缓缓抬眸看了沈霖一眼，眼底充满了厌恶。她想不明白，这种人怎么会来他们家里。

为什么姑姑、姑父他们都认识他？

陆父的这句话落下后，沈霖低头轻笑了下，无奈地来了句："早就分了，上次来伯父家后没两天就分手了。"

"哦？那么快就分手了？"陆父反问。

沈霖叹息一声，摇摇头，有些失笑道："这也是没办法的事，那会儿不是让我给她买车吗，我车子给她买了以后，她没两天又看上了一套房。我算是看明白了，这女人是看上了我的钱，我干脆给了她一笔分手费，两人就掰了。”

也不能全部怪罪人家，毕竟他没有对她付出自己的真心，对方也不会掏心掏肺地对他。

陆母听他这样说，不得不感叹道：“其实，现在的女孩子也不都是那样，还是你运气不好，碰不到好女孩，不过，分了手也好，以后肯定会遇到好的。”

就在大家感慨的时候，突然听见某人蹦出了两个字：“穷鬼。”

声音不大，甚至可以说是很小，可偏偏就在那格外安静的瞬间响起，所以即使再小声，也显得极为清晰。

那一刻，除了在君，其他人都愣住了，面面相觑。

尤其是沈霖，瞪圆了眼睛，这小丫头说什么，说他是……穷鬼？

他的眼角隐隐抽动，看了看她，又难以置信地看向陆枭。

这是什么情况？

温弦看着沈霖，嘴角牵强地牵起一抹笑，有些许尴尬了。真是一个惊天误会，他们还没有来得及跟在君解释清楚。

沈霖再看向桌子对面那个不紧不慢地低头吃着东西的小丫头，痞帅的脸上神色都变得格外微妙了。

这叫什么事，谁是穷鬼！他可是身价十位数！

陆母以为自己听错了，看沈霖面色都憋得青了，她连忙看向在君，笑呵呵地道：“君君啊，你刚才说什么，我可能年纪大了，没太……”

“没事，姑姑，我刚刚没说什么。”她不想让他们太难做，毕竟他们还不知道这人是个败类。

她抬眸盯着沈霖。

短发小丫头，眉眼干净清秀，黑白分明的眼里映着他的影子。

二人就那么对视着，沈霖本来还挺无语、愤慨的，可就那么望着她，看着她原本偏执、冷漠的眼神逐渐变得隐忍，他心底深处某一个地方就像是被猛地一撞。

那种滋味难以言喻。

这妮子冤枉了他不说，还委屈上了，她凭什么那么看他。

明明生气，但看到她像倔强的小兽一样的眼神，泛红的眼眶，他又无可奈何地心软了下来。

他在心底不断地劝自己，她只是一个还在上学的小丫头片子，自己大她六七岁，跟她一般见识干什么。

陆母再不多想，此时也看出来了，这两人似乎哪里……有些不大对劲。

陆父在饭桌上本就是比较沉默的一个人，大多数时候是听着他妻子和其他人叽叽喳喳。

可眼下，他难得开口，沉声来了句："都先吃饭，如若有什么事情，饭后再说。"

说着，陆父看向了李在君，一只手中还拿着筷子，像是唠家常那般问道："小君，你最近学业忙不忙，和你男朋友处得怎么样了？你们俩也快毕业了，后面有没有什么打算？"

李在君顿时动作一滞。

沈霖则是微微挑眉，轻笑着来了句："陆枭，你妹多大了，我看着怎么像个未成年。"

小丫头竟然都谈恋爱了，他深深地看了她一眼。

还不等陆枭开口，她直接一个犀利的眼神扫了过去："用你管？"

气氛瞬间再次僵住。

陆枭闻言，重重地咳了声，视线投向李在君。

李在君则是深吸了一口气，突然直接放下了筷子，蹦出了句："我吃饱了，你们慢慢吃。"说着，她就直接起身，拉开椅子离开。

温弦见状，也迅速起身，冲着他们微笑了下："我去下洗手间。"她得赶紧跟小在君解释清楚了，否则事情会越闹越大。

她们俩离开后，陆父放下了碗筷，手中的茶杯也稍微有些重地落在了桌子上，茶水轻晃。

"儿子，你就没有什么要说的吗？"

陆母也是微微蹙眉，犹豫再三，看着沈霖，轻扯了下嘴角，笑了笑，道："这丫头今天也不知道是怎么了，脾气那么大，不过也是奇怪了，她平时都不是这样呀。"她这是在试探。

陆枭听他们这么说，只是语气清淡地来了句："别多想，发生了一点儿小误会，很快就会好了。"

他自然不能把事情详细地告诉他们。

陆枭顿了下，又道："她和男朋友分手了，这几天脾气差一点儿也可以理解。”

听到他这样说，陆父和陆母不禁疑惑，就因为这个？

他们的儿子是不会说谎的，只要他说没大事，肯定是没有什么大事。

“原来是这样，我说呢，只是这好端端的，谈了两年，怎么就分了呢。”陆母不知所以，只觉得格外遗憾。

她家君君对她男朋友可还是很上心的。

陆枭淡淡道：“她男友劈腿，这早点儿分开对她是好事，只是，这件事不要在她面前提起了，不然肯定会刺激到她。她也不是个小孩子了，让她自己去慢慢消化。”

他只能这样转移他们的注意力了。

陆父一听她男友竟然劈腿，顿时眉头蹙起：“这个浑蛋，竟然做出这种事！”

陆母也跟着变了脸色，斥责起那个男生来。

就在他们在外面议论纷纷的时候，洗手间内——

李在君的确气得不轻，一时间无法面对他们，万万没想到，这个人竟然是哥哥和嫂子的朋友。

温弦进来后锁好门，看着李在君背对着自己，双拳紧握，不禁走上去将双手落在她的肩上，柔声道：“在君，有件事是我做得不对，没有提前跟你解释清楚。你口中对你做了那些事情的人就是沈霖，是不是？”

李在君缓缓转身，瞬间眼泪就要掉下来了，她有些难以置信：“你们竟然都知道？”

既然知道了，还把他带回家来让她看见……他们怎么能这样做呢？

她睫毛微微颤动着，内心某些被压抑已久的情绪要彻底爆发了一般。

“不，不是你想的那样，你听我说，其实你和他之间是个误会，他根本没有对你做出那种事，他……”

“嫂子，做没做，我是当事人，我还不知道吗。你们不能因为他是你们的朋友，就包庇他的罪行！你这样说，我太失望了……”说到最后，她的眼泪噼里啪啦就掉了下来。

这可是她最崇拜的、最喜欢的嫂子啊。

温弦看她误会那么深，顿时深吸了一口气，握住了她的肩膀，微微咬牙道：

“你说他毁掉了你的清白，你告诉我，你那天的身体有什么感觉？那天的血迹，是他当日和你哥去酒吧抓人的时候，被歹徒划伤了手臂，流出来的血。”

说到最后，温弦又忍不住哼了声，来了句：“他还说呢，不给你吃助眠药的话，他的清白就要被你毁了！”

这长长一番话说完后，李在君完全傻住了，似乎被她的解释彻底震惊了。

这怎么可能呢？事情明明不是另外一个样子吗？

她难以置信地站在那儿，睫毛上还挂着泪珠。好半天，她才反应过来温弦最后说的那句话，她眼角微微抽动，攥紧小拳头，大骂：“他胡说！”

谁差点儿毁掉他的清白，他血口喷人！

温弦叹息一声，在她的鼻尖上轻刮了下：“好了，误会一场。”

温弦跟李在君在里面说了很多。

温弦本是想让她认清楚她还是个黄花大闺女的现实，可她泛红的大眼睛望着温弦：“嫂子，你怎么知道得那么详细，是……是跟我哥吗？”

温弦闻言，难得地红了脸，瞪了她一眼：“废话！”

不是他，还能是谁。

那一夜的经历，温弦现在回忆起来还历历在目。

“哎呀，你问这些干什么，你一会儿出去，可别再对人家冷嘲热讽了。那一天，如果不是他把你救了出来，你可就真的遭罪了。”

“那嫂子你的意思是，我还得谢谢他了……”李在君撇着小嘴，双手纠结地攥着袖子，有些心不甘情不愿地道，心情极为复杂。

正因为她嫂子说的那一切才是事实，她反而莫名觉得更加难堪了，一时间还难以从自己对他的憎恨中走出来，毕竟她骂都骂了人家。

可眼下，两个人不得不出去了。

“好啦，好啦，不给他道歉也行的，毕竟你还是个小孩子，他一个大人会理解的。”

李在君眼眸还泛红着，小嘴却忍不住嘀咕了声：“谁是小孩子呀。”她都是大学生了好不好。

温弦打开门，和她一起出来了，两人看起来一切正常，就像什么都没有发生过似的。

餐桌上，大家看她们回来了，陆母连忙转移了话题，笑眯眯地对李在君道：“君君啊，来，还是多吃点儿，姑姑特意给你和嫂子做的，就你嫂子给我面子。”

这次李在君坐下来后，乖乖地拿起了筷子，夹住了那蟹黄包，小口小口地咬着。

汤汁四溢，唇齿留香。

只是，她完全专注于吃这件事情上，连头都不抬一下，生怕看见谁似的。

陆父看这丫头之前苍白的小脸似乎缓和多了，这才放心一些。

陆母看她有胃口了，一边又给她夹了点儿别的菜，一边干脆笑着试探地问了句：“君君，其实姑姑有件事一直想跟你说啊，你之前那个男朋友家里是外地的，以后没准就不在北京了呢，如果你嫁过去了，我和你姑父该多伤心，我又该怎么跟你妈妈交代，要不你还是好好考虑考虑吧。姑姑身边，还有你哥哥身边，都还有很多不错的选择的。”

这丫头性格一直都是大大咧咧的，似乎对什么都无所谓，但实际上，或许她心底比谁都敏感，比谁都在意。

李在君哪里知道自己的事情已经被她哥透露出去了，看她姑姑这么说，想着家里还有其他人在，顿时支支吾吾道：“我，我男朋友挺好的，对我也很好，我自己的事，姑姑你们就不用操心了。”

桌上一阵安静，其他人心情复杂地盯着她。

陆母心底格外不是滋味，沈霖则眼睛一眨不眨地望着她。

李在君隐隐察觉到不对劲，问：“怎么了，你们怎么这么看着我？”

陆母强忍住心底的酸楚，下一秒，竟啪的一声把筷子拍在了桌子上。

陆母望着她，道：“不行！姑姑从来没有干涉过你的选择，但这一次，你跟那小子分也得分，不分也得分，这不知有多少个男人比那小子强。”说到情绪激动处，陆母突然指着沈霖道，“你看，就拿你沈霖哥哥来说，虽然他……”曾经的女朋友多了点儿？”

陆母似乎突然意识到自己举错例子了。

“算了，当我没说，反正找个北京当地的，不然，你就是不认我这个姑姑了。”陆母不客气地吓唬她。

这说出去的话，又怎么能收得回来。

在陆母某一句话落下后，在君的身子微微僵了下，随后，一侧腮帮子还塞得鼓鼓的她，眼眸似不经意地往对面看了一眼。

她这一看，却发现对面的人刚好看过来。

沈霖看她像个小河豚似的，腮帮子还鼓鼓的，泛红的眼里透着一丝愣怔，内心莫名地颤了下。

可下一秒，他就见她低下了头，含混不清地来了句："才不要他，太老了。"

"噗！"

温弦没忍住。

沈霖郁闷，说谁老呢！他还没到三十岁呢！再说，年纪大是成熟，不是毛头小子，不比她那个劈腿的渣男男朋友强吗？

他虽然曾经女朋友多，但是他有原则。

沈霖深吸一口气，怎么越想越憋屈呢？他救了她不说，被当成变态也就算了，她还当着那么多人的面骂他穷鬼，吐槽他老，他还没有嫌弃她年纪小呢。

他低低地咒骂了一声。随后，他再看向对面低头吃饭的小丫头，神色便是越发复杂。

他看她的身材跟个高中生似的，青涩稚嫩得不行，谁能想到她都已经上大学了。

李在君在那边低头喝汤，突然听对面的男子玩笑般地轻笑着来了句："伯母，您可别调侃我，陆枭的妹妹是挺可爱的，但我喜欢的是那种成熟性感的。"说着，他又摆了摆手，"我们俩是不可能了。"

李在君没有抬头，只是拿着勺子的细白小手有些绷紧，白净的小脸上微微泛起了红色，连带着脖子、耳根都逐渐地红了起来，不知是被气得，还是害羞。

一餐饭终于吃完了，沈霖也快要走了，陆枭这次没送他。

李在君吃完得早，这会儿已经出门去附近的快递点取自己的快递。

她再回来的时候，一推开四合院的大门，刚好就看见正要出来的男人。大门对着照壁，挡住了正厅和其他房间的人的视线。

李在君看到那人，顿时心头猛地一颤，连忙低下头，拿着快递要避开，可不知怎的，她往左边走，男子也往左边走。她往右边走，男子也往右边走。

她顿时呼吸一滞，抬头看向他，却直接撞入他的眼中。他的睫毛很长，眼瞳有些浅，就那么望着她。

任谁也看不出来他此时到底是什么意思。

李在君的呼吸莫名有些紊乱了，她微微咬牙道：“你干什么，故意找碴？”

岂料，这话一出，沈霖嘴角一勾，低低地笑了起来，下一秒突然就一掌抵住了她身后的大门。

李在君吓了一跳，而他的身体已经前倾，他微微偏头，唇瓣离她的耳朵很近。

“你说谁找碴？是谁忘恩负义不说，还骂我是穷鬼，骂我老的？”

他不紧不慢地算账。

沈霖今天穿着一件黑色的风衣，身躯格外挺拔，撑在门上的手戴了黑色的皮手套，衬得她的小脸更加白净，形成鲜明的对比。

她对上他的眉眼，看着他幽深的眼底，深吸了口气，攥紧小拳头，移开视线，嘀咕着：“那么小肚鸡肠，算什么男人。”

就算是她之前骂错了，误会了他，可他也要给她一些时间，而不是强迫她来道歉。

她这话落下，沈霖瞬间眼角隐隐抽动了下。

他……又被她说不算个男人了？

沈霖顿时忍不住转开了视线，胸膛剧烈地起伏了下，再开口的时候，他倏然一声轻笑，道：“是，或许我真的不是个普通的男人，毕竟我喜欢性感火辣的，面对一棵小青菜，哥哥我还真没兴趣。”

李在君反应过来了什么后，顿时瞪圆了眼睛，随后耳根肉眼可见地越来越红：“你，你……”

他这话是什么意思？

谁是小青菜！

“你浑蛋！”李在君直接一拳冲着他的脸袭了过去。

沈霖脑袋迅速一偏，避开她的攻击，并且一把扣住她的手腕，顺势将她摁在了门侧的角落里。

受到限制的她顿时不断地挣扎着：“浑蛋，你干什么，你快松开我！”

她越是挣扎得剧烈，他越是桎梏得紧。

“别动了！”

沈霖的眼神暗了些，声线里莫名地平添了些许哑。

李在君的脸上红得几欲滴血。

不过，她是羞恼导致，偏偏他还像一堵坚硬的墙壁，怎么推都推不开。

“浑蛋，流氓！”她愤愤地咬牙。

沈霖盯紧她：“让你不要动，还动，你难道不知道这样非常危险吗？”

李在君挣扎中愣怔了下。

他在说什么……

沈霖看她呆住的模样，倏然轻嗤一声，轻舔了下嘴角：“你这还是高才生呢？”

“我又不是傻子，你别想糊弄我！”她圆圆的杏眼瞪着他，越想越觉得他把她当傻瓜，便又开始挣扎起来了。

她柔软的身子和他僵硬的身躯贴在一起，他的太阳穴都突突直跳了。

而在这时，屋子里突然传来姑姑叫她的声音，她顿时心头一颤，蓦地一把推开了他。

“无耻！”

她没再看他一眼，直接就匆匆跑开了，只是脸上却跟火烧似的。

盯着那小妮子匆匆跑开的身影，沈霖的眼眸越发幽深了几分。他长这么大，还真就没见过那么倔强的丫头。

不过，小丫头果然是小丫头，还真是够单纯的。

他不再多留，无奈地摇摇头离开。

而李在君回去的时候，陆母正在她房间里给她准备好了感冒药，是真怕她不舒服。

刚好看她进来的时候小脸通红着，陆母顿时眉头紧皱，担心地道：“快来，我看看，脸怎么那么红，是不是发烧了？”

陆母的手落在她的额头上，她视线闪烁着，窘迫极了，支支吾吾道：“没，没事，睡一觉就好了。”

“你这孩子，烫得厉害，肯定发烧了，外面那么冷，刚才还又出去了……”

陆母又没忍住，继续念叨着什么，可李在君什么都听不进去了似的，左耳进右耳出，脑袋里乱哄哄的，满脑子都是沈霖刚才将她堵在墙角的画面。

他简直就是流氓。

她虽然不会再恨他，但也喜欢不起来，只能尽量以平常心看待了，以后能不能再见到都是一回事。

毕竟，这一次只是巧合……

凌晨的时候，温弦突然觉得有湿热的毛巾擦着她的脸、脖子，她迷迷糊糊地睁开眼。

陆枭看她酣睡的样子，着实不忍心将她叫醒。

说好今天要带她去看升旗的。

看升旗的人非常多，除了当地的居民以外，还有络绎不绝的游客。对于很多人来说，这是一种无比庄严的仪式，所以他们一定要早点儿过去找好位置。

和大家一样，如果去晚了，就只能在外圈观看。

看着她眼皮子还有些睁不开的样子，陆枭亲了亲她的眉眼，声音温和："乖，继续睡吧。"有他在就行了。

时间的确是很早，陆枭给她套上毛衣、复古绿色长裙、棉袜子，从里到外一一穿好，最后将他的一件黑色羽绒大衣拿了出来。

他的这件羽绒大衣很长，过膝，她穿的话刚好到脚踝。

他也根本不管她穿上好不好看，只恨不得把她裹得越严实越好，毕竟还要在外面站好几个小时，所以必须做好保暖措施。

帽子、围巾，他也给她戴好，挡得严严实实，这样也是怕别人认出她来。

做好一切措施之后，他才将她一把从床上抱起，开门离开。自始至终，她都迷迷糊糊的，被他安排着一切，窝在他的怀里。

凌晨四点的巷子还很黑，她窝在暖暖的羽绒大衣里，只感觉还像是在有他的被窝里一样暖和。

昨夜下了雪，巷子里的地面上堆积了一层厚厚的雪，他踩在地上，积雪隐隐发出了嘎吱嘎吱的声音。

陆枭抱着她往外走，每一步都走得格外沉稳，让她踏实至极，全身心地依赖着他，甚至都还不知道自己现在身处于何处。

陆大队长的臂力不是一般人可以比的，再加上温弦身材纤细，他抱着她只觉得根本就没有什么重量，就像是抱着一个小孩子。

出了巷子口之后，街道上已经开始有车流了，这就是北京，二十四小时都灯火通明，车流不断，而天安门广场附近也逐渐聚起了人群，已经有很多人在开始排队了。

陆枭抱着她来到十字路口等红灯，旁边也有一些人准备过去，此刻他们频频看过来。尤其是一个女孩子，看着他怀里抱着个女人，忍不住回头跟她的男朋友说着什么，似乎格外羡慕嫉妒：“你看看人家男朋友啊，女朋友还在他怀里睡觉呢，我早上还得费劲地叫你起来……”

绿灯亮起，陆枭没有再听他们说什么，抱着温弦先行离开。旁人羡慕也好，嫉妒也罢，这是他爱上的女人，所以他会给她最好的一切。

他的女人，他不疼她，还能疼谁。

过了马路，陆枭抱着她前往地铁口。

天安门广场管理森严，尤其是在这种升旗的时刻，所以他们会在地铁口里面进行人身检查，通过了检查之后，再出去就到达升旗的地方。

到了检查的时候，陆枭这才不得不将她叫醒来。

温弦迷迷糊糊地睁开眼，看见身边好多人排着队的时候，还以为自己是在做梦。

“这是哪儿啊……”她声音娇憨沙哑地道。

“噗……”

他们身后的人听到，顿时没忍住，乐了。

这人是真的把自己女朋友当成小孩子来宠了。

温弦完全清醒之后，连忙从他的身上滑了下来，微微红着脸，随后去等着检查。

等两个人再出来的时候，陆枭伸出一只大手，道：“过来，时间还早，我抱着你，你再睡一会儿。”

温弦的脸都红了，她瞟了一眼旁边小姑娘笑嘻嘻的样子，跺了跺脚，娇嗔道：“还抱什么抱啊，他们都在嘲笑我了。”

岂料陆枭一把将她拽入怀里，不顾她的反对，直接将她打横抱起，声音低沉坚定道：“我说抱就抱，和他们有什么关系，我把你裹成这个样子，他们也不会将你认出来。”

身材纤细的她哪里拒绝得了，直接又被他抱了起来，往排队的地方走着。

看着排队的地方人那么多，温弦顿时用手背挡住了眼睛，简直是觉得没有脸见人了。她放眼望去，哪儿有他这样的，还让不让别的人活了。

别人秀恩爱顶多是撒狗粮，他这样简直是在杀“狗”。

她再怎么觉得羞涩，可不知怎的，内心深处竟莫名地泛起了止不住的甜蜜。

和他这么光明正大地在一起，出现在这么多人的面前，她的心底有着说不出的紧张感，仿佛有种做坏事怕被人抓包的担心。

要不是现在天还黑，她穿得又严实，否则早被别人发现了。要是被人发现的话，他们可就会被围观了。

“怎么，怕了？”陆枭看她挡住了小脸，问。

温弦晃了晃脑袋，将小脸贴着他的胸膛，缓缓地柔声来了句：“无论在什么时候，只要能跟你在一起，我都不会害怕。”

陆枭望着她，声音沉缓道：“放心，有我在，不会有事的。”

因为他怀里抱着的不仅仅是一个女人，更是他的……世界。

遇到她之前，他的生活充满了各种各样的任务，可是一旦闲下来的时候，他就感觉整个人都变得无比空虚，似乎只有紧张的任务才能让他的血液流动起来。

可在遇到她之后，一切都变得不一样了。

他那颗被冰封的冷硬的心，都被她给融化了。是她让他体会到什么是真正意义上的完整人生。

其实，他并不是一个浪漫的男人，甚至不知道该怎么哄她开心。他只知道，这个祖国是他深爱着的祖国，脚下的土地，是生他养育他的地方。

而他带她来看升旗，于他来说，便是他能想到的最浪漫的事情。

温弦被他抱了一会儿，最后还是难为情地挣扎着下来了。还有一个原因就是，她心疼他，不忍让他抱自己这么久，手臂会酸的。

广场上的人越来越多，也没人注意到她。毕竟任谁都想不到，他们的国民女神竟然和他们一样，也来看升旗。

陆枭怕她冷，拉开了自己的衣服拉链，拥她入怀。

远处的天际越来越亮，他们一个个排着队。

男人高大的身躯站在人群里，身材纤细的她钻在他的怀里，搂着他精壮的腰身，贴着他炙热的胸膛。

温弦好好地享受着这一刻。

他们两个人就像一对再普通不过的情侣或者夫妻一样。

这时，温弦看了一眼他给自己的穿着打扮，突然就小声咕哝了句：“陆队长，你的审美好直男啊，怎么给我穿得那么丑。”

陆大队长大言不惭：“你怎样都好看啊。”

陆大队长语出惊人，顿时让她脸红心跳。她忍不住在他怀里扭动了下：“陆队长，你好坏啊。”

随着排队的人往前走，陆枭一只手护住她的肩，带着她往前，面上看着极为一本正经，可嘴上说道：“怎么，你不喜欢？

“既然你不喜欢，我就……”

不等他说完，突然就被温弦打断，她踮起脚尖，拉下围巾，在他的下巴上迅速地亲了下：“喜欢。”

怎么不喜欢，她简直爱死了。

陆枭心头微微颤了下，反应过来，连忙帮她将围巾拉好，只露出她笑得弯弯的眉眼，眼底宛若有璀璨的星光，格外动人。

陆枭的心都要软化成水，他把她拉到怀里，护住她，紧紧地拥住。

人越来越多，即使他们贴得再紧，也不会有人注意。远远地望去，两个人彻底地隐藏于那一片人海之中。

随着时间一点一滴地流逝，很多人都冻得在原地跺脚，而温弦越发庆幸陆枭有先见之明。

虽然让她穿得像只企鹅，但是很暖和。她放肆地一会儿埋头在他的怀里，一会儿用后背贴着他。

她这样调皮，而陆枭纵容着她，只要在自己眼皮子底下，怎么样都好。

天逐渐亮起来，七点多的时候，升旗仪式终于快要开始了。

在外面待了那么久，口中不断呼出的水汽，在她卷翘的睫毛和额前脸颊边散落下来的发丝上凝上了白霜。

国旗护卫队要来了，人群顿时有些兴奋和激动。

国旗护卫队走得格外整齐，他们英姿飒爽，着军绿色的制服，每个人的身躯都是那么高大挺拔。

“好帅！”

温弦的眼睛都亮了，发出惊叹。

陆枭低头扫了一眼她的注意力被完全吸引的模样。

陆队长：不爱他了吗？

陆队长是问不出“他帅，还是国旗护卫队帅”这种幼稚的话的，所以他直接微微挪动了下位置。

温弦顿时被他挡住了视线，着急地探头探脑。

“哎呀，我看不见了。”

陆枭深吸了一口气，直接伸出手。

温弦正想再看着那些身姿挺拔的国旗护卫队队员，眼前却倏然变暗，一个大手掌直接挡住了她的眉眼，让她什么都看不到了。

与此同时，她的耳边落下一句话：“看他们做什么，让你看的是升旗。”

——和他一起看国旗飘扬就好了。

温弦掰开他温热的手掌，轻咬了下唇瓣，眼眸湿润又柔亮地看着他道：“怎么了，陆队长，你是不是吃醋了？”

陆队长语气坚定：“没有。”

温弦闻言，微微挑眉，长长地哦了一声，下一秒倏然转身：“那我还要继续看……啊！”话还没说完，她倏然被他捞进怀里，她惊呼着，眉眼再次被遮住。

而这一次，耳边有温和的却又含有几分无奈的男人声音传来——

“嗯，温弦，我吃醋了。”

他不想她用那种眼光看其他的男人。

不许。

温弦一听，到底是没忍住，嘴角勾了起来。她故意眨眨眼，幽幽地道：“好，你早说嘛，你早说只能允许我看你一个人，不然你会吃醋，你会嫉妒，我肯定听你的呀。”

陆枭眼角隐隐抽了下。

他一个大男人，怎么能表现得如此小气，哪怕这真的就是他心中所想。

陆枭轻咳了一声，移开视线，看着前方，认真道：“要开始了，快看吧。”他的耳根微微泛红。

温弦的视线也朝着前方投了过去。

那么多人长久的等待之后，庄严的升旗仪式终于要开始了。

天安门广场上，放眼望去，人山人海，就连远处的街道上都站着人。

“亲爱的，具体什么时间升旗？”

温弦没戴手表，而她想知道的是确切的时间。

陆枭站在她的身后，像是一座大山那般守护着她。

他望着护卫队从金水台走到升旗台，沉声道：“升旗的时间不是固定的，是根据北京的日出时间确定的，具体时间是由北京天文台的天文学家专门计算的。”

温弦闻言，内心顿时微微颤动。

原来，在太阳升起来的那一刻，也是国旗升起的时刻。

国旗护卫队队员动作整齐划一地走上了台阶。终于到了令每个人的内心震撼的时刻。

护卫队进场正步行进时由肩枪改为端枪，他们站在了升旗台上，伴随着浑厚响亮的一声低喝：“向国旗——敬礼！”

立刻，三位分队长行举刀礼！

他们的身体犹如松柏那般屹立在那儿，数万的群众望着他们，望着那一幕。

与此同时，陆枭将头上大衣的帽子拿了下去。

下面的群众也都一个接着一个，纷纷在这个寒冷的冬日，摘下了自己的帽子，包括温弦。

一顶烟灰色的针织帽被她攥在手中。她眼睛一眨不眨地望着升旗台，听着军乐团奏起了国歌。

伴随着慷慨激昂的国歌声，在升旗的陆军分队长将手中的国旗从胸口的位置甩出，向上空扬起的那一刻，整场庄严的仪式也达到了高潮。

数万人在寒风凛冽中，在不断飘动的国旗下唱起了国歌，声音浑厚而嘹亮。

温弦看到很多人湿润了眼眸，远处还有一个父亲，让自己年幼的孩子坐在自己的肩膀上，跟着咿咿呀呀地唱着。

陆枭的声音也在她的耳边响起，她知道，没有人能比他爱得更深切。

为什么我们的眼里常含泪水，因为我们对这片土地爱得深沉。

这里养育了我们，这里有父母、爱人、孩子、挚友，有我们曾经美好时光的回忆和对未来的无限憧憬。

这就是我们挚爱着这里的原因。

而从这一刻开始，温弦知道，她和陆枭以后的生活，自己生命新的旅程也将在这一刻开启。

看着那在空中飘扬的国旗，随着冬日的凛冽寒风，冉冉升起。太阳也从东方缓缓升起来，金色的光洒落在国旗上，洒落在每一个人身上。

温弦深情地凝望着那缓缓升起的国旗，不知怎的，眼睛突然就有些湿润了。

她想，这一刻，没有人的内心会不激动。

这是她的祖国，是生她、养育她的地方，更是她深深的根。

没有国家，哪儿来的她。

没有国家的强大，他们每个人，哪里来的现世安稳、岁月静好……

岁月静好，还不是烈士用鲜血染红了国旗，用血肉之躯在枪林弹雨中出生入死换来的。所以此刻她和陆枭，还有在场的每一个人，才能够站在这里，目睹这庄严的一幕。

曾几何时，陆枭也是同样战斗在第一线的一分子。他是国家培育出来，是保护着人民群众的英雄。

这样的英雄还有很多很多，也正是有了他们，才有了人民群众更好的生活。

当国旗快升到顶部的时候，温弦的鼻尖越发酸涩，眼泪突然就顺着眼角滑落了下来。

也是直到这一刻，她似乎瞬间就明白了过来，陆枭带自己来看升国旗的意义。这就是他拿命来守护着的祖国，他希望她和他一起感同身受，和他一起深爱着自己的祖国。

两分零七秒，国旗升到顶。

整个升旗仪式结束。

可是，所有人还一动不动，久久地沉浸在其中，他们中有很多人都是从不同的城市来北京旅游的。对他们来说，倘若没有来看升旗仪式，就不算来过北京。

温弦站在那儿，吸了吸发红的小鼻子。她只觉得，在和陆枭一起看完升旗仪式之后，她更加地爱和崇拜这个男人了。

陆枭站在这里，是不幸的，也是幸运的。他在执行任务时，一场爆炸导致他的左耳失聪，这是他的不幸；而幸运的是，如今他的身边有了她。

曾经的她冷漠、凉薄，可现在的她，会为了他而更加地热爱这个世界。

就在温弦内心触动极深的时候，她只觉得自己的手上突然就被塞了个什么硬的东西。

她下意识地低头一看，看清是什么后，身子顿时僵在了那里。

温弦逐渐瞪大了眼睛，一时间有些错愕、难以置信，简直连一句话都说不出来了。

他，他……

陆枭清朗、低沉的声音在她的耳边缓缓响起：“温弦，实不相瞒，我这次回来就是专门为了这一刻，为了跟你求婚。”

温弦抬眸望着他，呼吸都屏住了，浓密卷翘的睫毛微微颤动。

陆枭认真地望着她，他的背后，空中国旗飘扬，而他望着她，眼底是化不开的深情。人山人海之中，在他守护的祖国、飘扬的国旗的见证之下，他向她求婚。

温弦望着他，眼前逐渐弥漫上了一层水雾，内心震动着，那股情绪像是海面上掀起的巨浪，最后彻底将她淹没。

她眼前越来越模糊，直到水雾化成水珠骤然滑下来。

温弦不禁咽了咽口水，再开口时，眼眸泛红，声音有些沙哑：“怎么办呀，你怎么突然就求婚了，我现在这个样子肯定很丑。”说着，她忍不住从那长长的羽绒服袖子里伸出细白的小手背抵住了眼眸，去擦自己的眼泪。

可是，眼泪不断地流下来，她怎么也擦不完。

她是怎么都没有想到他竟然在这一天，在这个时刻，跟她求婚。他这是什么时候准备的戒指，她都不知道。

陆枭抬起手，用指腹给她轻轻拭去眼泪，大手轻抚着她的脸颊，声音又沉又缓道：“不要在乎这些物质的东西，我爱的是你这个人，不论你什么样子，在我眼里都是最美的。”

说到这，他顿了下，抬起她袖子下露出的指尖，攥在了手心里。

“这枚戒指是我回来的第一天去买的，当时我卡里的钱不够，这是我能买到的最好的戒指，先戴着，不要嫌弃，后面我还会给你买更好的。”

他这一番话缓缓落下来之后，温弦的眼里更热了，眼泪扑簌簌地落下，最后她直接扑进了他的怀里。

温弦哭红了小鼻子，再一开口，带着浓浓的鼻音道：“傻瓜，我怎么会嫌弃，它对于我来说已经是世界上最好的戒指。”

陆枭已经尽可能地将他最好的一切都给了她，带她见父母，继承陆家的传家之宝；给她买婚房，只写她的名字；给她买戒指，几乎花光他卡里所有的钱。

其实，最重要的根本就不是物质，而是那一份心。

哪怕他一如她最初想的那般，只是一个穷队长，但她依然爱他，会选择他。

因为他是有责任、有担当的男人，是会努力为了所爱的女人去奋斗，只为不想让她吃苦的人。

人群逐渐开始散开，不断有人从旁边经过，只有陆枭和她站在那里一动不动。

他将她拥入怀里，冬日里凛冽的风似乎都变得柔和了。

陆枭在她的耳边道："温弦，原谅我现在没有给你单膝下跪求婚，至于原因，你比我清楚，不过，别人有的，我后面都会补给你，你只会比他们多，不会少。"

她是家喻户晓的大明星，是无数人心中的女神，他要是单膝下跪，那必然会引起无数人的围观。

如果她被人认出来，那就糟糕了。

温弦用手背擦着眼泪，还红着眼，泪汪汪，却忍不住笑了下，声音沙哑地道："不要骗我，我等着你后面单膝下跪。"

陆枭目光幽深地盯着她："单膝下跪算什么，双膝都跪在你面前的时候，不也是常事。"

温弦愕然，她没有理解错吧，是她所想的那个双膝都跪在她面前吗……

温弦不知想到了什么，耳根都红了。

真是想不到，这一本正经的陆队长竟然还能说出这种话。

"看来，你听懂了。"他淡淡道。

温弦一听顿时脸红，跺跺脚："胡扯，我才不知道你说的是什么呢，我只知道陆大队长现在说话越来越大胆了。"

她作势要捶他的胸膛，他却一把握住她的小拳头，顺势将她捞过来圈在了怀里。

他低头，在她的耳边轻启唇瓣，声音沉缓而又坚定地落下了一句："温弦，我在此立誓，这辈子忠于国家，忠于你。"

忠于国家，忠于你。

一个是大家，一个是小家，都是他这辈子的无法割舍，都是比他生命还重要的东西。

温弦闻言，心狠狠一颤，呼吸都有些停滞了。

这一刻，耳畔是他坚定的誓言，是他给她的承诺，他将她放在了那么重要的位置。

再缓缓抬头的时候，温弦动人的双眸里，满是他的影子，再无他人。

下一秒，她突然就用小手拉下了围巾，踮起脚尖，钩住了他的脖子，唇瓣贴了上去，贴上了他还带着一丝凉意的唇。

人群缓缓移动，无数人从他们身边擦肩而过。

她突如其来的举动，让陆枭的身躯微微僵住了。

他想阻止她，她却不顾一切地紧紧钩住他的脖子。

陆枭轻轻推了一下，没推开后，干脆放弃了，一只手扣住她的后脑勺，一只手扣住她的腰身，微微俯身，深深地去回应她。

路过的人纷纷看过来，眼底流露出羞涩。

温弦被长发、帽子、围巾挡着，让人看不清她具体的模样，或许有人觉得有几分眼熟，可那一幕又让人不好意思多看。

只是，在太阳初升、国旗飘扬、广场上人山人海的时候，两人的这一幕，格外触动人心。

人群中一个摄影师看到这一幕，拿起了照相机，找了一个完美的角度，对准了二人，咔嚓一声……

这一刻，时间定格。

陆枭求婚后的翌日，两个人便去领证了。

只是，任谁都没想到，刚刚领完证的陆枭，便收到了消息说青海那边的紧急任务，不得不先回去一趟。

温弦虽然难过、不舍，但是又没有办法，她也只能亲自去机场送他离开。

一日不见，如隔三秋，在分别的日子里，陆枭很忙，经常一早和她报备完任务就消失了，下午，或者大晚上才能联系她，这让她对他更加思念。

尤其是当她知道，他可能无法赶回来过除夕的时候……

这是他们两个人结婚后迎来的第一个除夕，她不想错过。所以，她在心里做了一个决定。

可可西里。

一辆越野车行驶了一个小时后，在一条公路附近停了下来。公路的旁边有一个五十度倾斜的矮坡，上面覆盖着一些灌木等，很少有人会注意到。

陆枭下去将坡上的东西移开，然后利落地将车子停在那里。

随后，他给越野车覆盖了一层厚厚的军绿色棉被，这样可以防止车子被冻伤，也能做好隐藏。将一些积雪放上去后，从外面看，根本看不出来这里藏着一辆车。

做好这一切后，陆枭往树林中走去，这里有一条小路直通林中。

踩着积雪，在针叶林中走了几分钟后，前面是一片空阔的平地，不远处还有着一座早已冰冻的湖泊。

湖泊的远处则是高耸的雪山。

而就在平地上，近湖的地方，一个方方正正的小木屋坐落在这里。午后的光照射在湖泊上，反射出耀眼夺目的光。

陆枭朝着小木屋走去。

回来之后，他一直都住在这里，不仅仅是因为不能回到管辖区，还因为他要将这里再收拾一番。

这里作为潜伏之地，也是极为隐秘的占尽天时地利人和，这里根本不会被发现。

四四方方的小木屋在他回来后的这段时间，已经收拾得差不多了，现在就差一个壁炉。

他一个大男人不怕冷，但是，这是要送给温弦的礼物，必定要是最好的。这是她曾经幻想过的一个小木屋。

今夜就是除夕。

……

天空白茫茫的，飘着一些雪花，风在号叫着，卷着地面上的雪和尘土刮过。

青海已经进入深冬，一年四季中最寒冷的时候。

温弦坐在一辆车上，驰骋在青海的公路上。陆枭不会知道，也可能没猜到她会来找他。

毕竟，他可是连一个电话都不敢打给她的。

温弦对他当然有不满，可一想到他在从事着很危险的工作，她再多的不满都化为了灰烬，只剩下心疼，希望他平安，其他的都不再重要。

只是，就在这时，她的手机突然就响了起来。

温弦一怔，拿起手机后，看着上面的来电名字，顿时呼吸一滞，差点儿以为自己是看错了。

竟然是他打来了。

温弦听着手机铃声响了数秒，却迟迟没有接通，最后直接给挂断了。

她倒不是想故意为难他，只是在电话里怕自己不小心暴露了，毕竟陆枭那么精明，她肯定是很难骗得了他的。

而另外一边，在一个小木屋里，陆枭看到她挂断了电话，素来镇定的他终于有些乱了，坐不住了，满脑子都在想她是不是发生了什么事情。

就在他准备再打过去的时候，倏然，一条信息发了过来，正是来自——温弦。

陆枭神色一变，连忙点开，看见温弦发的消息：还知道打电话给我啊，你不是不敢找我？

不得不说，虽然没接通电话，但看到她发来的信息，他无奈的同时，还是安心了些许。

他一下子就看出来了，这会是她说的话。

她没事。

陆枭打打删删，在键盘上输入了几回，都作罢，更是觉得愧疚，无法面对她。

就在这时，她又发来了一条信息：你现在在哪儿，给我发个定位。

陆枭见状，犹豫了下，还是回复道：问这个做什么？

他倒不是别的意思，就怕她会来找他。

虽然他后悔了，后悔没有让她跟着自己，没将她藏身于这里。但事已如此，若是她自己一个人来找他的话，他更是不放心。

温弦就知道他肯定会这么问，所以故意回复道：哼，看看你是在哪里，这几天都不联系我，当真不是你外面有女人了？

陆枭被她一激，果然无奈地轻叹一声，将自己的位置发给了她，顺便回复了句：什么女人，我身边现在只有空气，或许距离我几十米之外，幸运的话，还能碰上一两只野猪和野鸡。

温弦看他那么说，一时间都没有反应过来，这话是什么意思？难道他不在管辖区吗？

温弦疑惑着，打开了他的定位。

结果，这一看，她发现他现在距离自己不过只有几公里的路程了，而且他的位置的确不是在管辖区，而是在树林里。

温弦皱紧了眉头。

这是什么情况，他这到底是在哪里？

她仔细放大观察了下地图，还在那儿附近看到了湖泊。

温弦更加好奇了，觉得陆枭变得更加神秘了，难不成他是在执行任务？

温弦想了下，还是试探着询问：今晚就是除夕了，你怎么过？不在管辖区跟大伙一起？

陆枭那边沉默了下，回复：会的，放心吧，我和大家伙在一起，现在在外面，晚上就回去了。

温弦微微挑眉，不禁抬起眼眸看向车窗外，只见风卷着残雪呼啸着，远处的树林都被吹得不停晃动。

如今他就距离自己几公里了，会比她想象中的还要提前一些时间见到他。

温弦没再多说什么，只是陆枭说想打个电话给她的时候，她说自己在做饭，没时间聊天，晚点儿再说。

她随便找个借口，搪塞过去了。

不管如何，来都来了，她还是去偷偷看一眼。如果他不方便的话，大不了她就离开。

车子在他所在的地方附近的公路上停了下来，她付给司机钱，自己下了车。

好在这附近不远处还有大巴车的站点，否则，她还真不会随便在这里下车。这里放眼望去都是密密麻麻的针叶林，她整个人都有些蒙。

这方圆百里都没有人烟，都是树林。

不过，她看着手机上自己的确是距离他的位置越来越近，于是深吸了一口气，还是从公路下去，往林子里走去，好在这树林里的路还算是好走。

她一边看着手机上的定位，一边继续深入其中。

不过，她走着走着，就发现了前方并非都是树林，不是一眼望不到头，而是再走一会儿就能出去了，前方似乎是一片空阔的平地。

而陆枭的位置……就是那里。

温弦的脚步就加快了，同时也更加好奇陆枭怎么会在这里。

现在的温度又这么低，附近连个房子都没有，他在这里干什么，不怕被冻到吗？

就在她越想越觉得奇怪的时候，她也逐渐走出了那片针叶林，一眼就看到了不远处平地上的那一幕……

温弦看到伫立在那平地上的一个小木屋后，整个人都愣住了。

她穿着一件咖啡色大衣，围着围巾，脚下是一双黑色的长款马丁靴，呼出来的白气都凝成了白色的霜。

周围的温度这么低，可这一刻，她就站在这儿，一动都不能动了似的。

她觉得自己像是在做梦，又或者说……像是产生了幻觉。如果不是这样的话，那她的眼前为什么会出现一个……和她脑海里曾经想过的一模一样的小木屋？

小木屋被篱笆围住了，围出了一个小院。

而里面是需要上几级台阶才可以抵达的小木屋，它看起来不大，可也不小，大概四十平方米的样子，四四方方的，并且它的上面还有一个小阁楼。

小阁楼的旁边，还有烟囱。此时，正有袅袅的烟雾缓缓上升，浅浅地散开在高空，被风一吹，消失不见。

温弦看着那个小木屋，有些艰难地咽了咽口水，然后一步步地往那边走着。

她心底是惊讶的，是不可置信的。

因为她想不明白，自己心目中的、像童话世界里的小木屋，为什么会真的出现在可可西里。而陆枭……又怎么会在这里？

一个小木屋，还有一个他，就是她逃离繁华都市、隐居在西部，所需要的一切了。

温弦一步步走了过去，在她靠近的时候，还不知此时的小木屋内……

陆枭还在继续收拾着那扇门，旁边放着他的手机，手机上显示的还是他和温弦的微信聊天对话框。

只是眼下，他内心莫名地颤了下，隐隐之间，总是有种说不清道不明的感觉。他仔细回味着，她之前问他的定位，让他这会儿忍不住有些多想。

可就在这时，小木屋里安装在墙壁上的一个警报器突然响了起来。

陆枭闻言，瞬间神色一变，随后二话不说地从墙壁上取下来一把猎枪，然后来到窗户边。不知看到了什么后，他瞬间瞪大眼睛，整个人都震惊了。

外面出现了一个人，还是一个女人。

那再熟悉不过的身影，不是温弦，还能是谁？

陆枭完全震惊了。

小木屋的外面，温弦已经走到那被刷成白色的小栅栏面前，她推开栅栏门，走进院子里。

院子里还覆盖着白雪，中间由一块块木板铺成的路，直通小木屋门口的台阶。

那小木屋是用原木打造而成的，有着原生态的美感。

就在温弦目不转睛地观察着这里的每一处时，突然门开了。

温弦一怔，站在台阶上的她抬眸看过去，这一看，顿时呼吸仿佛都停滞了。

小木屋和他都出现在了她的世界里。

陆枭手中还拿着一把猎枪。他上面是一件深色V领薄绒衣，下面是条宽松的运动裤，因为刚刚干活，袖子还撸了起来，露出了结实的手腕。他的头发依然修剪得帅气利落，冷峻的脸轮廓分明，下颌和肩颈的线条格外坚毅。

温弦反应过来后，直接不管不顾地扑了上去。

陆枭被扑了个满怀，顺势紧紧地拥住了她，松手将猎枪立在门边，两只大手都搂住了她，呼吸都跟着急促几分。

温弦深深埋在了他的怀里，感受着他坚实的身躯、身上温暖而清冽的气息，她近乎有些贪婪地呼吸着。

她终于见到他了。

虽然只是不到一个星期没有见面，可她觉得过去了太久、太久。

埋在他怀里的温弦缓缓说："陆枭，今天可是除夕，你不来找我，我只好来找你了……"

是啊，她来了。

她不舍得，在这个家家都团圆的日子，让他一个人。

她也要远离大城市的喧嚣一阵子，与世隔绝，好好陪伴在他的身边，也好好享受可可西里的壮阔、美丽和静谧。

陆枭无法形容这一刻内心的颤动，只觉得她的出现才真的像是在做梦一样。

而在这前几分钟，他的内心还产生了一种说不清的感觉，仿佛她就在自己的身边。

可他没想到，几分钟后，她就已经在自己的怀里了。

陆枭将他们二人之间的距离缓缓拉开的时候，认真地看着她的眉眼，看着戴着帽子、围着围巾、发丝还隐隐被霜雪染白的她。

下一秒，他喑哑的声音来了句："你真是要了我的命。"

随后，他一只手揽住她的腰肢，将她带入门内，压在了门上。

二人互相注视彼此，眼底充满着情愫，仿佛有太多想要说的话，就连周身萦绕的气息，都变得热烈起来。

温弦嗓子间莫名发干，下一刹那，陆枭直接堵住了她的嘴。

外面的风还吹拂着残雪。

偌大的湖面上早已被冻住，在午后的日光下闪烁着明亮的光芒。

而就在距离湖泊的不远处，一座小木屋静静地伫立在那儿，仿佛和这里的一切都完美地融为了一体。可与宁静的小木屋外面相比，内部则是大相径庭。

温弦只觉得自己还从未见过如此热情的陆枭，他疯狂地、紧紧地搂着她，恨不得要将她融于自己的骨血之中。

陆枭说她是疯子。

或许她就是一个疯子，不顾一切地来找他，并且还真的让她找到了。

她身上的大衣还带着外面的冷意，被他扒下来，露出里面穿着的一件米白色高领毛衣。

他似乎是真的太过于思念她了，又震惊于她的出现，所以掠夺得格外霸道而强势，像是怎么都索取不够。

温弦也深深地陷入其中。

谁能知道，看上去那么一个高冷、严厉、不近人情的正经男人，此时将她狠狠地摁在门上亲……

他的手一点儿一点儿地滑落，她顺势钩住他的脖子，身子直接一跃，双腿围在了他结实的腰身上。

陆枭直接抱着她转身，往里面走去，最后将她压在了小木屋的沙发上。

温弦的气息有些紊乱，声音都变得哑了："还没洗澡。"

沙发是软的、新的，让她整个人都陷在了其中。

他的声音更低沉、喑哑："那就一起洗。"

陆枭弓着腰身，手在领口处一拉，瞬间那V领薄绒衣就被他脱了下来，露出了结实的胸肌和精壮的八块腹肌。

温弦都要眩晕了。

外面的风越来越大了，一声声呼啸着，可小木屋像是隔绝了那一切。

干柴烈火，在思念的助燃下，这一碰面就瞬间点燃。

窗外的风呼啸着，像是林间野兽的嘶鸣，一声又一声。而室内的沙发边散落了一地的衣服，有男人的，有女人的，一路延伸到了浴室。

小浴室是由磨砂玻璃打造的，看不真切里面发生了什么，只能听到流水声，热腾腾的水蒸气顺着磨砂玻璃门的缝隙散发出来。

温弦微微睁开疲惫眼眸的时候，这才好好去看这个小木屋。

此时的她正趴在某个男人高大结实的身躯上。

二人的身上盖着一床毯子，隐隐窥得毯子下她的肩膀白皙、圆润。

陆枭的呼吸还有些粗重，他见温弦看向这个小木屋，不禁抬起手，将她额角和脸颊处濡湿的发丝拨开，别到耳后。

温弦一直都没有来得及好好看看这个小木屋的结构。

眼下，她环视着周围的一切，一眼就被小厨房吸引了。

她注意到，小厨房有一个大大的窗户，阳光可以洒进来，还可以看到外面的美丽雪景。厨房一侧是一个小楼梯，从楼梯上去，便是阁楼。

陆枭轻轻摩挲着她的脸颊，声音温和地问："怎么样，喜欢吗？"

温弦转回视线，深深望着他："我太喜欢了，这简直就是我梦想中的小房子，不过，它怎么会出现在这里？这是你……"

她之前怎么不知道，他还有这么个地方。

陆枭闻言，有几分动容，含笑道："陆夫人，现在它是你的了。"

温弦瞪圆了眼睛："真的？这真的是我的了？你这是从哪里买来的？"

下一秒，她就见陆枭认真地望着她："这不是我买的，而是我亲手打造的。"

温弦蒙住了。

陆枭躺在沙发上，他伸出一只手臂枕在脑后，另外一只手则轻抚着她的脸颊，望着她，声音柔和，不紧不慢地道：“温弦，这是我送给你的礼物，我花了好几个月的时间，从设计图纸到选材，再到动手，一点儿一点儿帮你打造的。”

她说话都有些结巴了：“这，这怎么会，你哪里来的时间……”

陆枭不是很忙吗？

可随后陆枭说出的话，深深地震撼了她的心。

陆枭语气轻柔道：“之前两个月每天忙完任务后，我就来打造这座小木屋。”

温弦眼底莫名地热了起来，她眼睛一眨不眨地望着他：“可是，这里距离你们管辖区并不是很近，你每天过来弄这个岂不是很折腾？”

她现在似乎有些想起来了，在去北京前的那段时间，她很忙，他也很忙，有时每天只有早上晚上两个时间，能和她说一句“早安”或“晚安”。

而眼下，在问完这句话后，她听陆枭淡淡地来了句：“晚上没回去，我在这边睡的帐篷。”利用工作以外的所有闲暇时间，才能尽快打造好这座小木屋。

他说得轻描淡写，仿佛也不怎么值得一提。可在温弦听到他说的这些话后，小鼻子顿时忍不住酸涩了起来，眼眶也更热、发酸，缓缓弥漫上了一层水雾。

有那么一刻，她的心都忍不住颤动了起来，说是感动，其实更多的是心疼。连续两个月，他都没有回管辖区，一直睡在这里吗？

一顶帐篷，还有一个未成形的小木屋。

温弦根本无法想象，他到底是怎么过来的，晚上那么冷，帐篷又不保暖。她越想，内心就越发觉得不是滋味，眼泪模糊了视线。

她再也忍不住，微微低下了头。

陆枭察觉到她的情绪似乎有些不大对，顿时心头一紧：“怎么哭了？”

温弦却微微避开他的手，吸了吸发红的小鼻子，声音沙哑道：“说，你为什么会突然建造一座这样的小木屋？”

这像是她心中的一个小小童话世界，是她幻想的样子，如今全被陆枭实现了。

她觉得不敢相信。除了那一次跟程东原出去透气的时候，提起过自己想要一座小木屋的想法，除此之外，她再也没有跟任何人提起过，陆枭又怎么会知道。

等等！

温弦瞬间想起来了，其实那一天陆枭也来了，并且还捡走了她手机上的粉色小猪挂件。

难不成……

就在她怀疑着什么的时候，陆枭清冽的眼眸一眨不眨地望着她，道："嗯，想起来了？就是那次我们分手，我去剧组那边想看看你，结果看见你和程东原走在一起。"

温弦呼吸一滞，听着他继续缓缓道："他说，你喜欢这里，就为你买一幢别墅，可是你说，你想要一个小木屋，四四方方的，阳光照射进来，房间里充满了阳光……"

"我，我记得当时……附近停了一辆黑色的车，里面的人是你吗？"温弦有些哽咽地道。

她当时觉得那辆黑色车里似乎有视线投过来，后来，她还看见程东原从那辆车上下来。

陆枭看她落泪了，自己也跟着心疼了起来，指腹不断地帮她拭去落下来的泪，柔声道："是我，温弦，我没有什么别的想法，只要是你喜欢的，不论是别墅，还是小木屋，我都能送给你。"只不过，是小木屋的话，他更想亲自去设计、打造。

温弦的眼泪怎么忍得住。

那虽然是她当时嘴上随意地一说，可的确是她内心的一个小幻想。只是，她一直觉得，这种小事不会有人真的放在心上，就如她也只是随意那么一说。

但陆枭听到了。

哪怕当时他们还处于分手的状态，他却牢牢地记住，并且开始着手打造她幻想中的小木屋。

其实，真正重要的不是小木屋本身，而是小木屋所承载的意义，这背后是一个男人对她深沉的爱。

他不会去说什么好听的，却把最好的一切捧到她的面前。

温弦内心颤动着，被这个只会用行动来证明一切的男人感动得一塌糊涂。

有的男人只会问你想不想要，可又有几个女人会说自己想要什么。这不过是男人的试探，如果他真的想给女人什么，会直接呈现在她的面前，而不是去问她。

而她又何德何能，遇到了陆枭。

他是一个真正的男人，一个强者。

这种强者，是不论生活在现代社会里，还是远离现代社会，回归原始状态，都是极为厉害的人。而她呢，远离了现代社会，基本就是一个不能自理的废柴。

温弦趴在陆枭的怀里，深深地沉迷于他。

“陆枭。”

“嗯？”

陆枭拨开额角被打湿的发丝，温弦的脑袋在他的怀里蹭了蹭，格外依赖：“你知不知道我有多么崇拜你，在我看来，你就是我的英雄。”

说到后半句的时候，她抬起眼眸望着他，还凑过去，在他的下颌亲了下。

听到自家娇媳妇的甜言蜜语，陆队长轻咳了一声，耳根处微微泛红，有些不太自然了。

他一本正经道：“是吗，你怎么崇拜？第一次见面的时候，我还记得，有人骂我了。”

温弦一听他说这话，顿时在他的身上扭了扭，他按住了她柔软的身子：“说就说，别乱动。”

她忍不住轻笑了起来，用手肘撑在他硬邦邦的胸膛上，托着下颌，眼底像缀满了星光。

她带着几分撒娇的语气，声音软糯道：“都是我不好，那是陆队长拯救我于牦牛大军之中。我们的陆队长啊，就是那么勇敢、乐于助人、正直、善良，还身体强壮，力气大……”

这话还没说完，她倏然一声惊呼，自己被他掐了一下。

陆枭清冷的眼眸燃起了火，他声音低哑道：“既然你这么喜欢我，不如再疯狂一次吧。”

温弦一听，就想从他的身下逃出去。

她刚侧身要逃就被他扣住了腰肢牢牢地摁在了沙发上，他俯身，她的脑子嗡的一声炸了。

温弦悔不当初，最后直接累得连一根手指都抬不起来，在沙发上昏睡了过去，睡得沉沉的。

她很久没有睡得这么香，酣酣的，连个梦都没做。

而陆枭则是起身，换了一身干净的衣服，顺便将她散落在地上的衣服都捡起来，拿去了洗手间。

将一切收拾好后，他想了下，还是拿过一条新的白色毛巾，将其浸湿又拧干后走向了她。

温弦迷迷糊糊再醒来的时候，似乎闻到了鸡汤的味道，那味道勾得她胃里的馋虫咕咕地叫。

她下意识地找着陆枭的身影，一时间没有看见他，顿时清醒了。

陆枭去了哪里？

她摁着裹在胸口的毯子坐起来，看到沙发扶手上正放着一套干净的衣物。

不过，那不是她的，而是他的。

温弦虽然好奇他去了哪里，可还是准备先洗个澡。只是她起身去浴室的时候，却发现自己身上似乎被清理过了。

她莫名地脸上一热，什么情况，她怎么睡得那么死，什么都不记得了。

等走进浴室，再准备冲一下身子的时候，温弦突然就扫到了旁边的架子上挂着他们二人的贴身衣物……竟然都被他洗干净了。

她贝齿轻咬唇瓣，笑了，格外甜蜜。

其实，在她看来，陆枭每天忙着执行任务，还那么辛苦地打造这座小木屋，其他的家务活完全可以交给她去做的。

她理想中的生活，是他好，她也不差，他照顾家里，她也不能不心疼他，什么都给他做。

夫妻不就是如此吗，二人永远都要珍爱着对方，追逐着对方。

她洗了澡出来，正拿着毛巾擦头发，就听见门口传来了一些声音——跺了跺脚，似在震掉鞋子上的雪。

她抬头一看，下一秒就见陆枭进来了。

他身上还带着外面的冬日里的寒意，一进来后，就先换掉鞋子，脱下大衣。他手中还拎着一袋子东西，看起来像是吃的。

温弦连忙朝他奔过去，他却倏然一抬手，阻止了她。

“先别过来，我身上冷。”

温弦还是直接抱住了他。

陆枭无奈地轻叹一声，手想碰她，却又不敢碰——太凉了。

“陆枭，不要紧，我给你暖一暖。”

温弦穿着他的宽大T恤，还有一条宽松的睡裤。

女人的身子柔软温热得不行，很快就把他温暖了。

二人往里走了一些，陆枭直接走上了一级台阶，绕过小吧台，来到了厨房。

厨房是长方形的，正对着一个窗户。

百叶帘拉开后，能看到外面已经陷入一片漆黑之中，只有小木屋外面悬挂着的复古小电灯散发着微弱的光。

温弦好奇地看了一眼，后面是树林，针叶林的后面是高山。灯光下隐约可见残雪随风飘过。

说实话，这种地方固然是极致的美，可若是没有陆枭，她待在这里会害怕的。

可有他在，她有了无比强烈的安全感，觉得这里是天堂。

陆枭拿回来的东西的确是吃的，是阿妈做的一批腊肉，他之前带了过来。

一个紫砂锅里还在炖着鸡汤。

“饿坏了吧，再稍微坚持一会儿就能吃了。”陆枭道。

温弦看着他切腊肉，自己走到他的身后，深吸了一口气，紧紧地抱住了他。

“嗯？怎么？”陆枭偏头问她。

温弦却缓缓道：“没什么，就是想这样抱抱你。”

人真的是很复杂的动物。

陆枭不知道，这就是她曾经一度幻想过的画面，看似平平淡淡，可又蕴含着无数幸福和甜蜜。

温弦从后面就那么抱着他，脸颊贴在他结实的后背上。

这就是她的男人。

她真是这个世界上最幸福的女人了。

温弦搂着他，这会儿眼睛又四处看着，其实她真的好奇，他是怎么打造了一个这么好的小木屋，两人生活在这里，是那么温馨。

她环顾着小木屋，问：“亲爱的，为什么这是木屋，我却没有感觉到那么冷？”

陆枭闻言，轻笑一声，跟温弦解释了原理。

温弦听得似懂非懂，万万没想到，这里面还有这么大的学问。

而且陆枭找的这个地方，距离公路不远，却又不容易被外人发现，手机也有信号。

不论是木屋的位置，还是生活便利程度，他一一考虑周全。

温弦只觉得更佩服他了。这样的男人，哪怕他们一夜之间回归原始生活，她都是不怕的，跟着他，有肉吃。

鸡汤熬好了，温弦想去打开锅盖，被他直接不客气地把手拍开。

她顿时委屈巴巴地望着他，他却无奈地叹息一声，对她道："靠边站一些，哪有用手直接去碰盖子的，我现在真的怀疑，当初我在你家里吃的那碗鸡蛋西红柿面，是不是你唯一会做的。"

连这点儿厨房常识都不知道，是想手上烫一个大水泡吗。

所以，他是被她骗了吧。

温弦一听，顿时窘迫了，脸红极了，不过她还是死不承认，视线飘忽着，支支吾吾地来了句："别瞎说，我，我还会做其他的。"

陆枭已经垫着湿抹布将盖子打开了，拿过勺子去给她盛了一碗汤，一边淡淡地问："是吗，那看来是我冤枉你了，你还会做什么？"

温弦站在他的旁边，两只小手背在身后，她目光闪烁，小嘴咕哝了几个字。

陆枭微微蹙眉："嗯？你说什么，我没听清。"

温弦深吸了一口气，大声道："煮方便面。"

陆枭："……"

漂亮。

温弦坐在椅子上，鸡汤被放在吧台上，她拿着一个小勺子，美滋滋地喝着。鸡汤里放了黑枸杞、虫草花，颜色漂亮极了。

一口香喷喷的鸡汤下去后，舒爽得她浑身的毛孔都张开，彻底驱散了她一身的寒气。

"好喝吗？下次我再去买些乌鸡来炖，给你补身子。"

陆枭将腊肉煲仔饭盛了出来，递给她一碗。

温弦不知想到了什么，拿着小勺子的手微微顿了下。随后，她缓缓低头，看向了自己的腹部。

补补身子?

就在她脑海里一时间思绪万千的时候，她的小手突然被他的大手包裹住。

她听到他的声音在她耳边低沉地响起：“温弦，不要去想其他的，给你补身体，只是因为你贫血，除了喝中药调理，还需要食疗。我说过，我会尽力让你恢复身体，好好照顾你的。”

——和孩子无关。

并且，虽然他快三十岁了，但她还小，她正是当红的时候，他要尊重她对是否要孩子的意见。

陆枭却没想到，温弦抬眸，望着他认真地说：“陆枭，我们要个孩子吧。”

陆枭愕然。

他们注视着彼此。

陆枭认真而缓慢地道：“温弦，不要有压力，爸妈，还有我，其实不急的……”

“不，是因为我。”温弦打断了他。

温弦深吸了一口气，微微攥紧了小勺子，垂下眼眸，缓缓道：“我其实想过这个问题，如果没有良人，我就一直等着。如今遇到了良人，如果有了宝宝，我会觉得这是上帝对我的馈赠。”

她望着他，嘴角浮现一抹柔和的笑。

陆枭听着她说的这番话，眼底幽深了几分，他抬起手在她的脸颊上蹭了下，再也忍不住，倾身过去，在她的眉宇间落下一吻。

“好，听你的，怎么做都依你。”他唇瓣动了动，“那就不避孕了。”

“噗……”

温弦直接把最后一口鸡汤喷了出来，呛得她脸颊通红，咳嗽连连。

陆枭连忙拿纸巾给她擦拭着，顺着她的后背。

他起身把碗筷收走，走到厨房去刷碗，不理她了。

温弦疑惑地欤了一声，手撑着脑袋去看他，从这个角度看过去，她隐隐看到他的耳根微微红了。

她的目光顿时微微闪烁，起身故意走到他的身侧，仔细地盯着他看。

岂料，陆枭冲了下沾满泡沫的手，直接捏着她的下颌，将她的脸转到了另外一边。

“不许看。”陆队长一本正经地道。

温弦简直被陆队长的举动弄笑了。她故意道：“干吗啦，我不能看自己的老公吗？”

陆队长的脸更红了，好像都要烧起来了。

最后，他干脆转过来，盯着她道：“温弦，你正经一点儿……”

温弦眨着眼望着他，无辜极了。

现在他们可是领了小本本，她可是他名副其实的老婆呀。

她的小手也伸进池子里的一堆泡沫里，垂眸嘀咕道：“我老公都不害臊，我又害什么臊。”

陆枭被她说得想扭头走人，她却像是提前预料到了似的，一把握住了他的手，在那一堆泡沫里，蹭着他的手，帮他一起刷着盘子，还冲着他抛了个媚眼。

他喉咙动了下，老老实实地任由她柔若无骨的小手握着他的。

这年头，刷个碗都活色生香的。

因为温弦下午睡觉睡太久，所以等一切都收拾好的时候，都快晚上十点了。

在北京和上海的时候，温弦晚上超过十二点睡觉很正常，可来到了这里，陆枭却让她现在就去睡觉。

她不再熬夜，才能有个好身体。

温弦自然没有拒绝，因为在床上和陆枭腻在一起睡觉，也是她喜欢做的事。

此时的她就像是一个黏人的小妖精，处处离不开他。

为了让小木屋空间得到最大的利用，陆枭还设计了一个小阁楼，一米九几的高度，刚好比他高一些。

温弦踩着一级级台阶上去后，看到了楼上的景色，上面是榻榻米，旁边还放置着床头柜。

一侧的墙壁上打了一排小书架，目前上面只有一两本书，而榻榻米正对面的墙壁上是悬挂式的柜子，里面可以放置衣物。

小阁楼的空间也很大，让温弦最喜欢的，莫过于靠近窗户的地方，那里放置了一张让人舒服惬意的摇椅。

每一处，都设计得很好，完全切合她心底的想法。

她想着以后午后的时光，拿着一本书坐在小阁楼的摇椅上翻翻书，阳光洒下来，看得困了、乏了，便在摇椅上睡去。

日子过得慵懒，对于她这种习惯了快节奏生活的人，这样的生活，只是在梦里才会有的吧，可如今竟实现了。

是陆枭将她从快节奏的生活中拽了出来，让她感受到这个世界还有更多的美好，阳光、雨露，大千世界里的一草一木。

“喜欢吗？”

陆枭站在她的身后，低沉的声音，平添了几分诱惑。

温弦还穿着他的宽松衣物，直接转过身，然后倒在了榻榻米上。

床垫是松软的，质量很好，她在上面滚来滚去，最后深深吸了一口气，道：“真希望我可以一直住在这里。”

繁华的都市，繁忙的工作，让她真的很累。一天飞几个城市赶通告的时候不是没有，只是一直忙碌于追逐那些东西，她却忽略了放慢脚步后发现生活的美好。

陆枭看着她这样，嘴角微微勾起。

有那么一刻，他觉得这两个月天天睡在帐篷，起早贪黑地设计、制造小木屋，都是值得的。

为了她，自己做什么都值得。

不过，他还是道：“这里只适合度假、休息，人是群居动物，你还是要回去的，等什么时候感觉疲惫了，再过来。”

这是事实，尤其是她的性子，她想过的生活不会是一成不变的，他也不会让她只围着他一个人转，那样只会对她不好。

温弦笑笑不说话，起身拉他一起躺下，就这么靠在他的怀里，享受着此刻的静谧。

对于陆枭来说，今年的除夕是他过得最与众不同的一个，也是最幸福的一个。

一晃几日过去。

这天，温弦醒来，在床上舒服地伸了个懒腰，下意识地往旁边伸了伸手，却摸了个空。

她睁开惺忪的睡眼，看着木质的天花板，一时间差点儿没反应过来自己这是在哪儿。等回过神来之后，她的心底瞬间被一抹暖意填满。

阁楼的窗帘是两层的，一层是白色的，一层是橙色的，交叠在一起，阳光透过窗帘照进来，温馨极了。

温弦缓缓拉开窗帘，随着她的起身，被子从肩膀滑落下来。

她放眼望去，远处的湖泊在阳光下闪烁着璀璨的光。太阳给万物都带来了生机，哪怕是冬日，也是格外美丽。

她换了一身衣服，铺好床铺，将窗帘彻底拉开。

因为昨天她睡得早，又睡了很久很久，现在也不过是早上七八点。

她下去后，没有看见陆枭的身影，不禁微微蹙眉。这时，她在沙发旁边的原木茶几上发现了一张小字条，上面是他俊逸洒脱的字迹："我出门一趟，给你做了早餐，记得热一下再吃。"

温弦一看，便屁颠屁颠地去小厨房了。

虽然早上没看见他，她有些失望，但知道他有多忙，所以她还是体贴地不打扰他。而且，她这次来，也是有自己的事情要做。

除了看看书，晒晒太阳，调养生息，她还想写剧本。她拍摄过那么多部电视剧，也积攒了很多的经验，现在她过来休息，不代表什么都不做。

这里安安静静的，无人打扰，刚好适合她构思一部剧本。

温弦洗漱后，热了早餐。

因为这里之前只是陆枭一个人住，所以一切都很简单，很多厨房设备都没有。

她看见锅里加了枸杞的粥，旁边一个煎锅里放着烤好的面包片，面包片夹着香肠、煎蛋和两片西红柿，是一个简单的三明治。

食物简简单单，却搭配得很好，十分健康。

她吃完后直接把锅碗刷了，随后把衣服塞进洗衣机内清洗，再打扫小木屋。

小木屋不大，本身也被陆枭这个曾经在军队里历练过的队长保持得干净，打扫起来一点儿也不辛苦，而且她倒是蛮喜欢这样慢慢收拾房间的感觉。

她想着他回来时，看到温馨干净的家，肯定心情很好。

是啊，家。

不论住的地方大还是小，有他在的地方，就是她的归宿。

这天，陆枭忙完小木屋的事，下午才回管辖区去。

之前那个姓吴的犯罪嫌疑人跑了，陆枭一直在追查这个人的蛛丝马迹，现在他联合警方，已经快要准备收网了。

陆枭拿起手机一看，发现温弦早已给他发了信息。

温弦问他：亲亲老公，什么时候回来呀？

过了一两个小时，她又发：亲爱的，我给你做了好吃的，等你回来。

陆枭看着消息，嘴角不自觉地就扬起来了。

如果这笑容被别人看见，一定傻眼不已，哪里见过严肃冷厉的大队长会有笑得这么甜蜜。

在陆枭看来，她那个样子就是一个等待着丈夫每日归来的小娇妻，让他有了一个归宿、一个家的感觉。

这天傍晚，陆枭回去的时候，从市场买了一堆生活用品和食品。

他刚回来，还不等跺跺脚，门就被打开了。

温弦穿着宽松的针织外套，微卷的长发被编成了一个蝎子辫，漂亮又有气质，无论是在大城市，还是在这里，她都是精致的。

温弦直接扑到了他的身上，吊着他的脖子，踮着脚去亲他："亲爱的，你终于回来了。"

陆枭单手搂着她，换了鞋子后直接将她抱了进来，嘴上道："你有没有看看门上的猫眼，我都没看见你拉开帘子，你怎么知道是我回来了？"

温弦摇摇头："陆枭，你信不信，其实人的脚步声是能分辨出来的，我光听声音就知道是你。"

不光是声音，还有自己那强烈的第六感。

哪怕他还离家门口挺远，她有时候依然会冥冥之中有种感觉——他快回来了。

陆枭一听，直接板起了脸，道："胡闹，怎么不看清楚再开门？万一有坏人来怎么办？"

温弦说不过他，也自知理亏，就哄着他，道："好啦，好啦，人家知道错了，我记住了，你快去洗把脸，换身衣服，我给你做了好吃的。”

真是的，这比他们管辖区还偏僻的地方，哪里会有人来！

这几天她一直在研究美食。

刚开始的时候，陆枭吃她做的饭，脸色有些微妙。她是新手，刚刚学做菜的时候，菜不是太咸了，就是太淡了。不过好在她也是在一天天地进步着，虽然他不抱什么希望。

他本来是不想让她进厨房的，但她不进的话，有时候他中午回不来，她就要饿着了。

所以，他想让她学会做点儿简单的饭菜，有他在的时候，他会承担一切，但他若是不在，他希望她可以把自己照顾好。

培养她具备一些独立自理能力，才是真正为她好。

温弦化身小厨娘，将一道道菜摆放在长长的吧台上，两个人，四菜一汤。

都是简单的家常菜——青瓜炒鸡蛋、尖椒炒腊肉、红烧鸡翅、小鸡白玉菇汤，再加上紫菜饭团。

虽然味道和模样还有些欠缺，可对陆枭来说，已经足矣，在外忙了一天后，已经很饿了。

温弦看他像秋风扫落叶一样吃完了饭菜，笑得美滋滋的。

傍晚的时候，天空呈现出了瑰丽的蓝粉色，像是被打翻了的水彩颜料，布满了整个天空，格外壮阔。

而就在这小木屋里，两人面对面坐着吃饭，互相给对方夹菜，聊着天，说着话，简简单单，却又是格外美好。

温弦曾经也是个高冷的、不近人情的女王，可如今变成了一见到他就忍不住笑眯眯的小女生。

饭后，温弦要去刷碗，陆枭直接拦住了她，自己去了。他回来后能做的，会尽力不让她做。

她心疼他，想给他做口热乎饭吃，可他也心疼她。她在这里，是养身体的，而不是来做家务的。

天色渐渐暗了下来，两人收拾好之后，她缠着陆枭在沙发上窝了一会儿。

陆枭摸着她的手指有些凉，眼眸深了些：“该弄的东西也差不多了，这几天我将壁炉安上。”

其实，早在设计的时候，他就研究了下怎么弄。小木屋虽然保温性能好，可他们还要天天开窗户换气，里面也并不会多暖和。

说着，他又隔着她的袜子握着她的足，放在了他的衣服里，贴着他炙热的腹部，用大手掌去温暖着。

温弦什么都说不出来。他就是这样，不论是大事，还是小事，都那么用心。

休息了片刻后，二人便去做运动了。

温弦有些懒，就被陆枭直接拎了过去，每天都要锻炼身体，不然，这边这么冷，她又不能随意出门，缺乏锻炼的话，很容易生病。

瑜伽垫上，温弦坐着仰卧起坐，陆枭给她计时。然后，她又做了一会儿空中脚踏车运动。

温弦最后累得出了一身香汗，躺在垫子上耍赖不起来的时候，要做俯卧撑的陆枭无奈地叹息一声，干脆直接俯身下来，双手撑在了她的脑袋两侧，开始做俯卧撑。

这操作让温弦都惊呆了。

看着自己的头被陆枭的手臂夹在中间，他俯身的时候，那鼻尖几乎都要对上她的鼻尖。他清冽的眼眸，更是直勾勾的，深邃地望着她，没一会儿的工夫，就让她面红耳赤。

简直要命啊。

温弦往上面蹭着，想从上方逃出去。可好不容易大半个身子蹭出来后，他却扣着她的腰，又直接将她一把拉了回去。

前功尽弃！

她惊呼了一声，忍不住用手背挡住了眼睛。

这回总行了吧，她看不见他了。

陆枭再一次落下来的时候，她的唇瓣突然一软。

温弦彻底化了，心脏都要蹿出胸腔了。

陆队长，你怎么那么会。

小木屋安静地伫立在那儿，清清冷冷的月光洒了下来，小木屋的门口挂着复古的小吊灯。

昏黄的光在冬日的夜里散发着那一点儿一点儿暖意。

温弦被他扛过去一起洗澡。她出来的时候，身上裹着浴袍，里面什么都没穿，而他下面围着一条浴巾。外面的温度低了些，她往通往阁楼的台阶走去。

他跟在后面，不经意间一抬头……她的浴袍有些短了。

……

温弦着实有些累了，温度有些低，她连忙跪在榻榻米上将柔软的被子拉过来，想赶紧钻进被窝里好好睡一觉。

“好冷。”

她打了个寒战，后背突然被人一推。

她惊呼一声，顿时整个人就趴在那里了。

她想回头，身后的男人却摁着她的腰身，声音低沉暗哑地说：“这就让你热起来。”

没过几日，他们终于对犯罪嫌疑人展开收网行动，因为他们之前制订了缜密的抓捕计划，行动很顺利。

作恶多端的人终于被绳之以法，真正的幕后之人的所作所为，也被扒了出来。

那人是一家跨国公司的负责人，表面上还做着很多公益事业，可谁知这些都是为他的犯罪行为做的掩护。大家都对那个幕后人的真面目感到震惊，但不可否认的是，不论他是什么人，只要触犯法律，就逃不过法律对他的制裁。

人生在世，不论去追求什么，都不能忘记自己的初心。盲目地去追求名利，内心就真的能够满足吗，更别提为了想要的一切而不择手段。

表面看起来，那些人似乎操控着一切，获得无数钱财，可往往他以为自己控制住的东西，实际上都控制住了他，蒙蔽了他的双眼，让他跌入万劫不复的深渊。

正如那句话所说——当你凝视深渊的时候，深渊也在凝视着你。

时间过得很快，小木屋里早就被陆枭安装上了壁炉。

小木屋里暖暖的，火苗在壁炉里跳跃。

这段时间算是二人难得的静谧时光，两个人一直在一起，陆枭也算是放了年假，尤其是和警察联手捣毁了那么大的犯罪集团，贡献极大。可他不在乎这些，也不要表彰和奖励，只是想有一段无人打扰的假期，让他好好地陪伴着他心爱的女人。

早上起来后，陆枭基本承包了所有的家务。温弦现在做饭的手艺见长，他还教她煎牛排和烤鱼。

曾经的温弦多数情况下还是要靠着别人，有助理和保姆打理生活，她都快生活不能自理了。

可陆枭教了她很多，因为在他看来，让她会得更多，才是真正对她好。

他总会有不在她身边的时候，她必须不论在什么情况下都能照顾好自己。

而今天不同于往日。今天是他们领了结婚证一个月的纪念日。

早上温弦从阁楼上下来的时候，就看见楼下沙发前的原木茶几上，一个细颈的白色花瓶里，放着几枝鲜红欲滴的玫瑰。而陆枭起来得早，在给她做早餐。

温弦一看见红玫瑰，先是一愣，随后嘴角溢出一抹甜蜜的笑。

晌午后，外面万里无云，金色的阳光洒满整个大地。她就窝在摇椅上看着书，陆枭坐在旁边的地毯上，靠着床看着书。

她的脚还塞在他的怀里，他认真看书的时候，手里还握住她的小脚，给她焐热。

摇椅慢慢地晃着，温弦彻底地沉醉在了这午后的时光里。

傍晚的时候，两个人便开始准备烛光晚餐了。

两人一起在小厨房煎牛排，煎秋刀鱼，最后温弦拿着柠檬一捏，将柠檬汁淋在了秋刀鱼的上面。

陆枭在熬酱汁，温弦直接将一片柠檬递到他的嘴边，他也没看，直接就吃了。

温弦笑得坏坏的，挑着眉在等着看他被酸到的模样。

可偏偏陆枭神色淡然，在察觉到她一直盯着他，这才一脸正色地问：“怎么了？我脸上有东西吗？”

他难道没有被酸到吗？他吃的可是柠檬啊。

“不酸吗？”温弦一脸发蒙，格外诧异。

陆枭却轻扯嘴角，淡淡地笑道：“不酸，这个还挺甜的。”

温弦闻言，半信半疑，于是又切了一片柠檬。她闻了闻，似乎的确有几分甜甜的气息，于是，张开了嘴，咬了一口。

下一秒——“噗……”

酸意在唇齿间弥漫开来，酸得她神经都跟着打战，连忙吐了出来，小脸都皱成一团了。她龇牙咧嘴地找陆枭质问，却发现陆队长嘴角肆意地勾了起来。

温弦气结，他又把她给坑了。

今天是纪念日——哪怕只是第一个月，温弦也觉得有必要纪念一下。

生活中，我们往往非常需要仪式感，哪怕已经是老夫老妻了——因为爱情是需要保鲜的。正是因为这个人是会陪伴你度过一辈子的人，所以才更要珍惜，好好去对待。

餐桌的盘子上放着牛排、秋刀鱼，还有芝士焗虾仁，碗里是酸甜可口的甜菜汤，小筐子里还有烤好的面包片和苹果，高脚杯里倒了红酒。

小木屋里昏黄朦胧的烛光中，温弦穿着一条红色的吊带裙，陆枭穿着白色的衬衫和一条西装裤，二人面对面而坐。

窗户外下着雪，小木屋外面的吊灯光，将鹅毛大雪映得清楚。

小木屋里，壁炉中的火苗在跳跃着，弥漫着暖意。

二人就那么一边吃，一边望着彼此，说着话，在看向对方的时候，眼底都流露着对彼此藏不住的情意。

红酒喝了小半瓶后，温弦已经有些微醺了，白皙的肌肤上泛着薄薄的红晕，格外迷人。

陆枭这时起身，走到一台复古留声机旁，换上一块黑胶唱片，再搁上唱针，顿时一首慵懒醉人的曲子响了起来。

那是国外的一首歌曲，曲调优雅、慵懒，却又深情。

就在温弦有些迷醉地看着陆枭那挺拔修长的身躯时，他转身走了过来。

这一次，他没有再回到座椅上，而是一步一步来到她的面前，一只手背在了身后，一只手伸了过来，低沉、富有磁性的声音在她面前响起：“陆太太，可以请你跳一支舞吗？”

烛光的映照下，他微微俯身，低头望着她，眉眼间尽是专注、认真。

他鼻梁高挺，眼眸深邃清冽，在晃动着的烛光中，他的眼底装着难以用语言去描述的深情。

温弦望向他，眼前都像是氤氲了一层薄薄的水汽，眼眸潋滟又温柔。

她缓缓递过去一只素白纤细的手，陆枭握住她的指尖，将她拉起来。

一首慵懒的歌曲，在这样下雪的夜晚缓缓响起。

桌子上的高脚杯里，红酒散发着馥郁的香气，隐隐映出他们两个人的影子。

小木屋的客厅里，身材高大笔挺的男人一只手搂着女人纤细柔软的腰肢，一只手和她十指交握。

温弦则一只手攀在他的肩膀上，一只手握住他的手。

身着一袭红裙的她美艳得不可方物，昏黄朦胧的灯光下，她的肌肤显得更加白皙，脸颊微微泛红，眼里含着一汪春水，饱满的唇瓣嫣红。

以前的她也很美，可如今，有了爱情的滋润，她像是从内而外都散发出更摄人心魄的魅力气息，诱人得让人移不开眼。

跃动的火光，她裙摆转动的弧度，扬起的微卷长发，波光流转的含情眼眸。

小木屋里的这一幕，将永远地定格在他们的记忆里。

如果结婚不是为了能让自己的生活变得更加幸福，那还有什么意义。

如果伴侣是正确的人，那婚姻便是温暖的港湾。

……

跳舞到最后，温弦有些上头了，微醺的她靠在他的肩膀上，两个人轻轻拥抱了一会儿，然后他们一块儿倒在了沙发上。

红酒杯映着烛光，隐隐映出沙发上的身影。

窗外凛冬渐渐离去，阳光与冰雪涌动，他们会一直一直在一起。

番外

婚内生活

陆枭的新任务下来了，距离上一个任务的结束只有一个小时。

今年会有阅兵仪式，事关重大，他刚准备踏入家门，就又被召走，开会去了。

好在地点都在北京，他这也算是在家门口工作。

温弦也在忙着工作，二人结婚已经五年，可二人终日在一起的时光不长。或许还真是距离产生美，所以两个人每次见面都像是新婚宴尔，感情只增不减。

只是，温弦在得知陆枭都要到家了，却又被匆匆召走后，说不失落是假的，感觉自己打扮得这般风姿绰约都是浪费了。

不过，她的小姑子李在君却提醒了她："嫂子，既然我哥回不来，不如你过去看看……"

温弦下意识地撇撇嘴："他那可是去执行任务，我要是去的话，他不得……"

话说到这里的时候，她脑袋里不知想到了什么，顿时眼睛亮了起来："欸？他的办公地点很近，那我过去溜达一圈，就当散散步，顺便再看他一眼——应该也无妨是不是？"

"那必须没问题！"

两人一拍即合，温弦当下就敲定了主意，去广场当游客。

初秋，她穿了一件咖啡色的风衣，风衣里面是一件赫本风的白色内搭，下半身是格子短裙，脚下踩着一双长及膝盖的黑色长靴，将她的长腿勾勒得更加纤细笔直。腰间系带一拉，瞬间变成杨柳细腰，哪怕已经生了两个小宝贝，她的身材还是那么玲珑有致。

她微卷的长发散落下来，整个人有万种风情。

出门时是下午，这个时间，家里只有她一个人。

两个小魔王在幼儿园上课，傍晚的时候才下课，那时他们的爷爷会专程去接他们，毕竟小兔崽子们让他们二老喜爱得不行。虽然天天为其操心，但他们甘之如饴，毕竟人越老越喜欢热闹，在耳顺之年能有孙儿在膝下承欢，他们不要觉得太幸福。

温弦跟陆母打了一个电话后，便先开车出发去天安门广场了。

真是"一场秋雨一场寒"，沥青马路边有火红的枫树和金黄的银杏树，叶子飘飘洒洒地落了满地。

到了目的地，她在附近找了个停车位停车。

有很多特警的车辆在附近驻守，也有巡逻队的身影出没。

温弦看着偌大的广场，顿时陷入了深深的沉思。

这地方也太大了，怎么才能看到陆枭？毕竟他也不会随意在外面走动。

她准备拿出手机，想着要不要给他打一个电话，可是如果打了的话，他能腾出时间来见她一面吗？

那会不会影响他的工作？

她纠结的时候，手也在握着一个质地光滑的东西摩挲，只是摸着摸着，她突然愣了下。随后，她将手从兜里拿出来，看着手里的东西，顿时脸色就有些微妙了。

那是个打火机——银色的金属外壳，质地很不错，她之前拍戏看剧本时常会看到很晚，并且多少会有些压力，所以她偶尔会抽一两根烟。

陆枭发现过她抽烟，也说过她，所以她很久没碰了，打火机也不知道放在了哪里，却不知，刚好是在这件风衣里。

温弦无语地扶额，现在说什么都晚了，如果见面后被陆枭发现，那肯定又少不了一顿批评。

她将打火机攥在手心里，开始寻思着放在哪里好，下一秒她突然就看到了不远处有个绿草坪。

对！

她先把打火机藏起来，等见完陆队长后，再找出来带走。

温小姐简直为自己的主意赞叹不已。

她说做就做，随后，在偌大的广场上便出现了一个鬼鬼祟祟的身影正在探头探脑，四下查看着，想将一个小东西藏在草坪里。

只是，温弦并不知，就在她做这件事的时候，已经有人暗中注意到她。

“呼叫长官！发现一名可疑人员，在草坪里藏东西，行为举止非常可疑！”一名狙击手用对讲机进行通话。

而在偌大的监控办公区内，里面是一个个监控显示屏，记录着来往的每个人。

在报告传来后，一个身躯笔挺高大的男人出现，他的视线投向屏幕，想看看那所谓的“可疑人员”。

当他看到那在屏幕上被放大的女人后，眼瞳顿时一缩，整个人的气息都变得严肃了，浑身绷紧，呼吸都不禁屏住。

随后他蹦出一句话：“我过去。”

他说罢，直接转身离开，推门而出。

监控室里的另一个人看了看屏幕，又看了看迅速离开的陆队，有些不明所以地摸了摸自己的脑袋：“这女人是不是明星啊……怎么有些眼熟……”

另一个同事咳了一声，压低了声音，道：“不仅是明星，据我所知，她好像还是陆队的老婆。”

“噗！”

对方刚喝进去的一口水被直接喷了出来。

而刚才离开监控室的男人，不是陆枭，还能是何人？！

他一边赶过去，一边对手下通知着什么。

另外一边，就在温弦藏好东西拍拍手上的尘土的时候，突然一个黑衣小伙子走到她的身边，一脸好奇道：“欸？美女，你在这儿干什么呢？”

温弦不跟陌生男人搭讪，也是怕对方知道她在做什么后，再偷拿她的打火机，所以她摇摇头：“没什么，就是看这草长得好，看看是什么土质。”

说罢，她就要走，可那黑衣小伙子一把攥住了她的手腕。

温弦瞬间脸色一变，打算用防身术，然而，刚一抬手，就见那小伙子拉开外衣，拿出证件给她看。

她的动作一下子就僵住了，还不清楚对方是什么人的话，那她这辈子就白活了。

黑衣小伙子面带官方的微笑，问：“小姐，您刚才在干什么？”

温弦蒙住，怎么藏个东西，便衣警察还来了。她收了手，忙不迭地解释道：“打、打火机，我来见我老公，但是他不让我抽烟，我怕被他发现了骂我，就藏一下。”

说着，温弦扭头找出打火机来，给他看，还啪嗒啪嗒地摁了两下，给他展示跃动的火苗。

黑衣小伙子：“……”

温弦全然不知，在她说这话的时候，整个监控室里的人都听得清清楚楚，包括某人的耳机里也响起了她的声音。

黑衣小伙子看到那还沾着泥土的打火机，顿时长长地呼出了一口气，整理了一下额前的发丝，随后手落在耳朵里的蓝牙耳机上，道：“安全，是个打火机。”

温弦疑惑，收什么？

不过，温弦眼下顾不了那么多，她悄悄地问：“对了，你认识陆枭吗，你知道他在哪里吗？”

黑衣小伙子闻言，脸色顿时有些微妙，此时耳机里不知响起了谁的声音，他没有回应温弦的话，只是拿走她的打火机，转身迅速向后方跑去。

而就在他前去的方向，一个身材高大挺拔的男人站在那儿，他容颜英俊坚毅，脸上没有任何表情，不苟言笑，看着手下将那打火机交给他。

温弦看着这一幕，有那么一刻，突然希望自己能像落叶一样，被秋风吹走，消失在他的面前。

可这显然是不可能的，她现在不仅觉得自己像是被钉子钉住了似的，一动都动不了，还得眼睁睁地看着那个男人冲着她一步步走过来。

她望着他，慢吞吞地举起了小手晃了晃，牵强地扯出了一抹笑：“嘿……你好，陆队长，好久不见……”

陆枭摘了耳机，在她面前站定，眼睛一眨不眨地望着她，脸上看不出任何的情绪。

温弦不用想也知道他生气了，她嬉皮笑脸的模样逐渐敛去，低头两根手指对在一起，一副委屈巴巴的小可怜样子：“……对不起，人家错了。”

“错哪儿了？”他冷锐的唇瓣轻启。

她的小心脏咯噔一下，顿时感觉更惭愧、难受了。她鼓了下腮帮子，试着去抓住他的衣服下摆，咕哝道：“不该擅自跑过来……不该给你添麻烦……”

她的小手拉着他的衣服晃了晃，一副做错事的小孩子模样。

那么久不见，陆枭就算是对这一切感到无奈，可又怎么舍得说她，随后还是叹息一声，转开了脸。

“我……啊！”她还想说什么，结果下一秒，她的手腕被他拉住，直接跌入了他的怀里。

陆枭压低的声音在她的耳边响起：“都说了不让你抽烟，女士香烟也不行，等我回去再收拾你。”

说到这，她的手指被他用力地捏了捏。

温弦红着脸想要辩解：“不，不是这样的，我……”

“好了，不要再解释了，反正收拾你是少不了的。”陆队长打断她，拉着她的手率先转身。

温弦所有的话都被堵在嗓子眼里，难受极了。可没办法，谁让她把之前用的打火机丢在了大衣里，不过……收拾？

怎么个收拾法，她莫名地觉得有点儿怕呢。

夜幕降临，霓虹闪烁，窗外一幢幢高耸的大楼林立，马路上车水马龙，犹如明亮的彩带。

入秋之后的夜里凉得快，温弦或许今天出门穿少了，感到有些凉。

下午她去广场被教训了一顿后，就闷闷不乐地走人了，开着车去兜风，排解下心中的郁闷之气。

她虽然知道陆枭是在忙正事，也理解，但她还是有些难过。一个就在家门口不远处工作的人，却好多天不能回来，也不知何时能回，她怎么能不生气。

晚上回来后，她去了浴室，风吹得她脑袋有些痛，准备洗个热水澡。

浴室里，热气弥漫。

身上最后一件衣服滑落，落在她赤着的脚边，小腿纤细白皙，这幅画面很美，平添了几分旖旎。

她抬脚进入浴缸，泡在温热的水中的时候，缓缓地呼出一口气，仿佛之前的疲惫都一扫而光。

最近忙着写剧本的事情，让她也有些疲乏。逐渐地，睡意就有些上来了，突然，她的睫毛颤了下，缓缓睁开了双眼。

刚刚是什么动静？她怎么好像听到有开门的声音？

不过，她再仔细去听，却什么都没有听到。就在她疑惑着要从浴缸里起来的时候，浴室的门被打开了。

“是谁？”她一把抓过浴巾裹在身上。

可随后，一道高大挺拔的身影出现了，水雾缭绕间，他整个人都影影绰绰。

温弦一眼就认出了他是谁，惊讶极了。

“你怎么回来了？不是还没结束工作吗？”

他怎么回来得这么突然。

岂料，来人一边解着衬衫的纽扣，一边鼻间淡淡地嗯了声：“先回来收拾你。”

【全文完】